Jonas Boet
Spy School

JONAS BOETS

SPY SCHOOL

In geheimer Mission

Aus dem Niederländischen
von Verena Kiefer

cbt

Wir reduzieren und vermeiden die Emissionen, die an unseren Produkten entstehen fortlaufend und gleichen die verbliebenen Emissionen über ein Klimaschutzprojekt aus.
Weitere Informationen zu dem Projekt:
www.ClimatePartner.com/14044-1912-1001

MIX
Papier | Fördert gute Waldnutzung
FSC® C014496
FSC www.fsc.org

Verlagsgruppe Random House FSC® N001967

1. Auflage 2023

Die Originalausgabe erschien 2006 unter dem Titel »Sam Smith«
bei Uitgerverij Manteau, Antwerpen

Übersetzung: Verena Kiefer
Umschlaggestaltung: Guter Punkt
Umschlagmotive: iStockphoto (geengraphy, yanik88, Timothy, Stocksnapper)
skn · Herstellung: lw
Satz und Druck: GGP-Media GmbH, Pößneck
ISBN 978-3-570-31591-0
Printed in Germany

www.cbj-verlag.de

Inhalt

1

Normal auf der ganzen Linie

»Wie war's heute in der Schule?«

»Normal.«

»›Lief die Prüfung denn einigermaßen gut?«

»Ja, war ganz okay.«

»Viel zu tun für morgen?«

»Ziemlich.«

»Na, dann fang mal schnell an, wir essen in einer Stunde.«

Sam seufzte, schulterte seine Tasche und polterte die Treppe zu seinem Zimmer hinauf. So war es jeden Tag: Seine Mutter bekundete Interesse an den schulischen Aktivitäten ihres Sohnes und er antwortete immer mit denselben nichtssagenden kurzen Sätzen.

Sam war ein stinknormaler Junge. Er hatte ganz normale kurze braune Haare und mindestens ebenso normale blaue Augen. Er war weder besonders groß, noch besonders klein. Er besuchte eine ganz normale Schule mit lauter ganz normalen Schülern. Seine Noten waren nicht schlecht, aber auch nicht besonders gut. Sam hatte ein paar ganz normale Freunde, die ab und zu bei ihm vorbeikamen. Er mochte Fußball, war aber kein richtiger Fan, er spielte es manchmal, gehörte aber weder zu den Stars noch zu den Loosern. Das war es dann auch schon mit Sams Hobbys. Er sah einige Stunden pro Tag fern, wie man das eben so macht.

Sams Eltern waren schon seit ihrem Hochzeitstag ganz normal. Wahrscheinlich waren beide zuvor schon so gewesen, aber daran konnte sich niemand mehr erinnern. John Smith arbeitete als Vertreter für einen großen Seifenfabrikanten. Er fuhr tagelang in seinem ganz normalen Familienauto herum, um seine Produkte in Friseurgeschäften zu vertreiben – »*Meine Liebe, wissen Sie, dass unser neustes Wash & Grow Shampoo beides enthält, Conditioner und Haarwuchsmittel? Noch bevor die Kunden den Laden verlassen haben, stehen sie wieder vor Ihrer Tür!*«-.

Marie Smith – sie hatte ihren Mädchennamen Jones nach der Heirat sofort aufgegeben, weil er zu normal war –, führte ein Leben als Vollzeit-Hausfrau. Sie wusch, kochte, putzte und schaute sich Soaps an. Alle zwei Tage wurde das Haus von oben bis unten geschrubbt und jeden Abend stand das Essen dampfend auf dem Tisch, wenn Sohn und Ehemann nach einem Tag harter Arbeit nach Hause kamen. Außer am ersten Donnerstag des Monats: Da hatte Frau Smith ihren Frauenabend mit Freundinnen, und die Männer mussten sich ihr Essen selbst in der Mikrowelle aufwärmen. Vater und Sohn nutzten diese Gelegenheit immer und genossen sie ausgiebig: Mutter wusste nicht, dass sie jeden ersten

Donnerstag im Monat auf dem Sofa rumlümmelten und vor dem Fernseher aßen.

Sam beförderte seine Schultasche in die Zimmerecke. Er hatte keine Hausaufgaben für den nächsten Tag zu erledigen, doch er wollte seine Mutter nicht verwirren. Vor einem Jahr hatte er einmal zum Spaß gesagt, er hätte eine Klassenarbeit versiebt. Diese Hiobsbotschaft hatte seine Mutter so aus der Bahn geworfen, dass sie wochenlang Spülmittel statt Olivenöl benutzte, um das Gemüse zu dünsten. Mit ein wenig Pfeffer und Salz gar nicht so übel, aber nach einem Monat hatte Sams Vater beschlossen, das Olivenöl in die Spülmittelflasche umzufüllen, bis seine Frau diesen Scherz verdaut hatte.

Jetzt würde Sam bis zur Essenszeit einfach noch eine Stunde in seinem Zimmer auf dem Bett liegen und Comics lesen. Dann würde seine Mutter fragen, ob er seine Hausaufgaben schon gemacht habe. Er würde wie immer Ja sagen, woraufhin seine Mutter ihrem Mann wieder einmal mitteilen würde, was für einen schlauen Sohn sie doch hatten. Dann würde sie das Essen austeilen und Herrn Smith fragen, wie sein Tag gewesen sei. Der würde seinerseits einige seiner Meinung nach beste Anekdoten des Tages erzählen – »Ruft diese Friseurin mich an, um mir zu sagen, ich hätte einen Karton in ihrem Laden vergessen! Musste ich noch einmal ganz zurückfahren, man macht schon was mit!« –, wonach die Mahlzeit stillschweigend beendet werden würde. Jeden Tag, jede Woche, jedes Jahr aufs Neue.

Sam wünschte, sein Leben wäre nicht so stinknormal. Manchmal träumte er, dass seine Eltern nicht seine leiblichen wären und seine echten Eltern Zauberer, die von dunklen Mächten ermordet wurden. Und dass er danach von einer Pflegefamilie aufgenommen worden sei, doch bald zu einer Zauberschule geschickt werden würde, um in die Fußstapfen seiner Eltern zu treten.

»Sam, das Essen ist fertig!«, rief Frau Smith.

Vielleicht hatten sie ihn ja auch bei der Geburt vertauscht und in Wirklichkeit war er der Sohn zweier reicher Geschäftsleute. Dann bekäme er tausend Mal so viel Taschengeld wie jetzt, und könnte alles kaufen, was sein Herz begehrte. Vielleicht ... Er schlenderte die Treppe hinunter und begab sich langsam ins Wohnzimmer. Keine hypermodernen Möbel zu entdecken, aber auch keine antiken. Ganz normale Selbstbau-Schränke, wie man sie überall findet. Auf den Schränken standen Fotos von jedem Familienmitglied: lachende Gesichter. *Eine glückliche Familie.*

Herr Smith war mittlerweile nach Hause gekommen und hatte es sich mit der Zeitung in seinem Sessel bequem gemacht. Mit einem kurzen Nicken begrüßte er seinen Sohn und blätterte dann weiter in seiner Tageszeitung. »Premierminister verweigert Kauf neuer Kampfhubschrauber«, lautete die Überschrift. Sam nahm einen Stuhl und setzte sich an den Tisch. Seine

Mutter schwankte ins Zimmer, in den Händen einen großen und offensichtlich schweren Topf. Mit letzter Kraft stellte sie ihn auf den Tisch und wischte sich den Schweiß von der Stirn.

»Na, Junge«, sagte sie, »hast du deine Hausaufgaben schon gemacht?«

2

Die grauen Herren

Es war ein frischer Frühlingstag in London. Ein unangenehmer Nieselregen – man spürt ihn nicht, wird aber trotzdem nass – benetzte einen Mann, der schnellen Schritts durch die Straßen ging. Er war ganz in Grau gekleidet. Mantel, Anzug, Schuhe – alles grau, sodass er bei diesem Wetter kaum auffiel. Vor einem großen, grauen Gebäude blieb er stehen. Fenster waren nicht zu entdecken, die Fassade bestand aus einer einzigen grauen Fläche, nur von einer kleinen Pforte durchbrochen, die wohl als Eingang diente.

Der Mann klopfte: einmal, Pause, zweimal schnell hintereinander, Pause und noch ein Klopfen. Wie ein verabredeter Code. Ein kleiner Sehschlitz öffnete sich und zwei Augen musterten ihn.

»Parole?«

»Wer nicht weg ist, wird nicht immer gesehen.«

Das Portal schwang auf und der graue Mann betrat eine Halle. Der Pförtner, der ihn eingelassen hatte, war kräftig gebaut und trug eine graue Uniform. Nachdem er das Tor hinter dem Besucher abgeschlossen hatte, setzte er sich an den Schreibtisch, um in der neusten Ausgabe eines Gala-Magazins weiterzulesen.

»Na, Herr Summer, Sie sind bestimmt hier, um einen neuen Kandidaten vorzuschlagen?«, fragte er.

»So ist es, mein lieber Herr Portman, und einen sehr geeigneten, möchte ich wohl sagen«, antwortete der Mann. »Ich glaube, dieses Mal wird Autumn ihn nicht ablehnen können.«

»Ich hoffe es für Sie, in den letzten Monaten war er ja ungeheuer wählerisch. Es wird gemunkelt, er will die Schule so wieder ganz an die Spitze bringen.«

»Das habe ich auch gehört. Das ist ja ein nobles Ansinnen, aber wenn er so weitermacht, haben wir bald zwar eine Eliteschule, nur leider ohne Schüler.«

Summer entfernte sich einige Schritte von Portman und drückte die Aufzugtaste. »Aber wie gesagt, ich bin davon überzeugt, dass mein Kandidat zugelassen wird. Ihnen noch einen angenehmen Tag, Herr Portman«, sagte Summer und bestieg den Lift.

Summer fuhr in den vierten Stock. Dort stieg er aus und begann seinen Weg durch ein Labyrinth steriler Flure. Vor einer Tür mit dem Schild *Autumn, Präsident & Generaldirektor* blieb er stehen. Er klopfte leise und fast augenblicklich rief eine barsche Stimme »Herein«.

Summer drückte die Tür auf und betrat das Büro seines Vorgesetzten. Der Raum war wie das übrige Gebäude eingerichtet. Oder besser: wie das übrige Gebäude nicht eingerichtet. Das Zimmer war bis auf einen Schreibtisch vollkommen leer. Die Wände waren grau und kahl. Hinter dem Schreibtisch saß ein kleiner Mann mit einer viel zu großen Brille. An seinem Hinterkopf zeigten sich bereits erste Spuren von Haarausfall. Zum Glück hatte er einen Stuhl, der nach Wunsch in eine höhere oder tiefere Position gebracht werden konnte, sonst hätte er kaum über die Tischkante blicken können. Sein Anzug war grau. Bei Summers Anblick breitete sich ein Lächeln auf seinem Gesicht aus.

»So, so, Summer, da bist du also wieder mal. Du wirkst verändert, hast du deinen Schnurrbart abrasiert? Nein, warte, du hattest nie einen. Aber irgendetwas ist anders. Neuer Mantel? Neue Schuhe? Oder warst du beim Friseur?«

Summer schüttelte den Kopf. Autumn inspizierte Summer etwas gründlicher.

»Ah, jetzt hab ich es: Du hast so ein seltsames Glitzern in den Augen. Das hab ich schon seit Jahren nicht mehr an dir gesehen. Zweifelsohne hast du gute Nachrichten für mich?«

Summer nickte zustimmend.

»Aber setz dich, mein lieber Summer. Oh nein, da ist kein Stuhl. Na, dann bleib doch einfach gemütlich stehen. Nun, erzähl, was verschafft mir die Ehre?«

Summer war das Geplapper seines Chefs bereits gewohnt. Der Mann verbrachte so viele einsame Stunden in seinem Büro, dass er jeden menschlichen Kontakt nutzte, um seine Gedanken mitzuteilen. Noch bevor Summer antworten konnte, begann Autumn erneut:

»Summer, trödele nicht so herum, ich habe doch nicht den ganzen Tag Zeit! Und selbst wenn dem so wäre, würde ich sie bestimmt nicht damit verbringen wollen zu warten, bis du etwas sagst. Ich könnte mir eine Million Sachen ausdenken, die ich lieber täte, als auf deine Mitteilung zu warten. Ach, was sage ich, eine Milliarde!«

Summer war clever genug, seinem Vorgesetzten so schnell wie möglich das Wort abzuschneiden.

»Der Grund, weshalb ich hier bin, Herr Präsident-Generaldirektor, ist, dass ich einen neuen Kandidaten für die *Spy School* vorschlagen möchte. Ich glaube, dass er Ihnen aufs Vortrefflichste gefallen wird und …«

Noch bevor er seinen Satz beenden konnte, hatte Autumn ihn schon unterbrochen.

»So, so, ein neuer Kandidat, das sind gute Neuigkeiten. Momentan scheint es fast, als traute sich niemand mehr, noch jemanden vorzuschlagen. Man könnte fast meinen, unsere Mitarbeiter scheuten sich, zu mir zu kommen. Bin ich denn so kritisch? Nein, oder? Also ein neuer Kandidat, Summer; versuch mich zu überzeugen.«

Summer schluckte kurz und zog nach ein wenig Herumkramen einige Dokumente aus seiner Aktentasche. Bevor sein Chef zu einem neuen Wortschwall ansetzen konnte, begann er seine Erörterung.

»Nun, der Junge, den ich für die *Spy School* vorschlagen möchte, heißt Sam Smith. Zunächst einmal prädestiniert ihn schon sein Name: Smith, wunderbar neutral und unauffällig …«

»Du wagst es, jemanden vorzuschlagen, weil er einen passenden Namen hat?« Autumn musste sich sehr beherrschen, um nicht gleich laut loszupoltern.

»Moment, Moment. Sein Name ist längst nicht alles«, nahm Summer seine Präsentation wieder auf, »ich erwähnte ihn nur als hübsche Dreingabe.«

»Hm. Gut, weiter, aber fass dich kurz.«

Summer reichte Autumn die Dokumente, wischte sich den Schweiß von der Stirn und begann wieder zu sprechen.

»Okay, also Sam Smith: ein stinknormaler Junge, kurze, braune Haare, mittelmäßige Schulnoten, in nichts herausragend, wenige Freunde und ganz normale Eltern. Kurzum, er hat das passende Profil.«

»Alles gut und schön, aber solche Kinder gibt es millionenfach. Was sage ich, milliardenfach! Was macht diesen Sam Smith anders als die anderen? Warum sollten wir ihn an unserer Schule zulassen?«

Autumn machte schon Anstalten, Summers Papiere durch den Reißwolf neben seinem Schreibtisch zu schicken.

»Ich beobachte ihn nun seit einem Monat und spüre, dass er etwas Besonderes hat. Dieser Junge weiß zwar, dass er ein stinknormaler Junge ist, aber er hadert damit von ganzem Herzen. Er weiß nur nicht, wie er eine Veränderung erreichen kann. Gib ihm eine Chance und er wird sie mit beiden Händen ergreifen. In ihm schlummert diese Leidenschaft etwas zu bewirken, diese Leidenschaft, die ihn meiner Ansicht nach als

Kandidaten für die *Spy School* geradezu unumgänglich macht.«

Autumn lehnte sich in seinem Stuhl zurück und starrte vor sich hin.

Summer wusste nicht, ob sein Chef über seinen Vorschlag nachdachte oder darüber, was er am Abend essen sollte. Autumn konnte zu den unpassendsten Augenblicken von Essen träumen.

Nach einer Weile hob Autumn den Kopf und sah Summer ins Gesicht.

»Ich muss ehrlich zugeben, dass ich nicht ganz von Sam Smiths Kandidatur überzeugt bin. Aber weil die *Spy School* durchaus einen neuen Schüler gebrauchen kann, und du der Einzige in diesem ganzen Gebäude bist, der mich noch nie enttäuscht hat, habe ich beschlossen, dem Jungen eine Chance zu geben. Allerdings unter Vorbehalt und auf deine Verantwortung. Ich hoffe, dass dich deine Intuition nicht im Stich gelassen hat, Summer, denn ich würde ungern einen meiner besten Mitarbeiter verlieren. Lass alles bei Herrn April, damit er die notwendigen Formulare ausfüllen kann. Danach nimmst du am besten Spring mit, um den Jungen abzuholen. Der Kollege kann ein wenig frische Luft gut gebrauchen, der arme Teufel sitzt schon wochenlang hier und arbeitet an dem Bericht über seine Operation in Weißrussland. Bombenanschläge verhindern kann er wie kein anderer, aber tippen mit mehr als zwei Fingern ist ihm nicht gegeben. In Ordnung, Summer, du kannst gehen.«

Autumn wartete, bis Summer sein Büro verlassen hatte und rief dann seine Frau an, um ihr zu sagen, sie solle für den Abend Schnitzel zubereiten.

3

Der Kandidat

»Sam, warte!«

Sam drehte sich um und sah David Toile auf sich zu rennen. Das Gesicht seines blonden Klassenkameraden war gerötet vom Laufen.

»Du hast es ja vielleicht eilig, Mensch. Ist es okay, wenn ich mit dir nach Hause gehe?«

Sam hatte kein Problem damit und die beiden Jungen schlenderten schweigend durch die Straße. Es war Freitag nach Schulschluss und die meisten Schüler machten zu diesem Zeitpunkt eifrig Pläne fürs Wochenende, aber Sam nicht. Wahrscheinlich würde er wie immer ein wenig für die Schule lernen und vor allem viel fernsehen. Und Sonntag natürlich Oma besuchen. David versuchte, das Schweigen zu durchbrechen und riss ihn aus seinen Überlegungen.

»Und, wie war dein Zeugnis?«

»Hm, nicht überwältigend, aber auch keine Fünf. Und bei dir?«

»Sechs ungenügend. Aber ich hab zu Hause einfach keine Ruhe zum Lernen.«

Sam war vage über die Familiensituation bei den Toiles im Bilde. An der Schule war bekannt, dass Davids

Vater im Rollstuhl saß und seine Mutter die meiste Zeit mit der Situation überfordert und depressiv war. Deshalb musste David immer wieder mit einspringen und einen guten Teil der Last mittragen. Plötzlich verlangsamte Sam seinen Schritt und drehte sich um.

»Was ist?«, fragte David.

»Ich weiß nicht. Ich habe das Gefühl, dass uns jemand folgt, seit wir die Schule verlassen haben. Aber das bild ich mir wahrscheinlich nur ein.«

»Natürlich. Wer sollte dir schon nachspionieren?«

»Du hast recht. Ist sicher meine Fantasie.«

Sam schaute sich noch einmal kurz um und beschloss dann, einfach David zu folgen, der unterdessen schon weitergelaufen war.

»Er passt tatsächlich ins Profil«, sagte Spring, »aber bist du sicher, dass du deine Karriere für ihn aufs Spiel setzen willst?«

Spring und Summer saßen in einem alten grauen Mercedes und schauten zu, wie Sam und David die Straße hinunter gingen. Es war schon einige Jahre her, seit sie zuletzt gemeinsam an einem Auftrag gearbeitet hatten. Summer genoss es, noch einmal mit seinem Partner unterwegs zu sein. Weil es in den letzten Jahren kaum noch Agenten gab, mussten sie zunehmend allein arbeiten. Es wurde Zeit für einen starken neuen Jahrgang.

»Wenn man nicht bereit ist, Risiken einzugehen, kommt man nicht weit in diesem Beruf, das weißt du so gut wie ich, Spring. Ich bin davon überzeugt, dass der Junge *es* hat. Ich weiß nicht genau, warum, aber meine Intuition hat mich noch nicht oft im Stich gelassen.«

»Bis auf dieses eine Mal in Rumänien, weißt du noch? Da warst du davon überzeugt, dass es eine Bombe im Regierungsgebäude geben müsste. Eine Woche lang haben wir ein ganzes Viertel geräumt und das Alltagsleben vollkommen zum Erliegen gebracht, aber zu einer Explosion kam es nicht. Ich weiß noch, dass ich am Ende der Woche wünschte, diese verfluchte Bombe ginge endlich hoch, damit wir weg könnten. Ich habe mich damals ganz schön weit aus dem Fenster lehnen müssen, damit du deine Stelle behältst.«

Summer wurde nicht gern an diesen Vorfall erinnert. Er war noch immer sicher, dass es eine Bombe gegeben hatte, die nur zufällig nie explodiert war. Ein kleiner Fehler im Zündmechanismus oder so. Die rumänische Regierung sollte nur aufpassen, vielleicht würde die Bombe zehn Jahre später ja doch noch hochgehen. Er wechselte das Thema, als er sah, wie sich Sam umdrehte und die Umgebung musterte.

»Hast du das gesehen? Der Junge weiß, dass er verfolgt wird. Diese Eigenschaft wird ihm in seiner Ausbildung dienlich sein. Ich habe es dir gesagt: Der Bursche hat was.«

»Hm. Und wie ist das mit dem Freund, der da bei ihm ist?«

»David Toile. Kein Problem, ihre Gespräche drehen sich nur um schulische Aktivitäten. David kennt Sam nicht besonders gut, sie wohnen zufällig in derselben Gegend. Es gibt nur drei Jungs, die Sam ab und zu besuchen, aber auch von dieser Seite droht keine Gefahr. Sie werden Sam nicht sofort vermissen, wenn er ein Weilchen verschwindet. Dann suchen sie sich einfach einen anderen Klassenkameraden, um sich die Zeit zu vertreiben. Ich sage doch, er hat das perfekte Profil.«

»Und die Eltern?«

»Ein einfacher Vertreter und eine Hausfrau, beide ohne Geschwister, darüber brauchen wir uns also keine Sorgen zu machen. Von den Eltern lebt nur noch ihre Mutter, aber die hat ein Gedächtnis wie ein Sieb. Wenn sie Sam eine Woche lang nicht sieht, hat sie schon vergessen, dass sie überhaupt einen Enkel hatte.«

»Und was, wenn Sam sich weigert?«

»Wird er nicht. Darf er nicht. Wie ich April kenne, ist der Brief an seinen Direktor wegen des Schulwechsels schon unterwegs und der Name Sam Smith beim Einwohnermeldeamt bereits gestrichen. Wir können nicht mehr zurück, aber mein Gefühl sagt mir, dass das auch nicht notwendig sein wird.«

»Ich hoffe es für dich. Wird dieser David Toile Sam den ganzen Weg begleiten oder läuft er auch noch ein Stückchen allein?«

»Gleich trennen sich ihre Wege und dann greifen wir uns Sam. Bist du bereit?«

»Jederzeit.«

»Bis Montag!«

»Alles klar, viel Spaß am Wochenende!«

Sam schaute David noch kurz nach und bog dann nach links in seine Straße ab. »Viel Spaß«, *yeah right*, genau das hatte sein Leben ja auch zu bieten. Aber das konnte David ja nicht wissen, dazu kannte er ihn zu wenig. Wie ihn alle zu wenig kannten.

Wieder hatte er das Gefühl, verfolgt zu werden. Beim Blick über die Schulter entdeckte Sam einen grauen Mercedes, der langsam in die Straße einbog. Normalerweise hätte er ihn nicht beachtet, aber wegen des seltsamen Gefühls, das ihn beschlich, beobachtete er den Wagen weiterhin aus dem Augenwinkel. Der Mercedes überholte ihn und stoppte nach einigen Metern. Sam ging ein Stückchen weiter und erschrak, als plötzlich eine der Wagentüren aufschwang und eine Hand ihm winkte. Neugierig und mit klopfendem Herzen trat er näher. Aus dem Wagen erklang eine leise Stimme: »Guten Tag, Herr Smith, würden Sie bitte einsteigen?«

Sam ließ sich auf die Rückbank des Wagens fallen. Trotz der reichlich ungewöhnlichen Situation hatte er keine Angst. Seine Neugier war viel größer. Neben ihm saß ein Mann und ein weiterer lenkte den Wagen. Sie trugen graue Anzüge und irgendwie vermittelte ihm das ein vertrautes Gefühl. Grau war die Farbe seines Lebens.

»Ich freue mich, Sie endlich zu treffen, Herr Smith«, sagte der Mann neben ihm. »Mein Name ist Summer und vorn im Wagen sehen Sie Herrn Spring. Ich werde nicht lange um den heißen Brei herumreden, sondern so schnell wie möglich zum Kern unserer Begegnung kommen. In den letzten Monaten habe ich Ihr Leben intensiv studiert. Ich bin zu dem Schluss gekommen, dass Sie es für langweilig halten, richtig?«

»Äh ... ja, vielleicht«, antwortete Sam zögernd, überrascht von der Direktheit der Frage. Es ist eine Sache, sich der Tatsache bewusst zu sein, dass das eigene Leben langweilig ist, aber das anderen gegenüber zuzugeben, ist nicht so selbstverständlich.

»Gut, aber ich meine auch erkannt zu haben, dass Sie einem Vorschlag, der dies ändern würde, aufgeschlossen gegenüber stünden, stimmt's?«

Summer sprach sehr schnell, sodass Sam nicht viel Zeit hatte, darüber nachzudenken, was gerade passierte.

»Äh ...Ja?«, schien ihm die logischste Antwort. Mittlerweile war sein Blick auf ein herzförmiges Muttermal in Summers Nacken gefallen. Unwillkürlich musste Sam kurz lächeln.

»Fantastisch, wir sind nämlich hier, um Ihnen solch einen Vorschlag zu unterbreiten. Und ich sehe auch, dass Sie das Mal in meinem Nacken entdeckt haben. Ich werde nur zwei Dinge dazu sagen: Erstens, ja, ich habe es immer schon gehabt und zweitens, ja, es hilft ausgezeichnet dabei, Frauen zu verführen, denn die finden das oh so niedlich. Aber jetzt zur Sache: Was hielten Sie davon, wenn wir Ihnen die Chance gäben, dieses Leben gegen ein neues voller Spannung und Abenteuer zu tauschen? Ein Leben, in dem Sie etwas für andere Menschen bewirken können. Ein Leben, in dem Sie dazu beitragen, die Welt zu einem besseren Ort zu machen?«

Die letzten Sätze hatte Summer aus einem kleinen grünen Buch abgelesen. »Entschuldigen Sie den albernen Ton, aber gemäß unseren Statuten müssen wir Ihnen den genauen Wortlaut mitteilen. Es wird Zeit, dass jemand sie neu schreibt, denn so können wir die Jugend von heute doch wirklich nicht mehr begeistern. Spring, erinnere mich daran, dass ich Autumn darauf anspreche.«

»Wird erledigt«, antwortete Spring, der sich zum ersten Mal ins Gespräch mischte.

Sams Gehirn arbeitete auf Hochtouren: Sein Leben aufgeben? Ein Leben als Weltverbesserer führen? Vielleicht waren das ja Leute von den Zeugen Jehovas oder so, die ihm eine Zukunft als Missionar vorschlugen? Dann doch lieber das Leben, das er jetzt führte. Er hatte nicht vor, seine Tage damit zu verbringen, Menschen an der Haustür zu belästigen – *»Hallo, was halten Sie vom Ende der Welt, darf ich kurz hereinkommen?«* Andererseits hatte er sich ein abenteuerliches Leben ja insgeheim immer gewünscht. Vielleicht sollte er den beiden Männern doch einfach eine Chance geben, ihn zu überzeugen.

»Und was für ein Leben wäre das dann? Ich will ja nicht unhöflich sein, aber Sie überfallen mich schon etwas mit dieser Frage. Ich spaziere von der Schule nach Hause, und schwupps sitze ich im Wagen bei zwei fremden Männern, die mir vorschlagen, ein neues Leben anzufangen. Könnten Sie mir vielleicht ein paar weitere Informationen geben?«

»Gut«, sagte Summer, »diese Frage hatten wir erwartet. Alles kann ich Ihnen noch nicht sagen, aber ich werde mein Bestes tun, um Ihre Zweifel auszuräumen. Wir sind hier, um Ihnen einen Platz an unserer *Spy School* anzubieten. Dort werden Sie zu einer der wichtigsten Personen des Landes ausgebildet: einem Geheimagenten. Wenn Sie einwilligen, werden Sie nie wieder ein Leben führen wie jetzt, Sie werden mit allem brechen müssen. Viel Bedenkzeit können wir Ihnen dabei allerdings nicht einräumen. Noch Fragen?«

Sam brauchte einen Moment, um das alles zu verarbeiten. Er rieb sich die Augen, um sicher zu sein, dass er wach war. »Also, angenommen, ich würde Ja sagen, dann sehe ich meine Eltern nie wieder?«

»Stimmt.«

»Aber sie werden mich doch vermissen? Sie werden mich bestimmt suchen. Und dann wird Ihre Organisation entdeckt und Sie müssen wegen Entführung eines Minderjährigen ins Gefängnis, oder?«

Summer lächelte seinem Partner zu. »Spring?«

Spring brummte zustimmend und Summer fuhr fort: »Ihre Eltern werden Sie überhaupt nicht vermissen. Und zwar nicht, weil sie Sie nicht lieben, denn das tun sie, auch wenn sie es nicht oft zeigen. Nein, Ihre Eltern werden nur nicht mehr wissen, dass sie jemals einen Sohn gehabt haben, dafür werden Spring und ein Team von der Schule sorgen. Früher mussten wir unsere neuen Schüler gewissermaßen sterben lassen, damit niemand Argwohn schöpfte, aber dank einer neuen Hypnosetechnik, die Herr Spring mit entwickelt hat, können wir den Eltern dieses Leid ersparen. Wir suggerieren ihnen – und eventuellen Verwandten – einfach, dass sie niemals ein Kind hatten, sodass sie nie einen Verlust empfinden müssen. Außerdem werden alle Spuren Ihrer Existenz gelöscht, und dann können Sie ohne Sorgen die *Spy School* besuchen und eine neue Identität erhalten.«

Sam stellte sich das Leben seiner Eltern ohne Sohn vor. Viel würde sich für sie nicht ändern. Mutter würde weiterhin waschen, putzen und kochen, eventuell etwas weniger, und Vater würde auch in Zukunft seine täglichen Termine wahrnehmen. Und sie bräuchten ihn nicht zu vermissen, sie hätten also keinen Kummer, zumindest sagte das doch dieser Herr Summer. Sam hatte das Gefühl, ihm durchaus trauen zu können.

Aber was war mit seinem eigenen Leben? Trotz der seltsamen Situation fand Sam das Angebot sehr verlockend. Er hatte auch nicht viel zu verlieren, denn viel langweiliger als sein Leben jetzt konnte das eines Geheimagenten nicht sein. Er brauchte auch keine Angst zu haben, echte Freunde zurückzulassen, denn die hatte er nicht. Wenn er diese Chance nicht ergriff, würde es ihm später leidtun. Sam holte tief Luft und sagte: »Einverstanden, ich mache es.«

Summer nickte zufrieden. »Sie werden es nicht bereuen, Herr Smith.«

Das Auto fuhr an Sams Elternhaus vorbei. Vor der Tür stand ein grauer Transporter und Männer in grauen Anzügen kamen mit Sams Besitztümern aus dem Haus. Seine Kleidung, sein Computer, seine Schulsachen und sogar sein Bett wurden eingeladen.

»Warten Sie!«, rief Sam. »Was passiert denn mit meinen Eltern?«

Spring hielt den Wagen an und drehte sich um. Er sah Sam tief in die Augen.

»Sie werden morgen früh aufwachen und ihr Leben einfach weiter leben, ohne zu wissen, dass sie jemals einen Sohn hatten. Im Augenblick befinden sie sich im Tiefschlaf. Und Sie werden Ihrem Beispiel folgen, Herr Smith.«

Noch bevor Sam klar wurde, dass Spring ihn hypnotisierte, fielen ihm die Augen zu und er rutschte tiefer in die Rückbank. Während der nächsten vierundzwanzig Stunden würde er einen glückseligen Traum genießen, in dem er die Welt im allerletzten Moment vor dem Untergang rettete.

4

Die Spy School

Sam erwachte in einem Zimmer von der Größe einer Gefängniszelle. Er schaute sich um. Es gab keine Fenster und das wenige Licht kam von einer brummenden Neonröhre an der Decke. Im Zimmer standen ein Bett, ein Stuhl und ein Schreibtisch mit einem Computer. In der Wand war ein Einbauschrank. Sam streckte sich, kletterte aus dem Bett und zog den Schrank auf. Er fühlte sich merkwürdig erfrischt, als hätte er einen Winterschlaf gehalten. Der Schrank war randvoll mit Kleidung, alles nagelneu: Sportkleidung, Freizeitkleidung und ein vornehmer grauer Anzug. Genau so einer, wie ihn Summer und Spring getragen hatten, nur kleiner. In seinem neuen Leben würde er jedenfalls wissen, was er anziehen sollte.

Plötzlich öffnete sich die Tür und er hörte eine Stimme: »Guten Morgen, Herr Smith, gut geschlafen?«

Sam sah zur Tür, konnte aber niemanden entdecken. Gab es hier am Ende Leute, die sich unsichtbar machen konnten?

»Hier unten, Herr Smith«, sagte die Stimme. »Es ist unhöflich, eine Frage nicht zu beantworten und Höflichkeit ist für Geheimagenten eine wichtige Eigenschaft . Aber weil Sie hier neu sind und mich auch noch nicht kennen, werde ich es diesmal so hinnehmen. Normalerweise steht darauf zwei Tage Einzelhaft.«

Sam schaute nach unten und erschrak kurz, als er sah, dass er es mit einem kleinen sprechenden Roboter zu tun hatte. Er bewegte sich wie ein Panzer auf Raupenketten. Der restliche Körper war einem menschlichen nachempfunden: An seinem Rumpf waren zwei Greifarme befestigt, in denen er einige Papiere hielt. Sein Kopf hatte die Größe eines Tennisballs, auf dem Sam zwei Augen und einen Mund ausmachen konnte. Die Augen waren zwei Kameras, die sich nach allen Seiten bewegen konnten, und der Mund war ein schwarzer Lautsprecher. Daraus kamen erneut Töne.

»Nur ein Scherz, haha, das ist hier kein Gefängnis. Sie sind aus freien Stücken hier, solche Strafen verhängen wir nicht. Aber ich muss hinzufügen, dass doch sehr nachdrücklich Wert auf Höflichkeit gelegt wird, Sie werden sie bei späteren Aufträgen noch oft genug brauchen. Aber ich greife vor, das erfahren Sie alles im Unterricht. Ich bin hier, um Sie in der Schule herumzuführen. Mein Name ist Spyro 42, nennen Sie mich einfach Spyro.«

»Guten Morgen, Spyro«, sagte Sam, in einem Versuch, doch noch höflich zu wirken, »mein Name ist Sam Smith, sagen Sie ruhig Sam.«

»Das darf ich nicht«, erwiderte Spyro. »Auf dieser Schule wird jeder Schüler mit Nachnamen angesprochen und gesiezt. Höflichkeit, wie ich schon sagte, ist eine wesentliche Eigenschaft eines Agenten. Nur die Schüler untereinander duzen sich. Sprechen Sie also niemals einen Ihrer Lehrer mit ›Du‹ an, Herr Smith, denn darüber sind diese nicht sehr erfreut.«

»Und wie spreche ich dich dann an?«, fragte Sam und spürte sofort, wie er errötete. »Oh, Entschuldigung, wie spreche ich *Sie* dann an?«

»Sie brauchen sich nicht zu entschuldigen, Herr Smith«, sagte Spyro. »Alle sagen Du zu mir, ich bin ja ein Roboter. Ich wurde gebaut, um Ihnen zu Diensten zu sein und ich bin Ihnen unterstellt. Aber wir schweifen ab und man hat mich nicht zum Schwätzchenhalten erschaffen. Ziehen Sie sich erst einmal an, dann suche ich Ihren Tagesplan heraus.«

Sam war froh, dass Spyro endlich zur Sache kam, denn er fror schon eine Weile in seiner Unterwäsche und wusste immer noch nicht, was ihn erwartete. Er schaute in den Schrank und entschied sich für ein einfarbiges schwarzes T-Shirt und eine markenlose Jeans. Die Kleidungsstücke passten ihm wie angegossen, offensichtlich war seine Größe bestens bekannt.

»Nein, nein, nein, nein, nein, nein!«, rief Spyro. »Nicht das! Das tragen Sie nachher, wenn Sie in den Unterricht gehen, erst müssen Sie noch zum Direktor. Er besteht darauf, seine neuen Schüler immer persönlich zu begrüßen. Und Sie wollen ihm doch nicht in Freizeitkleidung gegenübertreten, hoffe ich?«

»Entschuldigung«, murmelte Sam lautlos, »das konnte ich doch nicht wissen.«

Er drehte sich wieder zum Schrank und beschloss, dann eben den grauen Anzug anzuziehen. Er vermutete, dass er dem Direktor in diesem Outfit am genehmsten wäre. Seltsamerweise saß auch der Anzug perfekt. Er fiel weich und bequem, fast wie Sportkleidung. Mit diesem Anzug könnte er einen Hundert-Meter-Sprint gewinnen, wenn er nicht so lahm wäre wie eine Schildkröte auf drei Beinen.

»Sind wir so weit?«, fragte Spyro ungeduldig. »Entschuldigen Sie, wenn ich dränge, aber der Boss wartet nun einmal nicht gern. Pünktlichkeit ist eine wichtige Eigenschaft eines Geheimagenten.«

Noch bevor Sam antworten konnte, war Spyro bereits zur Tür hinaus und Sam folgte ihm so schnell er konnte. Wenn er schon auf dieser Schule war, wollte er von Anfang an einen guten Eindruck machen. Er betrat einen Gang, der von langen Neonröhren beleuchtet wurde. Als sein Blick nach unten wanderte, hatte er eigentlich eine Art Laufband erwartet, wie er es einmal in einem Film gesehen hatte. Aber leider musste er ganz normal gehen. Es war, als hätte Spyro seine Gedanken gelesen: »Machen Sie sich keine falschen Hoffnungen, Herr Smith. Für solchen überflüssigen Schnickschnack gibt die *Spy School* kein Geld aus. Das setzen wir besser für nützliche Dinge ein. Und jetzt beeilen Sie sich, wir sind fast da.«

Zwei Gänge, ein leises Türklopfen und ein mürrisches »Herein!« später stand Sam vor dem Direktor, der ihn freundlich plappernd begrüßte.

»Aha, der Herr Smith, nehme ich an. Aber natürlich darf ich das annehmen, denn wenn Sie es nicht wären, dürfte Spyro 42 seine restlichen Tage als Toaster verbringen, nicht wahr, Spyro? Aber seien Sie willkommen auf dieser Schule, Herr Smith. Ich bin Herr Autumn, Präsident & Generaldirektor, aber das hatten Sie sicher schon erraten?«

Sam nickte zustimmend.

»Aber natürlich hatten Sie das schon erraten, sonst hätte ich Sie mitsamt allem Hab und Gut und was weiß ich noch allem hinausgeworfen, denn dumme Schüler können wir hier nicht gebrauchen. Doch Sie sind nicht dumm, denn Sie haben es erraten, jedenfalls tun Sie so, Sie könnten auch gelogen haben. Aber auch das wüsste ich zu schätzen, denn das würde bedeuten, dass Sie so schlau sind, Ihre Dummheit zu verbergen, und das hieße, dass Sie doch schlauer sind als dumm und deswegen auf die *Spy School* gehören. Aber gut, ich schweife ab, wo war ich noch stehen geblieben? Oh ja, willkommen auf dieser Schule also. Haben Sie lange gezweifelt, bevor Sie den Entschluss fassten, hierher zu kommen?«

Sam öffnete den Mund und konnte kaum »Nein, ich ...« hervorbringen, als Autumn auch schon beschloss, noch ein wenig mehr Atemluft zu Worten zu formen.

»Sehr gut. Ich mag keine Zweifler, wissen Sie. Zweifler haben einen schwachen Punkt, und den darf ein guter Geheimagent nicht haben. Wer zweifelt, ist verloren. Immer eine resolute Entscheidung treffen, Herr Smith, ob sie nun richtig oder falsch ist. So bin auch ich hierher gekommen: Ich habe viele falsche Entscheidungen gefällt, aber ich habe dann immer zu hundert Prozent hinter ihnen gestanden. Nehmen Sie sich ruhig ein Beispiel daran.«

»Okay, Herr Autumn«, antwortete Sam, und wusste augenblicklich, dass es die falsche Antwort war, denn der Präsident & Generaldirektor lief über und über rot an, die Adern an seinem Hals pulsten.

»Sie sollen sich daran überhaupt kein Beispiel nehmen, Herr Smith. Sie sollen im Gegenteil gerade versuchen, überhaupt *keine* falschen Entscheidungen zu treffen. Wohin soll das führen, wenn einfach jeder anfängt, falsche Entscheidungen zu treffen? Mindestens zurück ins 13. Jahrhundert, wenn Sie mich fragen, aber das machen Sie natürlich nicht, oder doch, Herr Smith?«

»Äh, nein, Herr Autumn?« Sam war sich keineswegs sicher, was er nun antworten sollte, er hatte das Gefühl, dass doch alles falsch wäre. Kalte Schweißtropfen rannen von seinem Nacken den Rücken hinunter, ihn schauderte. Zum ersten Mal in seinem Leben hoffte er, schnell in den Unterricht zu dürfen, denn dieser Mann schien ihm, bei allem Respekt, vollkommen durchgeknallt.

»Gut so, Herr Smith«, begann Autumn wieder, »ich wusste ja, dass Sie vernünftig sind. Das war das Erste, was ich zu dem guten alten Summer sagte. ›Summer, das ist ein vernünftiger Junge, bring ihn so schnell wie möglich hierher an die *Spy School*‹. Ja ja, ich habe eine Nase für diese Dinge. Ich habe eine ziemlich kleine Nase, aber sie funktioniert ausgezeichnet. Deswegen bin ich ja auch Präsident & Generaldirektor dieser Schule, nicht wahr?«

Sam beschloss, einfach nicht mehr zu antworten, damit machte er wenigstens nichts falsch und vielleicht würde Autumn dann auch aufhören zu plappern. Sein Plan misslang.

»Ich wusste, dass Sie mir zustimmen würden, Herr Smith. Ich hätte also eigentlich genauso gut nicht fragen müssen und dann hätte ich immer noch gewusst, dass Sie mir recht geben würden. Aber gut, Geschehenes lässt sich nicht ungeschehen machen. Ich könnte noch den ganzen Tag so mit Ihnen weiterplaudern, aber dafür habe ich keine Zeit. Und Sie haben auch noch einen vollen Tagesplan vor sich, Herr Smith, auch wenn es Samstag ist, auf dieser Schule muss gearbeitet werden. Ich danke Ihnen also aufrichtig für dieses herzliche und offene Gespräch und wünsche Ihnen viel Erfolg an dieser Schule. Na, wenn das keine schönen Schlussworte sind, weiß ich auch nicht. Verflixt, das hätte ich nicht sagen dürfen, denn jetzt sind meine Schlussworte keine Schlussworte mehr. Hm, merkwürdige Situation ...«

Verwirrt drehte Autumn seinen Bürostuhl um 180 Grad und schien in Gedanken darüber zu versinken, was bei seinem Schlussplädoyer schiefgegangen war. Sam blieb noch einen Moment reglos stehen und wusste nicht, was er machen sollte, bis er Spyros Stimme wieder hörte: »Kommen Sie, Herr Smith, wir müssen zu Ihrer ersten Stunde und auch Herr July mag keine Nachzügler, Pünktlichkeit ist nämlich ...«

»... eine wichtige Eigenschaft eines Geheimagenten, ja, ja, ich weiß«, ergänzte Sam.

»Genau«, antwortete Spyro, »ich sehe, Sie lernen schnell.«

5

Wie man sich aus misslichen Lagen befreit

Nach dem wirbelnden Wortschwall des Generaldirektors brachte Spyro 42 Sam zu seinem Zimmer zurück, damit er sich umziehen konnte. Dann ging es durch ein Labyrinth aus Gängen zum Klassenraum von Herrn July. Vor der Tür standen vier Jungen und fünf Mädchen und unterhielten sich leise miteinander. Alle trugen Kleidung, wie auch Sam sie in seinem Schrank hatte hängen sehen: keine Aufschriften oder Markennamen zu entdecken. Sie sahen auch alle mehr oder weniger gleich aus: Alle hatten dunkle Haare, sie waren nicht besonders groß oder klein, sie hatten keine zu großen oder kleinen Nasen, Münder oder Ohren. Mit anderen Worten: Sie waren allesamt wie Sam: unauffällig.

»Das Thema Ihrer ersten Stunde lautet *Wie man sich aus misslichen Lagen befreit*, Herr Smith«, sagte Spyro. »Ich wünsche Ihnen viel Erfolg und hoffe, Sie gewöhnen sich schnell ein. Wenn Sie mich brauchen, können Sie mich in Ihrem Zimmer über Ihren Computer rufen. Wenn es wirklich dringend ist, können Sie die Notfallschalter verwenden, die Sie hier und da in den Gängen finden. Aber nur, wenn es wirklich dringend ist, Sie dürfen mich nicht missbrauchen. Ihre Mitschüler werden Ihnen bei allen Problemen weiterhelfen, denn Kollegialität ist eine wichtige Eigenschaft eines guten Geheimagenten. Bis bald, Herr Smith.«

Sam schaute Spyro hinterher, bis er um die Ecke bog und wandte sich dann seinen neuen Mitschülern zu. Die betraten gerade den Klassenraum, der Lehrer war schon da. Sam folgte als Letzter und schloss die Tür hinter sich.

Der Klassenraum sah auf den ersten Blick nicht viel anders aus als in Sams voriger Schule. Die zehn Tische standen in Zweierreihen und vorn befand sich ein großes Pult. Die grüne Kreidetafel an der Wand vervollständigte das Bild. Aber dennoch war dieser Raum nicht ganz normal. Im hinteren Teil gab es etliche ungewöhnliche Gerätschaften. Sam sah einen langen Tisch, an dem Handschellen hingen, darüber einen großen Laserstrahler. Neben dem Tisch standen eine lebensgroße würfelförmige Kiste und daneben das Heck eines Autos. An der Wand hingen Zwangsjacken, Eisenketten und verschiedene Seilsorten. Sam musste kurz schlucken. *Wie man sich aus misslichen Lagen befreit* war offensichtlich keine reine Theoriestunde.

Die anderen Schüler hatten sich schon hingesetzt und Sam nahm schnell am einzigen freien Tisch Platz, neben einem Mädchen mit schwarzen Haaren, die zu einem Pferdeschwanz gebunden waren. Sie begrüßte ihn mit einem kurzen Nicken und richtete dann den Blick wieder nach vorn. Der Lehrer begann zu sprechen:

»Guten Morgen, Klasse A, willkommen zu den nächsten zwei Stunden Vergnügen mit dem Ringen um Freiheit. Bevor wir anfangen, möchte ich Sie mit dem neusten Zugewinn der Schule bekannt machen. Sein Name ist Sam Smith und er wurde höchstpersönlich von Herrn Summer ausgewählt, was durchaus eine Referenz ist. Schauen Sie also ruhig alle einmal zu ihm, damit unser neuer Schüler gleich so richtig verlegen wird.«

Zehn Augenpaare richteten sich auf Sam und musterten ihn von Kopf bis Fuß. Sam war tatsächlich ein wenig verlegen. Es folgte leises Brummen und Kopfnicken. Sam hoffte, dass das hieß, dass er für gut befunden worden war. Herr July ergriff wieder das Wort:

»Gut, das reicht wohl. Seien Sie willkommen, Herr Smith, ich hoffe, Sie werden hier eine angenehme Zeit verbringen. Für weitere Informationen verweise ich Sie an Ihre Mitschüler, jetzt möchte ich gern mit dem Unterricht beginnen. Wollen wir einmal sehen, ob Sie den Stoff der letzten Woche wiederholt haben.«

July wandte sich an den Jungen, der ihm am nächsten saß.

»Herr James, können Sie mir sagen, was Sie machen müssen, wenn Sie sich unter Wasser befinden und in einer Zwangsjacke stecken?«

»Das kann ich«, antwortete der Junge selbstsicher.

»Nun«, sagte Herr July, »dann wollen wir gar nicht lange plaudern, sondern gleich die Probe aufs Exempel machen und prüfen, ob Sie es wirklich wissen. Folgen Sie mir bitte nach hinten, Herr James. Der Rest der Klasse nimmt bitte um das Wasserreservoir herum Platz.«

Das war vermutlich die würfelförmige Kiste, die Sam gesehen hatte. July nahm den offensichtlich nervösen Richard James an der Hand und führte ihn zu der Kiste. Nach ein wenig Stühlerücken versammelten sich auch die anderen Schüler hinten im Klassenraum. Sam war neugierig, was ihnen bevorstand, und an den Gesichtern seiner Mitschüler konnte er ablesen, dass auch sie noch nicht so viele Praxisübungen miterlebt hatten. Er spürte, dass sie im Augenblick nur froh waren, nicht an Richards Stelle zu sein.

»Frau Wickman, würden Sie mir bitte eine Zwangsjacke reichen?«, bat July das Mädchen, das neben Sam gesessen hatte.

»Natürlich, Herr July«, antwortete sie und zog etwas zu hastig eine Jacke von der Wand, wodurch ein paar Handschellen zu Boden klirrten.

»Vorsichtig, Frau Wickman«, sagte July mit mahnendem Blick. »Sie können sich ruhig Zeit nehmen. Wie Sie wissen, ist Geduld eine wichtige Eigenschaft eines Geheimagenten.«

Sam fragte sich allmählich, ob er all diese Eigenschaften eines Geheimagenten nicht irgendwo aufschreiben müsste. Höflichkeit, Pünktlichkeit, Kollegialität und Geduld gehörten dazu und dabei würde es vermutlich nicht bleiben. Inzwischen hatte das Mädchen, das Wickman hieß, Herrn July die Zwangsjacke ausgehändigt und dieser reichte sie an einen immer heftiger zitternden Richard weiter.

»So, Herr James, schlüpfen Sie hinein, ich helfe Ihnen beim Zubinden«, sagte der Lehrer. Richard James steckte seine Arme in die Jacke und July verschnürte sie mit ein paar routinierten Handgriffen.

»Können Sie Ihre Arme noch bewegen, Herr James?«

Der arme Richard schüttelte den Kopf.

»In Ordnung, dann dürfen Sie jetzt ins Reservoir steigen. Sie haben exakt fünf Minuten, um sich aus der Zwangsjacke zu befreien und die Kiste zu verlassen. Diese ist nicht verschlossen, möchte ich hinzufügen. Das machen wir erst im nächsten Schuljahr. Mir scheint es besser, erst ein wenig mit der Zwangsjacke zu üben. Wir wollen die Schüler im ersten Jahr nicht zu hohen Risiken aussetzen. Sind Sie so weit, Herr James?«

Richard war unterdessen in die Kiste mit Wasser gestiegen und nickte wenig überzeugt.

»Gut. Ihre Zeit läuft ab: jetzt!«

July drückte Richards Kopf unter die Wasseroberfläche und schloss die Kiste. Die Klasse wartete stillschweigend, dass Richard wieder auftauchen würde. Eine Minute verstrich. In der Kiste war ein wenig Gepolter zu hören, aber der Deckel ging nicht auf. Nach zwei Minuten begann Sam sich Sorgen zu machen. Hatte der Junge in der Kiste denn auch genügend Atemluft, um so lange unter Wasser zu bleiben? Die anderen waren offensichtlich ziemlich ruhig: Reglos starrten sie auf die Kiste.

Nach drei Minuten begann Sam zu schwitzen. Was, wenn der Junge Wasser in die Lunge bekam? Herr July schien sich keine Sorgen zu machen, sah jedoch ungeduldig auf seine Armbanduhr und zupfte einige Male an seinem Ohrläppchen. Nach vier Minuten hielt Sam es nicht mehr aus.

»Herr July, ich glaube, Richard schafft es nicht aus der Zwangsjacke herauszukommen, wir müssen die Kiste öffnen und so schnell wie möglich einen Krankenwagen rufen, denn bis die hier sind, ist es vielleicht schon zu spät«, ratterte Sam los. »Wir können ihn bestimmt von Mund-zu-Mund beatmen, dann hat er vielleicht noch eine Chance und ...«

July gebot Sam zu schweigen: »Nur die Ruhe, Herr Smith, man merkt, dass Sie hier neu sind. Alles ist in Ordnung, für Herrn James wird gesorgt, Sie glauben doch nicht, dass wir so nachlässig mit unseren Schülern umspringen?«

Plötzlich ging die Tür auf und zu Sams Erstaunen rannten vier Männer in weißen Kitteln und mit einer Trage in die Klasse. Sie öffneten die Kiste und zogen den prustenden Richard heraus, der es offensichtlich nur halb aus seiner Zwangsjacke geschafft hatte. Binnen fünfzehn Sekunden hatten sie ihn auf die Trage gelegt und die Klasse wieder verlassen.

»Hm, fünfzehn Sekunden, nicht schlecht«, murmelte July. »Sie sind immer noch ziemlich schnell, wie es sich gehört.« Danach sprach er mit lauter Stimme zu den anderen Schülern: »Gut, Sie dürfen sich wieder setzen, für den Rest der Stunde beschränken wir uns auf die Theorie.«

Ein deutlich hörbares Seufzen ging durch die Klasse. Trotz Richards Abtransport schienen Sams Mitschüler die praktischen Übungen der Theorie vorzuziehen. Langsam setzten sich alle wieder auf ihren Platz.

Die restliche Stunde widmete Herr July dem Tisch hinten in der Klasse, über dem der Laser hing. Es sei schwierig bis nahezu unmöglich, angekettet einem solchen Tisch zu entkommen. Die Schüler dürften sich nicht von James Bond Filmen in die Irre führen lassen, die sie zweifelsohne alle gesehen hatten, in denen es Bond zum Schluss doch immer gelinge. Was der Film zeige, sei schierer Blödsinn. Ohne die entsprechenden Vorsorgemaßnahmen gäbe es keinen Ausweg. Aber es sei natürlich höchst kompliziert, die richtigen Maßnahmen zu ergreifen, da man im wahren Leben nicht im Vorhinein wisse, dass man später auf einem solchen Tisch lande ...

Sam hörte kaum zu. In Gedanken war er bei dem Vorfall mit Richard. Ob er es schaffen würde? Vermutlich, denn July schien völlig unbesorgt. Aber warum? Und wieso waren die vier Ärzte so schnell zur Stelle gewesen? Sie konnten doch nicht wissen, dass etwas schiefgehen würde? Sam war kaum hier und sein Kopf schwirrte schon von all den Fragen.

»Herr Smith?«

Sam schrak aus seinen Grübeleien. Herr July stand vor seinem Tisch und alle Mitschüler sahen zu ihm hinüber.

»Ich verstehe, dass es viele Dinge gibt, über die man nachdenken muss, Herr Smith, das geht jedem Neuen so. Versuchen Sie jedoch, so viel wie möglich außerhalb meiner Stunde und nicht während meiner Erläuterungen darüber nachzudenken, sonst geraten Sie nur ins Hintertreffen. Ich würde Ihnen gern noch eine Zusatzstunde über die Zwangsjacke erteilen, da Sie diese Unterrichtseinheit verpasst haben und ich sie doch für wichtig halte. Passt Ihnen morgen Mittag?«

»Äh ... Ja, Herr July«, antwortete Sam.

»Ausgezeichnet«, sagte July. »Dann sehe ich Sie morgen. Die Stunde ist vorbei, Sie dürfen gehen.« Schweigend erhoben sich die Schüler und drängten aus dem Raum. Sam folgte als Letzter hinter dem Mädchen, das neben ihm gesessen hatte.

»Nicht leicht, so ein erster Tag, was?«, fragte das Mädchen, als sie draußen standen. »Ich bin Daphné.«

Sie reichte ihm die Hand und Sam ergriff sie nur zu gern.

»Hallo, Daphné, ich bin Sam.«

»Das hatte ich schon begriffen, freut mich, Sam«, sagte Daphné mit einem Lächeln. »Wenn du Fragen hast, bin ich jederzeit für dich da. Aber jetzt ist Mittagspause, kommst du mit zum Essen?«

Sam spürte, wie sein knurrender Magen diese Frage beantwortete. »Gut«, sagte er, »dann weiß ich auch gleich, wo die Cafeteria ist.«

Daphné lachte, sie hatte schöne perlweiße Zähne. »Eine Cafeteria findest du nur in normalen Schulen, aber nicht bei uns. Vergiss die Gewohnheiten aus früheren Schultagen, von jetzt an ändert sich eine Menge.«

»Wo esst ihr denn?«

»Überall. Komm nur mit.«

Daphné fasste Sam am Arm und lotste ihn durch die Gänge, bis sie in eine Sackgasse kamen. In der hintersten Wand befand sich auf Augenhöhe ein eingebauter Monitor. Daphné drückte ein paar Mal auf verschiedene Tasten, bis das Wort Tagesmenüs in Großbuchstaben erschien.

»So, Sam, was möchtest du essen?«

Sam spähte auf den Monitor und sah einige Namen, die er nicht als Nahrung identifizieren konnte. Eine *kugelsichere Weste*? Eine *Bazooka*? Was sollte das heißen? Waren die hier essbar?

Daphné sah sein Erstaunen. »Entschuldige, das hätte ich dazu sagen müssen. Die Leute von der Schule geben den Gerichten gern andere Namen. Eine *kugelsichere Weste* besteht zum Beispiel aus Würstchen, die mit Speck umwickelt sind. Die Speckstreifen schützen dann sozusagen die Würstchen. Eine *Bazooka* ist ein anderes Wort für eine große Blutwurst. Wenn du ein Steak möchtest, bestellst du einen *Verwundeten* und je nachdem, wie blutig es sein soll, mit ein, zwei oder drei Kugeln. Zum Fleisch können wahlweise *Granaten*, das sind Kartoffelkroketten, oder *Pfeile*, Fritten natürlich, bestellt werden. Und *Mafia* ist einfach ein Teller Spaghetti.«

»Jetzt kapiere ich es«, sagte Sam, »das ist also eine Art Geheimcode?«

»Nein«, antwortete Daphné, »nur eine Macke der Leute, die sich hier in der Schule ums Essen kümmern. Zu allen Gerichten gibt es übrigens immer eine Portion Gemüse. Gesundheit ist nämlich eine wichtige Eigenschaft eines Geheimagenten.«

Sam entschied sich für einen Verwundeten mit zwei Kugeln und Granaten und Daphné nahm die Mafia. Nach einem Tastendruck öffnete sich eine Luke neben dem Monitor und die beiden Bestellungen standen dampfend für sie bereit. Daphné fand, das Wetter sei zu schön, um nicht draußen zu essen, und nach ein wenig Hin und Her durch die Gänge und einer Fahrt mit dem Aufzug in den sechzehnten Stock – Sam fragte sich mittlerweile, ob er sich hier jemals allein zurechtfinden würde –, gelangten sie zu einer Tür, die in einen Garten führte. Es war eine Art Innenhof, den das Schulgebäude umgab. Daphné führte Sam zu einer Bank mit Tisch in der Ecke des Gartens und sie stürzten sich hungrig auf ihre Mahlzeit.

»Wie lange bist du schon auf der Schule?«, fragte Sam, während er eine seiner Granaten verspeiste.

»Schon seit Dezember«, antwortete Daphné. »Nur gut so, denn ich kam gerade rechtzeitig zu Beginn des Schuljahrs. Es wird nicht leicht für dich sein, nach einigen Monaten noch alles aufzuholen.«

»Fängt das Schuljahr hier erst im Dezember an?«, fragte Sam, erleichtert, dass er dann nur einige Monate verpasst hatte und kein halbes Jahr, wie zunächst befürchtet.

»Nein, im Januar. Die Schule geht von der Philosophie aus, ein Schuljahr müsse in der schönsten Jahreszeit beginnen *und* enden.«

»Dem Winter.«

»Genau. Unsere Lehrer meinen, das sei die passendste Jahreszeit für einen Geheimagenten, weil die Welt dann farblos wird. In einer solchen Umgebung kann sich ein Spion am besten fortbewegen: Alles ist grau, niemand schaut sich um, denn jeder führt den gleichen Kampf gegen die Kälte und den scharfen Wind. Kurz, die Leute sind so mit sich beschäftigt, dass sie viele Dinge gar nicht wahrnehmen.«

»Soll das heißen, dass wir im Sommer nicht nach draußen dürfen?«, fragte Sam. Nur im Winter auf die Straße zu können, schien ihm kein so angenehmer Gedanke.

»Nein, natürlich nicht«, sagte Daphné geduldig. »Im Sommer kannst du genauso unauffällig durchs Leben gehen. Es ist einfach nur die Vorstellung, das Grau des

Winters passe am besten zur Unauffälligkeit eines Geheimagenten. Und deswegen beginnt und endet der Unterricht im Winter. Ich weiß, das ist ein wenig gewöhnungsbedürftig, aber eigentlich ganz logisch.«

Sam musste erst einmal alle Informationen verarbeiten und nahm noch einen Bissen von seinem von zwei Kugeln durchbohrten Verwundeten. »Also«, begann er, »die Namen Spring, Summer und Autumn sind demnach nicht rein zufällig. Um die Reihe zu schließen, muss es hier auf der Schule noch einen Herrn Winter geben, oder?«

»Das dachte ich anfangs auch«, antwortete Daphné, während sie mit ihrer Gabel die Spaghetti aufwickelte. »Aber das scheint nicht der Fall zu sein. Die Jahreszeiten-Namen bilden die Rangordnung ab. Der Frühling ist die bunteste Jahreszeit und steht deswegen ganz unten, was nicht heißt, dass Herr Spring keine wichtige Person ist, im Gegenteil. Dann kommt der Sommer, der die Farben und die Frische des Frühlings durch Einseitigkeit und Trockenheit ersetzt. Und oben an steht der Herbst, in puncto Rauheit kommt diese Jahreszeit dem Winter am nächsten. Deswegen ist Herr Autumn auch Präsident & Generaldirektor, er hat am meisten für die *Spy School* geleistet.«

»Und was ist mit diesem Winter?«, unterbrach Sam, der immer noch keine Antwort auf seine Frage erhalten hatte.

»Moment, das wollte ich gerade erzählen. Geduld ist eine wichtige Eigenschaft eines Geheimagenten, erinnerst du dich? Der Name Winter wurde noch niemandem zugeteilt. Offenbar gibt es niemanden, der jemals so viel für die *Spy School* getan hat, dass er diesen Namen verdient. Herr Summer war einmal kurz davor, aber es kursiert ein Gerücht, dass er bei einem Auftrag in Rumänien eine falsche Entscheidung getroffen hat, die ihn den Titel kostete. Herr Autumn hat den Außeneinsatz eingestellt, sobald er Präsident & Generaldirektor wurde, und hat damit keine Chance mehr auf den Namen ›Winter‹. Herr Spring hat keine Chance, als Geheimagent ist er Spitze, aber nun einmal nicht die Spitze der Top-Agenten.«

»Klingt wie eine Geschichte aus der Bibel«, sagte Sam: »Warten auf den Erlöser, dem man den Namen Winter schenken wird.« Sam breitete die Arme aus und hob feierlich an: »Und er stieg herab aus dem Himmel, um die Menschheit zu erlösen von ihren Sünden. Er brachte den Menschen Frieden und Heil und alle waren glücklich. Und man nannte ihn Winter!«

Daphné musste lachen und eine Nudel flutschte aus ihrem Mund zurück auf den Teller.

»Pfui, Frau Wickman«, sagte Sam, »Sie wissen doch, dass gute Manieren wichtige Eigenschaften eines Geheimagenten sind!«

6

Bombenalarm

In den Wochen nach seinem ersten Schultag eröffnete sich für Sam eine neue Welt. Die *Spy School* war in vielerlei Hinsicht genauso wie seine alte Schule, und zugleich ganz anders. So unterschied sich beispielsweise die Tageseinteilung. Die Schüler durften bis neun Uhr ausschlafen. Neun Uhr! Das waren mindestens zwei Stunden länger als früher. Die Schule ging von dem Gedanken aus, ein Geheimagent müsse immer ausgeschlafen sein. Ist der Kopf nicht frisch, erschlafft die Konzentration und das kann zu folgenschweren Fehlern führen. Nur mal angenommen, man schliefe in einer Zwangsjacke unter Wasser ein! Das würde dem Image der Schule sehr schaden, aber man brächte vor allem sich selbst in Schwierigkeiten.

Nach dem Duschen wurden die Schüler um halb zehn zum Frühstück erwartet. Oder besser gesagt: Man erwartete von ihnen, dass sie zwischen halb zehn und zehn ihr Frühstück aus der Wand holten, denn es gab schließlich keinen Speisesaal in der Schule. Meistens aß Sam *Landkarten* mit *Blut* und *Schlamm*, was eigentlich normale Toastscheiben mit Marmelade und Schokocreme waren, aber er hatte sich schnell an den Jargon der Köche gewöhnt. Diese Mahlzeit wechselte er ab mit *Piranhas* (Corn Flakes) oder Eiern mit Speck. Aus unerfindlichen Gründen hießen Eier mit Speck einfach Eier mit Speck. Vielleicht war die Kreativität der Schöpfer bereits verbraucht – oder vielleicht nannten sie im normalen Leben Eier mit Speck ganz anders und der Begriff bedeutete doch etwas Besonderes für sie. Er würde es nie erfahren, aber trotz ihres so gewöhnlichen Namens waren Eier mit Speck sehr lecker, und Sam aß sie mindestens zwei Mal pro Woche.

Um zehn begann der erste zweistündige Unterrichtsblock, danach hatten sie eine Stunde Pause und von eins bis drei wieder Unterricht. Montags, dienstags und donnerstags mussten die Schüler zwischen drei und fünf Uhr Wahlfächer belegen. Montags hatte Sam Fußball gewählt. Da er das schon beherrschte, musste er wenigstens in einem Fach keinen Rückstand aufarbeiten. Dienstags hatte Sam sich für Karate entschieden. Irgendwann hatte er einmal den Film *Karate Kid* im Fernsehen gesehen, und seither faszinierte ihn dieser Sport, nur wäre es ihm nie eingefallen, ihn auch selbst auszuüben. Donnerstags besuchte er eines der schönsten und beliebtesten Fächer aus dem Wahlfachbereich: Casino. Weil ein Geheimagent ab und zu in einem Casino landet, um seine Gegner zu treffen, wurden in diesem Fach die wichtigsten Glücksspiele wie Roulette und Black Jack erklärt.

Die ersten Wochen war Sam kaum von Daphnés Seite gewichen. Sie hatte ihn von Tag eins an mitgeschleppt und ihm alle Winkel der Schule gezeigt. Er verlief sich immer noch ständig, wenn er allein war, aber ohne Daphné wäre es eine komplette Katastrophe gewesen. Sie hatte ihn auch gleich den Klassenkameraden vorgestellt. Außer Sam gab es noch vier Jungen in der Klasse: John Cole, David Edwards, Richard James und James Richards. Die beiden letzten würde er noch oft durcheinanderbringen, denn nicht nur ihre Namen, sondern auch ihre Gesichter wiesen enorme Ähnlichkeiten auf. Richard James hatte sich nach seinem Missgeschick im Wasserreservoir erstaunlich schnell erholt, fand Sam. Kaum eine Stunde, nachdem er fast ertrunken war, stand er schon wieder beim Rest der Klasse und schwatzte munter mit. Die fünf Mädchen waren Ann Jones, Julia Stevenson, Anne Johnson, Jill Roberts und Daphné Wickman.

Sam war ein wenig erstaunt gewesen, so vielen Mädchen in der Schule zu begegnen. Nicht, dass er etwas gegen Mädchen hatte, aber irgendwie hatte er Geheimagentenarbeit immer für Männersache gehalten. Wahrscheinlich hatte sich ihm dieses Bild wegen der zahllosen Filme und Fernsehserien aufgedrängt, in denen durchweg Kerle die Hauptrolle spielten. Daphné hatte ihm erklärt, dass die *Spy School* sehr gern Mädchen in den Klassen hatte, denn sie waren bestens für den Job als Geheimagenten geeignet. In der Welt der Gangster und Ganoven, die zum überwiegenden Teil von Männern angeführt wurde, machte sich eine Frau nicht so schnell verdächtig. Sam fand das großartig, er kam von einer reinen Jungenschule und war froh, auch mal mit Mädchen reden zu können.

Am Montagmorgen begann Klasse A den Tag mit dem Fach *Bomben entschärfen*, das Frau November unterrichtete. Daphné hatte Sam mittlerweile erklärt, dass die Namen der Lehrer ebenso wenig Zufall waren wie die der Mitglieder der Führungsriege: Trug man als Lehrer den Namen eines Wintermonats, stand man eine Stufe höher als Lehrer mit Namen aus einem Herbst-, Sommer- oder Frühlingsmonat. Frau November mit ihrem Herbstnamen war also eine hochstehende Person in der Schulrangordnung. Das sah man ihr auch an: Sie war eine etwas ältere, doch noch jung aussehende Dame mit einem strengen, aber gerechten Blick. Ihre Haare waren blond – ungewöhnlich für die *Spy School* –, sie war schlank und ihren klaren blauen Augen entging nichts.

Nach wochenlangen Theoriestunden war es jetzt Zeit für die Praxis. Die Schüler hatten jeweils eine fußballgroße Bombe auf ihrem Pult stehen. Sie sah aus wie eine kompakte Stereoanlage und auf einem kleinen Display konnte man eine Zeit ablesen: 2:00. Ihnen blieben also zwei Minuten zur Entschärfung der Bombe.

»Guten Morgen, Klasse A«, begann Frau November. »Auf diesen Moment haben viele von euch sicherlich schon gewartet. Keine Theorie mehr, nichts auswendig lernen, sondern jetzt die wirkliche Arbeit: Heute entschärfen wir eine echte Bombe. Ich werde also keine langen Reden schwingen, Sie werden sich so schnell wie möglich selbst an die Arbeit machen, denn dabei lernt man am meisten.«

November schaute sich mit ihren blauen Adleraugen im Raum um. »Sie dort hinten, Herr James, können Sie den anderen einmal zeigen, wie Sie das Problem, das da vor Ihnen steht, angehen würden?«

Richard stöhnte. Er strahlte offensichtlich etwas aus, was Lehrer dazu veranlasste, ausgerechnet ihn für ihre Vorführungen auszuwählen. Es war, als wüssten sie im Vorhinein um sein Scheitern, sodass sie der Klasse zeigen konnten, wie es nicht sein sollte.

»Nun«, sagte Richard. »Erst entferne ich den Bombenmantel.«

Eifrig begann Richard, die Schrauben zu lösen. November seufzte hörbar.

»Das erscheint mir ziemlich logisch, Herr James. Natürlich entfernen Sie erst den Mantel, sonst kommen Sie nicht an den Kern der Bombe. Und noch ein kleines Detail, Herr James: Damit die Übung möglichst realistisch wirkt, läuft auch die Uhr mit. Sie haben zwei Minuten.«

Die Lehrerin drückte auf einen der zahlreichen Knöpfe auf einem Schaltbrett, das an ihrem Pult befestigt war.

»Aber Frau November, ich habe noch nie ...«, protestierte Richard leise.

»Eine Minute fünfundfünfzig, Herr James. An Ihrer Stelle würde ich mich beeilen.«

Richard brach der Schweiß aus und er begann, die Bombe zu entmanteln. Der Rest der Klasse tat es ihm nach, um verfolgen zu können, was er vorhatte. Sam erschrak, als er all die Drähte und blinkenden Lämpchen sah. Im Fernsehen schien das nichts Besonderes, aber wenn so eine Bombe dann vor der eigenen Nase stand, musste man doch mal kurz schlucken. Sam war froh, dass nur Richards Uhr mitlief.

Richard studierte unterdessen die Drähte, die zu den Explosivstoffen führten.

»Sie dürfen ruhig laut denken, Herr James«, sagte Frau November, »dann hat der Rest der Klasse auch etwas davon.«

»Äh ...«, stammelte Richard, »die Bombe hat ganz klar zwei getrennte Schaltkreise. Das soll wahrscheinlich denjenigen in die Irre führen, der die Bombe versucht, unschädlich zu machen. Wenn man einen der Schaltkreise unterbricht, bringt der andere die Bombe sofort zur Explosion. Es ist daher erforderlich, beide Kreise gleichzeitig zu durchtrennen.«

Richard beherrschte die Theorie, so viel war sicher. Frau November schwieg, also fuhr Richard fort. 1:13 stand auf dem Zähler. Richard nahm zwei kleine Scheren von seinem Tisch und betrachtete die bunten Drähte.

»Die beiden Schaltkreise haben jeweils drei verschiedene Drähte: einen blauen, einen roten und einen grünen. Beim Durchtrennen des roten oder des grünen Drahts geht die Bombe gleich hoch, weil eine Bombe einen Sicherungsmechanismus hat, der bei Unterbrechung des Schaltkreises sofort zur Explosion führt.«

Das laute Sprechen verhalf Richard zu mehr Selbstvertrauen. Die Rötung seiner Wangen ging zurück und er ließ sich wie ein wahrer Profi auf den Kampf mit der Bombe ein. Das Display zeigte 0:38. Richard begann wieder zu sprechen.

»Jetzt nehme ich also von jedem Kreis den blauen Draht, setze meine Schere an und achte darauf, dass ich im exakt gleichen Moment die Drähte durchtrenne. Das wird die Zeitschaltuhr stoppen und die Bombe unschädlich machen.«

Auf Richards Gesicht erschien ein Lächeln. Das hatte er gut ausgetüftelt, und jetzt konnte er der restlichen Klasse zeigen, wozu er in der Lage war. Sam bekam ein ungutes Vorgefühl. Das ging ihm etwas zu glatt und Frau November war keine Frau, die es ihren Schülern leicht machte.

Sam betrachtete seine eigene Bombe. Da stimmte etwas nicht, aber was?

Richard hatte seine Scheren bei den blauen Drähten angesetzt. Als noch 30 Sekunden auf der Uhr standen, kniff er die beiden Drähte exakt gleichzeitig durch.

»Und so machen wir die Bombe unschädlich«, sagte er triumphierend und sah zu Frau November hinüber, die von Richards Leistung völlig unbeeindruckt schien.

»Schauen Sie mal auf Ihre Uhr, Herr James«, sagte die Lehrerin ruhig und spielte gelangweilt an ihrem Ohrläppchen.

Richard schaute zur Uhr und stieß einen kleinen Schrei aus. Zu seiner großen Verblüffung lief sie einfach weiter. Die Bombe war noch funktionstüchtig und in weniger als zwanzig Sekunden würde sie explodieren! Sams Vorgefühl war berechtigt gewesen. Irgendetwas stimmte nicht mit der Bombe, aber er wusste immer noch nicht, was. Und Richard offensichtlich auch nicht: In Panik griff er nach beiden Scheren und kniff die beiden roten Drähte durch. Wieder geschah nichts und die letzten zehn Sekunden brachen an.

Sam sah den Schweiß in dicken Tropfen über Richards Stirn perlen. Was würde er tun? Dann eben doch die grünen Drähte durchschneiden? Aber würde die Bombe dann nicht sowieso explodieren? Hatte er denn überhaupt eine Wahl? Es waren die einzigen Drähte, die noch übrig blieben. Noch sechs Sekunden. Richard *musste* etwas tun. Er nahm eine Schere in jede Hand und legte sie an die beiden letzten Drähte. Drei. Richard schloss die Augen. Zwei. Richard schnitt die Drähte durch. Eins. Seine Verzweiflungstat hatte nichts bewirkt: Die Uhr tickte gemächlich weiter. Null.

Die Klasse erzitterte unter einem kurzen, trockenen Knall, der mit viel Rauch einherging. Sam sah zu Richard hinüber. Sein Gesicht war ganz blau. Die Bombe war eine Farbbombe. Richards Blick war verstört; wie bei der Prüfung im Wasserreservoir hatte er erneut jämmerlich versagt.

Sam hörte Schritte hinter sich. Zwei Männer in weißen Kitteln hatten den Klassenraum betreten, zwei der vier, die Sam schon vor einigen Wochen gesehen hatte. Diesmal hatten sie jedoch keine Trage bei sich. Aber wieder waren sie schnell zur Stelle, wie konnte das sein? Hatte ihre Lehrerin sie benachrichtigt? Frau November drehte sich zu ihnen um.

»Guten Morgen, meine Herren, können Sie Herrn James kurz mitnehmen und ihn ein wenig frisch machen? Ich hätte ihn gern für den zweiten Teil meines Unterrichts wieder in der Klasse, damit wir seinen Versuch noch einmal durchgehen können.«

»Geht in Ordnung, Frau November«, sagte einer der Ärzte. »Er ist gleich wieder einsatzfähig, der Junge hatte schon mehr zu verkraften als eine Farbbombe.«

Die beiden Männer verließen mit Richard den Raum und Frau November wandte sich wieder der Klasse zu. »Gleich werde ich die Übung noch persönlich mit Herrn James durchgehen, aber erst werde ich euch alles erklären. Weiß jemand, was er falsch gemacht hat?«

Sam dachte intensiv nach. Außer seiner Vorahnung hatte er nichts aufzuweisen. Er konnte doch schlecht zu Frau November sagen, er habe nur ein ungutes Gefühl gehabt.

»Niemand?«, fragte Frau November noch einmal. »Gut, dann werde ich es erläutern. Es ist ganz normal, dass Sie das noch nicht erklären können, aber ab und an ist doch ein Schüler darunter, der es versteht.«

Also war es nicht das erste Mal, dass dies geschah, dachte Sam. Frau November war schon von Vornherein davon ausgegangen, dass die Übung scheitern würde. Armer Richard, er hatte wohl kaum eine Chance gehabt. Aber die Lehrerin würde sicher einen guten Grund dafür haben.

»Es ist wichtig, dass dieser Fehler einmal vor Ihren Augen gemacht wird, denn im echten Leben haben Sie bei der Entschärfung einer Bombe nur eine einzige Chance«, begann Frau November ihre Ausführungen. »Eine einzige Chance, merken Sie sich das gut! Wenn Sie versagen, geht alles hoch und das war es! Dann kommen Sie nicht mit Farbspritzern im Gesicht davon.«

Frau November schaute sich ernst in der Klasse um, die Schüler waren mucksmäuschenstill und sahen ihre Lehrerin fasziniert an. Sam saß nur noch auf der Stuhlkante.

»Was Herr James erzählte und tat, stimmte zum großen Teil. Wie Sie in Ihrem Handbuch *Meine Bombe und ich* lesen können, gibt es tatsächlich Bomben mit einem doppelten Schaltkreis. Diese sind gefährlich, denn wenn Sie davon keine Ahnung haben, ist es ganz egal, ob Sie den richtigen Draht erwischen, die Bombe explodiert trotzdem. Zuerst müssen Sie überprüfen, wie viele Kreise sich zwischen der Uhr und dem Sprengstoff befinden. Manchmal sind es sogar mehr als zwei, was alles noch viel komplizierter macht, aber darauf kommen wir später noch zurück.«

November ging jetzt ruhig durch die Klasse und sah ihre Schüler einen nach dem anderen an.

Sam betrachtete seine Lehrerin genau. Wenn sie jetzt noch so gut aussah, musste sie früher bildschön gewesen sein. Eine Frau, nach der sich alle Männer umdrehen, wenn sie auf der Straße geht oder einen Raum betritt.

»Diese Bombe«, November sprach jetzt lauter, »war jedoch von einem anderen Kaliber! Herr James hat zunächst den Mantel entfernt, was logisch ist. Er hat jedoch nicht die *ganze* Bombe freigelegt. Wenn Sie eine Bombe studieren wollen, müssen Sie erst dafür sorgen, dass Sie alle Einzelteile vor Augen haben, es darf Ihnen nichts verborgen bleiben! Nun, weiß jemand, was Herr James zu tun vergaß?«

Plötzlich konnte Sam die Puzzleteile richtig anordnen. Natürlich! Richard hatte zwar die ganze Zeit die Sekunden im Auge behalten, aber die Uhr selbst nicht beachtet.

»Ja, Herr Smith, sprechen Sie ruhig.«

»Äh …«, begann Sam. Es war das erste Mal, dass er sich in der Klasse laut äußerte. »Das Display der Uhr war an einer Art Metalldose befestigt. Dadurch wirkte die Uhr wie ein normaler Wecker, weswegen Herr James die Uhr als etwas Vertrautes und Unschuldiges betrachtete. Darum hat er nicht beachtet, dass auch in dieser Dose etwas Gefährliches stecken könnte.«

Frau November stellte sich vor Sams Bank und sah ihn einige Sekunden an; Sam wurde ein bisschen rot. Hoffentlich hatte er nichts Falsches gesagt. Er hätte einfach seinen dummen Mund halten sollen. Was wusste er schon von diesen Dingen, er war kaum drei Wochen hier und begann schon Bomben in Weckern zu sehen!

»Sehr gut, Herr Smith.« November lächelte. »Summer meinte schon, unser Neuzugang sei ein ganz pfiffiger. Offenbar hat er recht!«

Sam atmete erleichtert auf. November fuhr fort: »Herr Smith merkt tatsächlich richtig an, dass Herr James die Schaltuhr nicht beachtete. Was Sie hier vor sich haben, ist eine der einfachsten Bomben, die es gibt, aber zugleich auch eine der kniffeligsten. Wenn Sie gleich die Uhr öffnen, werden Sie feststellen, dass der Zeitmechanismus mit nur einem Draht und einer sehr kleinen Menge Sprengstoff verbunden ist. Die Drähte, die Herr James durchgeschnitten hat, kommen zwar in der Uhr an, sind dort jedoch an nichts befestigt, sie hängen einfach lose. Wenn das Display null zeigt, explodiert der Sprengstoff in der Uhr und dadurch gehen auch die Explosivstoffe, die Sie vor sich sehen, mit in die Luft.« November schwieg, um wieder zu Atem zu kommen. Sie hatte ziemlich schnell gesprochen und wurde nun langsamer, da sie sich der Lösung des Problems näherte.

»Um diese Bombe zu entschärfen, müssen Sie nur den Draht in der Uhr durchtrennen. Sonst nichts. Alle Drähte außen sollen nur Ihre Aufmerksamkeit ablenken. Und wie Sie bei Herrn James sehen konnten, gelingt das wunderbar.«

Die Lehrerin stand nun wieder an ihrem Pult, die Hand am Schaltbrett. »Und jetzt sind Sie dran. Da Sie jetzt wissen, wie es funktioniert, gebe ich Ihnen eine Minute. Wenn das nicht reicht, dürfen Sie Herrn James auf der Krankenstation Gesellschaft leisten. Die Zeit läuft!«

»Bin ich froh, dass ich nicht Richard bin«, sagte Daphné. Die Stunde *Bomben entschärfen* war gerade vorbei und Sam und Daphné genossen die warme Frühlingssonne im Innenhof der Schule. Wenn es das Wetter zuließ, kamen sie jeden Tag hierher. Sam hatte Daphné noch tausendundeine Frage zu stellen und sie versuchte, sie nach bestem Wissen zu beantworten. Jeden Tag lernte Sam etwas über die *Spy School* hinzu.

»Ja, Richard hat wirklich Pech«, antwortete Sam. »Ich möchte nicht gern zweimal innerhalb weniger Wochen weggebracht werden müssen. Aber was ich mich eigentlich frage, ist, wie diese Ärzte immer so schnell zur Stelle sein konnten. Sie kommen immer Sekunden nach dem Unglück herein. Können sie durch Wände schauen, oder so?«

Daphné starrte ein wenig in die Ferne. »Habe ich dir das noch nicht erzählt? Ich dachte, du hättest es vielleicht schon erraten. Denk mal gut nach, ist dir nichts aufgefallen an Frau November, als Richard mit der Bombe zugange war? Oder an Herrn July, als Richard unter Wasser war?«

Sam versuchte, sich an den Unterrichtsablauf zu erinnern. Frau November hatte während der Übung eigentlich nicht viel gesagt. Sie hatte ein wenig an ihrer Kette herumgespielt und an ihrem Ohrläppchen gezupft, aber soweit Sam sich erinnerte, hatte sie keine Schalter gedrückt, um jemanden zu benachrichtigen. Auch Herr July vor einigen Wochen nicht.

Der hatte ein wenig an seiner Uhr gespielt und am Ende gelangweilt an seinem Ohr gezogen. Warte ... Es würde doch nicht ... Nein, das konnte doch nicht ... oder doch?

»Vielleicht ist es ein Schuss in den Ofen, aber möglicherweise hat es etwas mit ihren Ohren zu tun?«, fragte Sam.

»Sehr richtig. Du bist ein aufmerksamer Beobachter, Sam Smith. Bei mir dauerte es viel länger, bevor ich das entdeckte«, sagte Daphné. »Alle Mitarbeiter der Schule haben einen kleinen Sender unter ihrem Ohr. Wenn sie zweimal am Ohrläppchen ziehen, wird die Krankenstation alarmiert. Die Ärzte wissen durch den Sender genau, wohin sie müssen, und kommen blitzschnell herbei. Der Ernst der Lage ist unwichtig, sie sind immer so schnell wie möglich vor Ort, ob es sich nun um eine Farbbombe handelt oder um einen ertrunkenen Schüler. Wenn die Lehrkraft eine Krankentrage dazu möchte, muss sie dreimal am Ohr zupfen.«

Sam speicherte die neuen Informationen in seinem Gedächtnis. Wieder hatte er etwas hinzugelernt.

Nach der Mittagspause spazierten Daphné und Sam durch die Gänge der Schule ins Klassenzimmer von Frau May. May hatte ihr Studium vor noch gar nicht so langer Zeit abgeschlossen, jedoch sofort als Lehrerin an der *Spy School* anfangen können. Weil sie noch nicht so viel Erfahrung hatte, unterrichtete sie das relativ leichte Fach *Etikette*. Als Geheimagent musste man sich überall angemessen und korrekt benehmen können, Kenntnisse in Höflichkeits- und Verhaltensregeln kamen daher immer gelegen. In der vorigen Stunde hatten Sam und Daphné gelernt, wie sie ein Menü mit mehreren Gängen überstanden: Erst dieses Messer, dann jene Gabel ... dieses Glas für den Wein, das für Wasser ... Sam nahm sich vor, sein Handbuch noch einmal aufzuschlagen, denn das meiste hatte er bereits wieder vergessen.

»Warte, Sam«, sagte Daphné, »ich gehe noch schnell zur Toilette.« Sie drückte auf einen Wandschalter mit der Abbildung einer Frau. Die Tür des WCs öffnete sich und Daphné huschte hinein. Sam sah sich um. Die kühlen kahlen Wände, die ihm erst so fremd vorgekommen waren, hatten nun schon etwas Vertrautes. Sie gaben ihm das Gefühl, beschützt zu werden. Hier konnte ihm die Außenwelt nichts anhaben.

Plötzlich hörte er Gepolter hinter sich. Sam drehte sich um und sah seinen Lehrer für Verfolgungstechniken, Herrn December, auf sich zueilen.

»Herr Smith, nehme ich an?«, fragte December.

Sam nickte. Der Lehrer wirkte nervös. Er rieb sich unablässig über die schweißnasse Stirn. Seine Lippen waren rissig und seine Stimme klang heiser. Verwirrt begann er zu sprechen. »Nun, Herr Smith, ich habe einen Auftrag für Sie. Äh .... Können Sie dieses Päckchen in die King James Street Nummer 137 bringen? Ich habe, äh, besonders viel zu tun, müssen Sie wissen, und jetzt muss ich in den Unterricht. Nein, was sage ich, ich muss zu einer wichtigen Versammlung mit Herrn Autumn. Ja, das ist es. Sehr wichtig, diese Stunde, äh ... Entschuldigung, nein, diese Versammlung. Gut, das Päckchen muss vor zwei Uhr heute Nachmittag abgegeben sein. Beeilen Sie sich, denn es ist sehr wichtig. Habe ich das schon gesagt? Nein bestimmt, oder? Nun, das macht nichts, ich zähle auf Sie, Herr Smith!«

December drückte Sam einen dicken braunen Briefumschlag in die Hand und stolperte weiter den Gang hinunter. Nach etwa zehn Metern drehte er sich um und rief etwas wie »sehr wichtig«, »nicht öffnen« und »niemandem sagen«. Als er weiterlaufen wollte, vergaß er, dass er sich umgedreht hatte und seine Füße noch in die falsche Richtung zeigten. Sam sah, wie sich der Körper seines Lehrers verdrehte, zu Boden fiel und einen Moment liegen blieb. Als sich December der seltsamen

Situation bewusst wurde und merkte, dass einer seiner Schüler ihn so liegen sah, rappelte er sich eilends auf und hastete den Gang hinunter.

Das Päckchen in der Hand, starrte Sam noch immer verblüfft in den leeren Gang, als sich die WC-Tür wieder öffnete und Daphné ihm auf die Schulter tippte.

»He, was stehst du hier rum? Zuspätkommer mag man hier nicht, weißt du noch? Pünktlichkeit – wichtige Eigenschaft eines Geheimagenten? Komm, beeil dich, wir haben nicht mehr viel Zeit.«

Sam schüttelte den Kopf. »Geh schon mal vor. Ich habe gerade einen Spezialauftrag von Herrn December bekommen.«

»Von Herrn December? Und was sollst du für ihn erledigen? Und muss das während des Unterrichts sein? Weiß Frau May davon? Und was soll ich sagen, wenn du nicht da bist? Dass du krank bist? Oder etwas anderes?«

Daphné hatte bei ihrer Geburt wirklich eine gigantische Portion Neugier mitbekommen. Sie wollte alles, definitiv alles, bis ins Haarkleinste wissen.

»Nein«, sagt Sam, »sag lieber nichts, denn ich durfte eigentlich niemandem etwas sagen, meinte December. Hm, das ist also nicht gelungen, aber du wirst schweigen, ja? Sag sonst einfach, dass ich krank bin oder so. Frau May versteht das schon.«

»Gut, ich werde mein Bestes tun, aber versprechen kann ich nichts«, antwortete Daphné. »Aber was musst du denn eigentlich machen für December?«

»Ich muss dieses Päckchen irgendwo für ihn abgeben. Die ganze Sache ist sehr merkwürdig, er wirkte reichlich verwirrt und nervös. Ich glaube, das Päckchen ist echt wichtig.«

»Und wo sollst du es abgeben?« Daphné würde nicht aufhören zu fragen, bevor sie bis ins Letzte Bescheid wusste.

»King James Street Nummer 137.«

»Aber das ist außerhalb der Schule!«, rief Daphné. »Du weißt doch, dass du die *Spy School* unter keinen Umständen verlassen darfst? Darauf stehen schwere Strafen! Dafür kannst du rausfliegen!«

»Nein, das wusste ich tatsächlich nicht«, sagte Sam. »Aber dennoch soll ich raus. Das Päckchen schien lebenswichtig für December.«

»Warum bringt er es dann nicht selbst weg?«

»Weil er eine wichtige Stunde hatte. Oder nein, er hatte eine wichtige Versammlung mit dem Herrn Präsident-Generaldirektor Autumn, das war es.«

Daphné dachte nach. »Hm, ich halte es noch immer für eine merkwürdige Angelegenheit und ich bin nicht sicher, ob du das tun solltest, aber wenn Herr December um so etwas bittet, wird er schon einen guten Grund haben. Er ist ja schließlich nicht umsonst einer der wichtigsten Lehrer der Schule. Aber dann musst du erst mal hier rauskommen. Hast du dir schon überlegt, wie du das machen willst?«

»Nein, darüber hatte ich ehrlich gesagt noch nicht nachgedacht«, antwortete Sam genervt.

»Das hatte ich mir schon gedacht«, sagte Daphné. »Aber gut, dass auch Mädchen auf diese Schule gehen. Komm mit, ich werde dir helfen, an Herrn Portman vorbeizukommen.«

7

Das Rattennest

Daphné hatte Sam am Arm genommen und zog ihn mit durch die Gänge. Unterdessen erläuterte sie keuchend, wie sie Sam nach draußen lotsen würde. Sam schien der Plan ebenso einfach wie wirkungsvoll. Daphné würde den Pförtner in ein Gespräch verwickeln, damit Sam hinter ihrem Rücken hinausschleichen konnte. Als sie an einem Monitor in der Wand vorbeikamen, hielt Daphné abrupt inne.

»Warte kurz, ich nehme noch etwas mit«, sagte sie. »Portman kann nichts Essbares ablehnen.«

Sie bestellte eine große Bazooka und eine Portion Pfeile. Eine Luke in der Wand öffnete sich und schon stand die Blutwurst bereit. Das gehörte auch zu den Dingen, die Sam nicht durchschaute: Wie schaffte es der Koch, das Essen so schnell zuzubereiten? Auch Daphné hatte hierauf keine Antwort. Lange konnte er nicht bei dieser Frage verweilen, denn seine Freundin zog schon wieder an seinem Arm.

»Spar dir das Philosophieren für ein anderes Mal auf, Sam, du hast einen Auftrag zu erledigen, weißt du noch? Und ich riskiere hier meine Haut, um dir zu helfen, also beeil dich ein bisschen, okay?«

Sam konzentrierte sich wieder auf das, was ihm bevorstand, und setzte sich in Bewegung. Kurz darauf waren sie beim Aufzug. Daphné sah Sam ernst an.

»Wir haben nur eine Chance, Sam. Wenn es schiefgeht, riskieren wir beide unseren Rausschmiss. Und mir gefällt es hier, ich würde also durchaus gern bleiben.«

Sam schaute sie an. Er sah, dass sie nervös war, ihre Aktion aber auch ganz schön spannend fand, und außerdem war es eine angenehme Abwechslung zum Unterricht. Auch Sam war aufgeregt, das Herz klopfte ihm bis zum Hals. Er ging den Plan noch einmal durch.

»Also du gehst zu Herrn Portman, bietest ihm die Wurst an und plauderst noch ein wenig mit ihm. Ich warte im Aufzug und sobald er mir den Rücken zudreht, schleiche ich hinter ihm vorbei zur Außentür und mache mich aus dem Staub.«

»Ausgezeichnet.«

»Und wie geht die Tür auf? Muss man einen Spezialcode eingeben oder die Hand auf eine Glasplatte legen? Oder funktioniert sie mit einer Art Stimmerkennungsmechanismus? Dann komme ich nie raus!«

»Ach was«, sagte Daphné mit einem nervösen Lachen, »du drehst einfach den Schlüssel im Schloss und die Tür geht auf. Du hast zu viele Filme gesehen!«

Die *Spy School* überraschte Sam immer wieder: Neben den genialsten Kniffen gab es ganz banale Alltagsdinge wie einen gewöhnlichen Schlüssel im Schloss. Sogar seine alte Schule hatte eine Tür, die sich automatisch öffnete, wenn man das Gebäude betreten wollte. Aber Sam musste zugeben, dass man in seiner alten Schule keine Mahlzeiten aus der Wand ziehen konnte und auch keine Roboter wie der Spyro 42 dort herumliefen.

Ping. Die Aufzugtür öffnete sich und Sam und Daphné traten ein. Daphné drückte auf die Taste fürs Erdgeschoss und die Tür schloss sich wieder. Drei Sekunden später hielt der Aufzug bereits wieder. *Ping*. Die Tür ging auf und Sam sah, dass Portman an seinem Schreibtisch Zeitung las. Das machte es nicht leichter. Daphné würde ihn hinter seinem Tisch hervorlocken müssen, sonst würde Sam nie unbemerkt die Tür erreichen. Daphné stieg mit dem verführerisch duftenden Fleischgericht aus dem Lift. Portman hob den Blick von der Zeitung. Auf der Titelseite stand ein Artikel mit der Überschrift: »Vorbereitungen zur Parade der Königin bereits begonnen«. Aber dieser Artikel schien Portman nicht zu interessieren, er hatte gleich zu den Sportseiten weitergeblättert.

»Na, junge Dame, was kann ich für Sie tun? Sie wissen doch, dass Sie Ihr Mittagessen nicht hier verspeisen dürfen?«

»Das weiß ich, Herr Portman«, sagte Daphné unschuldig. »Aber das ist nicht für mich, sondern für Sie.«

»Für mich?«, fragte Portman erstaunt. Er rieb sich mit der Hand über sein molliges Kinn, das ansatzlos in den Hals überging.

»Ja, für Sie«, fuhr Daphné fort. »Sie sitzen hier immer so allein, also dachte ich, Sie hätten vielleicht gern einmal ein bisschen Gesellschaft. Und da habe ich gleich etwas Leckeres mitgebracht.«

»Nun, nun, das ist sehr nett«, antwortete der nichtsahnende Portman, »aber ich habe eigentlich schon gegessen, also .... ach, was soll's, stellen Sie den Teller ruhig hierher, eine leckere Wurst passt immer noch in einen Portman. Aber müssen Sie nicht in den Unterricht, Frau ...«

»Wickman, Daphné Wickman. Nein, wir haben eine Stunde frei bekommen von Frau May«, log Daphné, die wusste, dass sich Portman niemals die Mühe machen würde, ihre Geschichte zu überprüfen, »und wir sollten während dieser Zeit über die verschiedenen Möglichkeiten nachdenken, höflich zu sein und versuchen, diese auch gleich umzusetzen. Also habe ich mir überlegt, Ihnen etwas zu essen zu bringen und Ihnen gleichzeitig ein wenig Gesellschaft zu leisten.«

»Ach, so ist das also!«, sagte der Pförtner, »Na, dann setzen Sie sich gemütlich zu mir.« Und er zeigte auf den Stuhl auf der anderen Seite seines Schreibtischs.

Sam verfolgte gespannt das Gespräch. Die Aufzugtür war immer noch offen, weil Sam die Schuhspitze vor das elektronische Auge hielt, damit sie nicht zuging. Er konnte sich nicht rausschleichen, denn Portman saß immer noch hinter seinem Tisch, den Blick Richtung Aufzug am Ende des Gangs. Er hoffte, dass Daphné das auch klar war, denn nur sie konnte das ändern. Sie hatte sich mittlerweile auf den Stuhl gesetzt und machte sich bereit, Portman ihr charmantestes Lächeln zu zeigen.

»Wissen Sie, ich habe eigentlich immer schon einmal hinter einem so großen Schreibtisch sitzen wollen. Wir Schüler hocken immer nur an unseren kleinen Pulten und fühlen uns unbedeutend und machtlos.«

Was hatte Daphné vor? Glaubte sie wirklich, sie könnte Portman mit ein wenig Schmeichelei herumkriegen? Sam seufzte leise und wartete, was noch kommen würde. Daphné raspelte weiter Süßholz.

»Aber so ein großer Schreibtisch muss ein gewisses Machtgefühl vermitteln. Es ist vollkommen klar, dass ein Mensch, der hinter einem solchen Tisch sitzt, eine bedeutende Person an dieser Schule ist. Jemand, mit dem die *Spy School* steht oder fällt.«

Das wurde doch im Leben nichts! Vielleicht sollte Sam Portman einfach sagen, dass er von Herrn December die Erlaubnis bekommen hatte, das Schulgebäude zu verlassen. Mit ein bisschen Glück würde der Pförtner nicht einmal genau wissen wollen, worum es ging. Aber dann würde December aller Wahrscheinlichkeit nach erfahren, dass Sam Daphné von seinem Auftrag erzählt hatte. Wie er es auch drehte, er hatte jedenfalls ein Problem. Während er fieberhaft nach einer Lösung suchte, lauschte er Portmans Reaktion.

»Nun, Frau äh ...«

»Wickman«, ergänzte Daphné. Für jemanden, der so ›wichtig‹ war für die *Spy School*, hatte er ein ziemliches Kurzzeitgedächtnis!

»Wickman, richtig, ja. Nun, Frau Wickman, wenn Sie so gern einmal an einem großen Schreibtisch sitzen möchten ... das ist machbar. Wir können auch kurz den Platz tauschen, wenn Sie möchten?«

Nicht zu glauben! Portman war Daphné ins Netz gegangen. Wie machte sie das nur? Sie hatte wirklich recht, als sie meinte, Männer würden Frauen nicht so schnell verdächtigen, eine Doppelrolle zu spielen. Daphné und Portman tauschten den Platz, sodass der Pförtner jetzt mit dem Rücken zum Gang saß. Sam sah, dass Daphné aus dem Augenwinkel zum Lift spähte und machte ihr ein Zeichen, sie solle weiterreden, denn wenn es still war, würde ihn Portman zweifelsohne hören.

»Was für ein hübscher Stuhl. Es muss angenehm sein, sich darin zurückzulehnen und Zeitung zu lesen. Ich wünschte, unsere Stühle wären auch so weich, dann wären die Stunden noch viel angenehmer. Aber dann fiele uns das Aufpassen vielleicht schwerer, denn zu bequem ist auch nicht gut, als zukünftige Geheimagenten müssen wir schließlich immer aufmerksam bleiben, das ist eine wichtige Eigenschaft, und ...«

Daphné plapperte drauflos. Unaufhörlich und laut, das konnte sie gut. Sam nutzte die Gelegenheit und schlich sich hinter Portmans Rücken zur Tür. Ganz langsam drehte er den Schlüssel. Er hatte Glück, das Schloss quietschte nicht. Wie alles in der Schule wurde auch die Außentür gut in Schuss gehalten. Leise öffnete er sie und schlüpfte hinaus. Als er die Tür schloss, hörte er Daphné noch erzählen, wie sie in ihrem Haus früher auch einen so großen Schreibtisch gehabt habe, zufällig genauso einen wie diesen hier und dass sie, wenn sie später ein Haus kaufen würde, bestimmt auch so einen großen haben wolle und ... es hatte funktioniert, Sam war draußen.

Und was jetzt? Wie sollte er zur King James Street finden? Er hatte nicht einmal eine Ahnung, wo er sich jetzt befand. Er wusste nur von Spyro 42, dass die *Spy School* ihren Sitz in London hatte. Aber er war noch nie in London gewesen, bis vor wenigen Wochen hatte er nur das Leben in einem kleinen, ganz normalen Dorf gekannt. Und jetzt stand er hier, mutterseelenallein in einer großen Stadt, einen Umschlag in der Hand, den er irgendwo abliefern sollte, und hatte keinen blassen Schimmer, wo dieses *irgendwo* war.

Entweder musste er einen Stadtplan auftreiben oder einfach nach dem Weg fragen. Auf gut Glück ging er die Straße hinunter und sprach den erstbesten Fußgänger an, dem er begegnete. Das war eine alte, gebückt gehende Frau. Die Zeit war ihr offensichtlich nicht gnädig gewesen, denn ihr Gesicht war voller Runzeln und ihre letzten drei Zähne würden sicher auch bald den Dienst versagen. Sie lachte freundlich, als Sam sie nach dem Weg zur King James Street fragte.

»Natürlich weiß ich das, junger Mann, aber das ist noch ein ziemliches Stück von hier. Du bist zu Fuß, wie ich sehe, das ist nicht ohne. Ach, du bist noch jung, ein bisschen Sport kann nichts schaden. Die Jugend von heute bewegt sich viel zu wenig, sage ich immer zu meinem Mann. Mein Mann sagt dann immer, die Jugend früher sei genauso gewesen, aber da bin ich anderer Meinung. Aber gut, ich merke, ich komme wieder ins Plaudern, wo wolltest du doch wieder hin, junger Mann?«

»King James Street«, sagte Sam geduldig.

»King James Street? Das weiß ich leider nicht«, nuschelte die alte Frau. »King James? War das nicht der König mit den acht Frauen? Das sollte sich mein Mann nicht einfallen lassen! Wenn er eine andere Frau hätte, bekäme er es mit mir zu tun! Oder war das doch ein Henry, der so viele Frauen hatte? Nehmt ihr das nicht in der Schule durch, Junge? Die heutige Jugend wird sich wohl nicht für Geschichte interessieren. Schade, denn daraus kann man viel lernen, sage ich immer zu meinem Mann ...«

Sam vertat hier nur seine Zeit, das war klar. Er würde jemand anderen fragen müssen.

»... aber mein Mann sagt dann immer, die Jugend von früher sei genauso gewesen wie die heutige, doch das bezweifle ich wirklich.« Die Frau hatte ganz offensichtlich nicht vor, ihren frisch gefundenen Gesprächspartner einfach ziehen zu lassen. Sam hatte jedoch Wichtigeres zu tun und beschloss, sich aus dem Staub zu machen.

»Vielen Dank für die Auskunft, jetzt weiß ich, wie ich dorthin komme. Also einfach die erste links und dann die zweite rechts?«, fragte Sam.

Die alte Frau sah ihn erstaunt an. Sie versuchte sich zu erinnern, was sie gerade alles gesagt hatte, aber das gelang ihr offenbar nicht allzu gut. Das Lächeln, das danach auf ihrem Gesicht erschien, verriet, dass sie einfach davon ausging, dass sie Sam eine Wegbeschreibung geliefert hatte.

»Gern geschehen, Junge, ich bin immer froh, wenn ich jemandem helfen kann.«

Sam ging weiter und versuchte jetzt sein Glück bei einem jungen Pärchen, das ihm entgegenkam.

»King James Street?«, ergriff der Mann das Wort. »Das ist nicht so schwierig zu erklären. Du gehst erst links in die Fleet Street, läufst sie ganz hinunter und biegst dann rechts ab, das ist die New Bridge Street. Dann immer geradeaus, über die Blackfriars Bridge in die Blackfriars Road. Am Ende dieser Straße gehst du dann nach links, den Namen dieser Straße kenne ich nicht, aber danach ist es auf jeden Fall die dritte Straße links und dann die zweite rechts. Dort müsste King James Street sein. Behältst du das?«

Sam ging die Erklärung im Kopf durch. Links, rechts, links, links, rechts, oder so. Er wollte so schnell wie möglich weiter, denn mit der alten Frau hatte er schon genug Zeit vertrödelt.

»Wird schon klappen«, sagte Sam. »Vielen Dank.« Er ließ das junge Paar stehen. Der Mann und die Frau sahen ihm nach, sie fragten sich wahrscheinlich, was ein Junge um diese Zeit allein auf der Straße machte und was er in der King James Street wollte. Lange hielten sie sich dabei jedoch nicht auf und spazierten Arm in Arm weiter.

Sam ging schnell. Alles in allem hatte er gar nicht so lange gebraucht, um sich zu orientieren. Jetzt nur noch das Päckchen abgeben, dann konnte er sogar noch rechtzeitig zurück sein, um bei Herrn June ein wenig Fußball zu spielen. Was wohl in dem Päckchen war? Er trug es jetzt schon eine ganze Weile mit sich herum, hatte aber noch gar keine Gedanken auf seinen Inhalt verschwendet. Sam tastete es von außen ab. Er spürte etwas Weiches, vermutlich Plastikfolie um den Inhalt. Darunter Papierbündel, glaubte Sam. Und nicht einfach nur Papier, das waren Geldbündel!

Während er am Ende der Blackfriars Road in die Borough Road einbog, dachte er über die Situation nach. Ein sichtlich nervöser Herr December gibt ihm ein Päckchen mit Geld und schickt ihn allen Regeln der Schule zum Trotz vom Schulgelände, um es jemandem auszuhändigen. Warum machte December das nicht selbst? Hatte er wirklich nur keine Zeit? Dann konnte er es doch später erledigen? An der Sache war was faul. In ihrem Unterricht *Wahrnehmung und sechster Sinn* hatte Frau September schon einmal gesagt, Sam habe einen sehr gut entwickelten sechsten Sinn. Und wirklich, als er von Summer in seinem früheren Leben ausspioniert worden war, hatte er oft ein merkwürdiges Gefühl gehabt. Auch bei Richards Bombe in Frau Novembers Unterricht hatte er etwas gespürt. Und jetzt wieder, das hieß, da stimmte etwas nicht.

King James Street, er war da. Jetzt noch Nummer 137 suchen. Es war ein gewöhnliches Reihenhaus, wie es sie zu Dutzenden gibt. Mehr Klarheit über seinen Auftrag brachte es jedenfalls nicht. Na ja, was hatte er anderes erwartet? Eine Bank, damit er das Geld auf Herrn Decembers Konto überweisen konnte? Ein Wettbüro, wo er Herrn Decembers Schulden bezahlen müsste und plötzlich Geld auf den Favoriten beim Pferderennen setzen sollte? Nur wenn er klingelte, würde er erfahren, für wen das Geld bestimmt war, also drückte Sam auf die Klingel von Haus Nummer 137.

Sam hörte ein Poltern hinter der Tür, die einige Sekunden später aufschwang. Ein hochgewachsener Mann im dunklen Maßanzug stand vor ihm. Er hatte kurze schwarze Haare und seinen Bart so rasiert, dass nur noch ein schmaler Streifen auf dem Kinn übrig blieb. Über seine Wange verlief eine Narbe, vermutlich von einem Messerstich oder etwas Ähnlichem, denn alles deute darauf hin, dass dieser Mann ein ganz harter Bursche war. Als er Sam sah, runzelte er die Augenbrauen.

»Ja, was ist? Willst du Kekse verkaufen? Dann verschwinde, wir brauchen das Dreckszeug nicht, kapiert?!«

Wums! Mit einem lauten Knall schlug der Mann die Tür zu. Sam war einen Moment wie vor den Kopf geschlagen. Hier stand er nun mit einem lebenswichtigen Päckchen und derjenige, der es bekommen sollte, dachte, er sei ein Keksverkäufer! Sam klingelte erneut. Die Tür ging nun schneller auf. Sams Anblick brachte ihn offensichtlich auf die Palme.

»Was ist denn jetzt schon wieder? Hatte ich dir nicht gesagt, du solltest verschwinden? Ich gebe dir noch zwei Sekunden.«

Sam raffte allen Mut zusammen und begann zu sprechen. »W...warten Sie. Ich bin kein Keksverkäufer. Im Gegenteil, ich habe etwas für Sie dabei. Es kommt von Herrn December. Er sagte, ich solle es bei dieser Adresse abgeben, also ... bitte.« Sam streckte die Arme aus und zeigte dem Mann das Päckchen. Als der den Umschlag sah, hellte sich sein Gesicht auf. »So, so, ein Päckchen von Herrn December. Ich wusste, dass er sich nicht weigern würde. Gib ruhig her. Das hast du prima gemacht, Junge, aber jetzt verschwinde, musst du nicht in die Schule?«

Zum zweiten Mal knallte er Sam die Tür vor der Nase zu. Wieder beschlich Sam ein merkwürdiges Gefühl und diesmal zog es von den Zehen bis in die Haarspitzen. Hier ging etwas ziemlich gründlich nicht mit rechten Dingen zu. Auf der Skala der Dinge, die nicht mit rechten Dingen zugehen, stand dieses mindestens auf acht von zehn, oder sogar mehr. Warum sollte sich December auf so eine finstere Gestalt einlassen? Warum sollte er so jemandem Geld geben? Das musste Sam genauer wissen.

Er sah sich um: Von vorn käme er sicher nicht ins Haus. Die einzigen Zugangswege waren die Tür – die gerade zugeschlagen worden war –, und ein großes Fenster, durch das man unmöglich unbemerkt einsteigen konnte. Wenn das klappen sollte, müssten die Leute drinnen stocktaub und -blind sein, und der Mann, der ihn gerade so abgekanzelt hatte, war das schon mal nicht.

Sam schaute die Straße hinunter. Ein Stückchen weiter gab es ein Haus, neben dem ein Pfad zur Gartenseite führte. Vielleicht konnte er über die Gärten hinter den Häusern die Rückseite von Nummer 137 erreichen und versuchen, sich von hinten Zutritt zu verschaffen. Weil er sowieso kaum eine Wahl hatte und zudem rechtzeitig zum Fußball bei Herrn June zurück sein wollte, beschloss er, das einfach zu machen.

Es kostete Sam nicht viel Mühe, in den Garten von Nummer 137 zu gelangen. Die Gartenzäune waren niedrig und Sam konnte leicht darüber klettern. Die Bewohner von Nr. 139 hatten sogar ein Törchen eingebaut, um bequem in den Garten ihrer Nachbarn von Nr. 137 zu spazieren. Das hatten sie zweifelsohne getan, bevor sie wussten, was für einen Nachbarn sie bekommen würden.

Sam schlich zur Hintertür, die zu seinem Erstaunen offen stand. Angst vor Einbrechern hatten sie hier jedenfalls nicht. Kurz spukte der Gedanke durch seinen Kopf, doch lieber zur Schule zurückzugehen und sich nicht um anderer Leute Angelegenheiten zu kümmern. Noch konnte er zurück, sobald er durch die Tür ging, befand er sich offiziell auf verbotenem Gelände. Wie sollte er das in der Schule erklären? Dass ihm sein sechster Sinn eingegeben hatte, er müsse einbrechen? Und doch traute Sam seinem Gefühl, die letzten Male hatte er schließlich auch richtig gelegen. Leise betrat er das Haus.

Er war in einer schmalen Diele, vor ihm befand sich eine Treppe und rechts von ihm eine Tür, die einen Spaltbreit geöffnet war. Aus dem Zimmer hinter der Tür kamen Stimmen.

»Boss, was ist nun eigentlich in dem Paket, wenn es so wichtig ist?« Die nörgelnde, hohe Stimme gehörte zu einem Mann.

»Schweig, Frankie, und spiel weiter. Du weißt doch, dass ich nichts dazu sagen darf.« Diese Stimme erkannte Sam. Sie gehörte dem Mann, der die Tür geöffnet hatte. Er war also der Boss hier. »Ihr werdet dafür bezahlt, dass ihr tut, was ich sage, und ansonsten haltet ihr die Klappe, capito? Genauso wie ich meine Befehle vom großen Boss kriege, und darüber hinaus keine Fragen stelle.«

»Ja, das ist noch so etwas, Boss«, sagte der Mann mit der hohen Stimme, der offensichtlich Frankie hieß. »Dieser große Boss, wer ist das eigentlich? Wahrscheinlich irgendein hohes Tier, oder?«

»Was habe ich gerade gesagt, Frankie?«, bellte der Boss. Sam hörte ein Klatschen, und ein lautes »Au« von Frankie bestätigte Sams Vermutung, dass Frankie sich wohl gerade eine Ohrfeige eingefangen hatte. »Keine Fragen! Und halte jetzt endlich deine dumme Klappe und leg eine Karte auf den Tisch, du bist dran!«

Sam lauschte aufmerksam. Also arbeitete der Mann, den er gesehen hatte, mit ein paar Handlangern für einen größeren Boss. Über den Inhalt des Päckchens und den Namen dieses Bosses würde er vorläufig noch nichts erfahren. Er beschloss, die Treppe hinaufzugehen und sich oben umzuschauen.

Während er langsam Stufe für Stufe emporstieg, wurde im Wohnzimmer weitergeredet. Eine Frauenstimme meldete sich jetzt zu Wort.

»Herz ist Trumpf und wehe, wenn ich einen von euch beim Falschspielen erwische! Übrigens, Dennis, hast du unserem Gast schon etwas zu essen gegeben?«

Eine vierte Stimme – deren Eigentümer Dennis war – antwortete. »Mach dir keine Gedanken, der Junge wird gut versorgt. Ich habe ihm gerade noch eine ganze Schüssel Spaghetti gebracht. Sei ganz beruhigt, ihm wird es an nichts fehlen.«

»Das will ich hoffen!« Das war wieder die Stimme des Bosses. »Wenn sich alle an die Vereinbarungen halten, muss der Junge ohne eine Schramme wieder abgeliefert werden. Ich will nicht zu hören kriegen, ich könne mich nicht einmal um ein Kind kümmern. Genug gequasselt, wird hier noch gespielt?«

Sam konnte nicht ganz folgen. Über wen sprachen sie? Wer war ihr Gast, dem sie etwas zu essen geben mussten? Als er nach oben kam, wurde seine Frage beantwortet. Im ersten Zimmer, in das er schaute, lag ein Junge etwa seines Alters auf einem Bett.

Als Sam das Zimmer betrat, schaute der Junge hoffnungsvoll auf. An beiden Handgelenken und dem Bett waren lange Ketten befestigt. Der Junge hatte also ein wenig Bewegungsfreiheit, aber viel war es nicht. Im Zimmer standen ein Fernsehgerät und eine Playstation. Unwillkürlich schaute Sam auf die Spiele daneben, er hatte früher schließlich selbst viel am Computer gespielt. Aber ihm wurde schnell klar, dass dies nicht der richtige Moment war.

»Wer bist du?«, fragte Sam den Jungen.

»Ich heiße Jason Davids«, antwortete der Junge. »Was machst du hier? Pass nur auf, denn wenn sie erfahren, dass du hier bist, lassen sie dich vielleicht auch nicht mehr laufen.«

»Ich bin Sam Smith«, sagte Sam. »Ich sollte hier etwas abgeben, aber ich habe gespürt, dass irgendwas faul ist. Warum halten sie dich fest? Haben deine Eltern vielleicht viel Geld? Und weißt du, wer der große Boss ist?«

Sam hatte eine Menge Fragen und bestimmt würden die Gangster von unten regelmäßig nach ihrem Gefangenen schauen, viel Zeit blieb ihnen also nicht. Er betrachtete Jasons Handschellen. Die würde er ohne Hilfe nie aufkriegen.

»Ich weiß nicht, weshalb ich hier bin«, sagte Jason. »Ich weiß nur, dass wir mit der Klasse einen Ausflug ins *Globe Theatre* machten, und dass ich kurz zurückblieb, um meine Schnürsenkel zu binden. Danach wurde mir schwarz vor Augen. Als ich wieder aufwachte, lag ich hier. Das ist schon vier Tage her.«

»Und du hast keine Ahnung, warum sie ausgerechnet dich wollten?«

»Absolut nicht. Aber sie werden schon ihre Gründe haben. Kannst du mich nicht losmachen? Wir können nachher noch ein wenig reden, wenn du magst.« Der Junge sah Sam flehentlich an.

Sam dachte nach. Um die Handschellen zu lösen, würde er schweres Gerät einsetzen müssen, und das würde zweifelsohne mit viel Lärm einhergehen. Allein bekäme er den Jungen nie unbemerkt nach draußen. Er musste zurückgehen und Hilfe holen.

»Hör zu, ich ...«

Sam konnte seinen Satz nicht zu Ende bringen, jemand kam die Treppe herauf.

»Mit wem redest du da?«, schnauzte Frankie Jason an. Offensichtlich hatten sie unten doch etwas gehört.

»Mit niemandem«, antwortete Jason. »Ich habe mit mir selbst geredet, ich hocke schließlich die ganze Zeit allein hier.«

»Ich habe dich noch nie mit dir allein reden hören. Seltsam, dass du jetzt damit anfängst, findest du nicht?«

Frankie schaute sich im Zimmer um. Außer dem Bett, Jason, dem Fernseher und der Playstation war nichts zu entdecken.

»Hm, hör jedenfalls mal auf mit diesen Selbstgesprächen. Du machst uns noch verrückt, die Spannung ist sowieso schon zum Schneiden. Wenn ich dich noch einmal höre, bekommst du nichts mehr zu essen, klar? Und wenn ich schon mal da bin, kann ich auch gleich deine Handschellen kontrollieren.«

Frankie bückte sich und murmelte: »Verdammte Brut! Führt heutzutage schon Selbstgespräche, das hätten wir mal bringen müssen, als wir jung waren. Reden ohne Erlaubnis hieß bei Vater garantiert Hosengürtel!«

Das war der Moment. Während sich Frankie über das Bett beugte, schlich sich Sam hinter der Tür vor. Es war nicht gerade das beste Versteck gewesen, aber ihm war nicht viel Zeit geblieben, eine Entscheidung zu fällen, als Frankie nach oben kam. Er huschte die Treppe hinunter. Noch ein paar Stufen und dann schnell zur Hintertür. Am Fuß der Treppe schaute er sich kurz um und erstarrte: Er schaute geradewegs in Frankies hässliches Gesicht, das von oben an der Treppe genauso erstaunt hinunterschaute.

»Ja, gibt's denn so was?«, rief Frankie. »Boss! Boss!«

Das war das Zeichen für Sam, wieder zu funktionieren. Ohne nachzudenken nahm er die Beine in die Hand. Noch bevor die anderen Entführer kapierten, was los war, sprintete Sam schon durch die Hintertür in den Garten. Es war ihm egal, dass er sich Schrammen zuzog, als er über die Zäune der Nachbarn sprang, bis er den Pfad zur Straße erreichte. Schnell schaute er über seine Schulter: Die Gauner waren noch nicht draußen. Gut, dann würden sie nicht wissen, wohin er ging. Er lief den Weg entlang und spähte um die Hausecke:

Auch auf der Straße waren sie nicht zu entdecken. Sam trat auf den Bürgersteig und rannte los. Er hatte nur noch einen einzigen Gedanken: die Polizei rufen. Dann würde schon alles in Ordnung kommen. Dachte er zumindest.

8

Ausgetrickst

Sam irrte ein paar Minuten umher, bevor er wieder in einer Straße landete, durch die er schon auf dem Hinweg gekommen war: Blackfriars Road. Eine große Straße, hier müsste er doch einen Polizisten finden oder eine Wache. Sam musterte die Gegend. In der Ferne sah er einen geparkten grauen Mercedes. Kannte er diesen Wagen nicht irgendwoher? Sollte das …? Als ein Mann im grauen Anzug ausstieg, wurde seine Vermutung bestätigt: Hundert Meter von ihm entfernt ging Herr Summer.

Was machte der hier? Suchte er nach ihm? Hatten sie sein Verschwinden schon bemerkt? Er durfte auf keinen Fall gesehen werden. Summer würde nicht gerade begeistert sein, wenn ausgerechnet der Schüler, den er ausgesucht hatte, schon nach einigen Wochen aus der Schule entkommen war. Aber unterdessen lag Jason noch immer gefesselt in einem Haus mit vier Gangstern. Summer war ein Ass auf seinem Gebiet, er würde wissen, was zu tun ist. Vielleicht sollte er ihn doch ins Vertrauen ziehen. Er würde ihn bitten, Herrn December nichts zu verraten, vielleicht klappte das ja. Sam fand Jasons missliche Lage wichtiger als seine eigene Situation und rannte auf Herrn Summer zu.

»Herr Summer!«

Summer schien nicht erstaunt, Sam zu sehen, oder er konnte seine Überraschung gut verbergen.

»So, so, der Herr Smith. Was führt Sie hierher? Wissen Sie denn nicht, dass es strengstens verboten ist, die *Spy School* zu verlassen?«

Sam brauchte einen kurzen Moment, um wieder Atem zu schöpfen. »Das weiß ich, Herr Summer, aber ich habe einen sehr guten Grund.«

»Das will ich hoffen! Versuchen Sie, mich zu überzeugen.«

Sam beschloss, mit offenen Karten zu spielen, sonst würde er die Situation nur verschlimmern. »Nun, ich sollte für Herrn December ein Päckchen in der King James Street abgeben. Als ich dort ankam, sagte mir mein Gefühl, dass da etwas nicht stimmte, und mein Gefühl hat mich noch nie getrogen ...«

Summer sagte nichts, also fuhr Sam fort. »Nachdem ich das Päckchen abgeliefert hatte, bin ich über den Garten ins Haus gelangt.«

»Was!? Sind Sie eingebrochen, Herr Smith?«, unterbrach ihn Summer. Etwas an seiner kühlen Haltung veränderte sich.

»Äh ... Ja, nein, eigentlich. Es war nicht wirklich einbrechen, die Tür stand offen, also dachte ich ... Aber das ist an sich egal, das Wichtigste ist, dass ich im Haus in den ersten Stock ging, und in einem der Zimmer lag ein Junge, mit Ketten an ein Bett gefesselt. Er ist entführt worden, Herr Summer! Sie müssen mitkommen und ihn befreien. Und zwar schnell, denn die Gangster haben mich ertappt, aber ich konnte fliehen und da sah ich Sie ...«

Sam holte einmal tief Luft. Summer hatte während Sams Redeschwall geschwiegen und rieb sich nun grübelnd übers Kinn. Langsam begann er zu sprechen.

»Ich sage Ihnen ehrlich, dass mir Ihre Geschichte reichlich bizarr erscheint, Herr Smith. Es gibt da noch so einige offene Fragen. Allein die Tatsache, wie ein neuer Schüler schon nach wenigen Wochen allein durch die Straßen Londons streifen kann, ist mir ein Rätsel. Aber wie Sie wissen, habe *ich* Sie für die *Spy School* ausgewählt, weil ich der Ansicht bin, dass Sie dort mehr als hingehören. Daher sage ich: im Zweifel für den Angeklagten und begleite Sie zurück zu diesem Haus. Wenn dort wirklich ein Junge gefangen gehalten wird, werde ich alles daran setzen, ihn rauszuholen.«

Während Summer sprach, hatte er die ganze Zeit in die Ferne gestarrt, als denke er während des Sprechens noch über ganz andere Sachen nach. Plötzlich sah er Sam jedoch direkt ins Gesicht. »Aber wenn sich herausstellt, dass Sie mir einen Bären aufbinden, dann können Sie was erleben!«

Sam schluckte.

»Hier ist es, Hausnummer 137«, sagte Sam.

»Sie behaupten also, dass in diesem Haus ein Junge sitzt, der von vier Gangstern entführt wurde?«, fragte Summer.

»Stimmt, das habe ich Ihnen doch gerade erzählt.«

»Richtig, ja. Ich wollte nur noch einmal überprüfen, ob ich nicht geträumt habe. Und wie sind Sie auf die Rückseite des Hauses gelangt?«

»Über den Pfad neben diesem Haus dort.« Sam zeigte auf das Haus, an dem er gerade vorbeigegangen war. »Und dann gehen Sie an den Nachbargärten entlang zum Garten von Nummer 137.«

»Hm, ich muss zugeben, dass Sie das gut ausgekundschaftet haben, Herr Smith. Was nicht heißen soll, dass ich Ihre Gesamtaktion von heute gutheiße, aber darüber sprechen wir später noch. Sie warten hier, bis ich wieder da bin, verstanden?«

Summer bog in den Pfad ein und verschwand um die Ecke, ohne sich noch einmal umzudrehen. Sam wartete derweil ungeduldig am Zaun. Was würde Summer machen, wenn er die Gangster sah? Würde er sie allein überwältigen können? Sam wäre gern dabei gewesen, aber dies war nicht der Moment, Summer zu widersprechen.

Es blieb mucksmäuschenstill im Haus. Offensichtlich hatte Summer keine Waffe gebraucht. Oder er war selbst von den Entführern überwältigt worden! Nein, das konnte nicht sein, oder doch? Sam hoffte nur, dass Summer schnell zurückkäme.

Plötzlich ging die Haustür auf und Summer erschien in der Öffnung. Er wirkte unversehrt und winkte ihm zu. Sam lief hinüber. Er erwartete gefesselte Gangster auf dem Boden und einen Jason, der sich fröhlich pfeifend hinter Summer zeigte. Aber nichts dergleichen. Alle und alles war weg! Keine Gangster, kein Tisch, an dem sie Karten spielten: Das Zimmer war vollkommen leer. Oben kein Jason, weder sein Fernseher noch seine Playstation, nur das Bett war noch da.

Die Gangster hatten wohl nach Sams Flucht blitzschnell gehandelt und waren zu einer neuen Adresse umgezogen, so viel war sicher. Sie hatten damit gerechnet, dass Sam jemanden benachrichtigen würde und waren kein Risiko eingegangen. Was sollte er Herrn Summer jetzt erzählen? Er würde ihm nie glauben.

Sam schaute sich noch einmal in dem Zimmer um, in dem die Gangster gesessen hatten. In der Ecke lag etwas, das seine Aufmerksamkeit erregte: ein kleines Foto. Sam hob es auf und steckte es in seine Tasche. Dann lief er hinaus, wo Summer schon ungeduldig im Auto auf ihn wartete.

Der Weg zurück zur Schule verlief schweigend. Summer war eindeutig nicht angetan von Sams Geschichte. Er hatte seine Reputation für diesen Jungen aufs Spiel gesetzt und jetzt brockte er ihm so etwas ein! Wie sollte er das Autumn erklären? Der Präsident & Generaldirektor würde ihm eine endlose Standpauke halten.

Sam hockte ziemlich betreten neben ihm. Seine Ausbildung an der Schule konnte er jetzt wohl vergessen. Und doch hatte er nicht das Gefühl, es verpatzt zu haben. Er hätte Decembers Auftrag doch kaum ablehnen können? Und er hätte Jason doch nicht im Stich lassen können? Aber wie sollte man versuchen, das zu erklären, wenn die Beweise ausgeflogen waren? Kein Jason, keine Gangster und kein Päckchen. Seine einzige Hoffnung war jetzt noch Herr December, der kannte die Wahrheit. Aber er hatte so geheimnisvoll getan, als er Sam den Auftrag erteilte, bestimmt würde er nun alles leugnen.

Summer hielt vor dem grauen Schulgebäude und sah Sam an.

»Hören Sie gut zu, Herr Smith. Sie haben zurzeit sehr schlechte Karten und damit drücke ich mich noch sehr gewählt aus. Sie wurden außerhalb der Schule angetroffen, Sie kommen mir mit einer irrsinnigen Geschichte und schleifen mich mit zu einem leer stehenden Haus. Sie haben Grips genug, sich darüber im Klaren zu sein, wie es für Sie aussieht.«

Sam nickte. Er hoffte, dass jetzt ein »Aber« folgen würde. Er hatte Glück.

»Aber ich muss zugeben, dass auch ich die meisten Entscheidungen aus einem Gefühl heraus treffe. Und meine Intuition sagt mir, dass ich diese Angelegenheit erst untersuchen muss, bevor ich einen übereilten Entschluss fasse und Sie der Schule verweise. Außerdem bin ich für Ihr Verhalten verantwortlich. Ihre Entlassung könnte daher auch meine zur Folge haben.«

War es Herrn Summer ernst? Würde er durch Sams Schuld rausfliegen? Sam merkte, wie ihm übel wurde. Er hatte es wohl gewaltig verpatzt.

»Und ich bin bereit, meine Verantwortung zu übernehmen«, fuhr Summer fort, »aber nicht ohne triftigen Grund. Ich habe jetzt erst eine Besprechung mit Herrn Autum, aber danach möchte ich mit Ihnen noch einmal durchgehen, was hier los ist. Bis dahin reden Sie mit niemandem über diese Sache, verstanden?«

Sam nickte. Er hatte nicht vorgehabt, gleich die ganze Schule über seine Lage zu informieren, also sollte das kein Problem sein.

»Ich regele alles mit Portman, Sie gehen so schnell wie möglich auf Ihr Zimmer und bleiben dort bis Unterrichtsende. Sie tun so, als wären Sie krank gewesen, und morgen nehmen Sie ganz normal wieder am Unterricht teil. Sobald ich mehr weiß, komme ich zu Ihnen.«

Sam und Summer stiegen aus dem Auto. Summer klopfte den vereinbarten Code und Portmans Augen erschienen im Sehschlitz.

»Parole?«

»Wer nicht weg ist, wird nicht immer gesehen.«

Die Tür schwang auf. Daran hatte Sam auch nicht gedacht. Wie hätte er jemals wieder in die *Spy School* kommen sollen? Er hatte sich ganz klar ohne Nachzudenken in dieses Abenteuer gestürzt.

»So«, sagte Portman, der schon wieder hinter seinem Schreibtisch saß, »haben Sie dem Jungen die Stadt gezeigt?«

Summer war erleichtert, dass Portman ihm eine passende Entschuldigung bot. Jetzt brauchte er sich nicht selbst etwas auszudenken.

»So ist es, Schüler sollten wissen, in welcher Stadt sie sich befinden. Die meisten stammen aus kleineren Dörfern und sind bislang kaum in einer Großstadt gewesen. Jetzt weiß dieser Junge hier wenigstens, was ihn erwartet, wenn er einmal einen Klassenausflug macht. Vorbereitet sein ist übrigens eine wichtige Eigenschaft eines Geheimagenten, wissen Sie.«

»Sehr richtig, Herr Summer«, bestätigte Portman gutgläubig. »In der Stadt lauern überall Gefahren, wenn man sie nicht kennt. Nun, einen angenehmen Tag noch.« Portman beschäftigte sich wieder mit seiner Zeitung. Er hatte die Sportseiten noch immer nicht zu Ende gelesen.

Summer und Sam betraten den Aufzug, froh, dass Portman nichts argwöhnte. Im vierten Stock angekommen, gingen sie schweigend auseinander, Summer zu Autumn und Sam in sein Zimmer. Gerade als er es betreten wollte, hörte er, dass ihn jemand rief.

»Herr Smith!«

Was denn jetzt wieder? Sam schaute sich um und sah, dass Spyro 42 auf ihn zurollte. Auch das noch!

»Herr Smith, ich bin schon eine ganze Weile auf der Suche nach Ihnen. Man sagte mir, Sie seien krank, aber

Sie waren nicht in Ihrem Zimmer. Wo sind Sie gewesen?«

»Ich, äh, saß auf der Toilette. Weißt du, ich habe schreckliche Magenkrämpfe.«

Sam sah Spyro verzweifelt an. Er hatte nicht viel Hoffnung, dass der schlaue Roboter auf diese Lüge hereinfallen würde.

»Auf der Toilette, sagen Sie? Herr Smith, Sie vergessen vielleicht, dass mein Name eine Abkürzung ist für *Spy Robot*. Wenn jemand drei Stunden auf der Toilette gesessen hätte, wäre mir das nicht entgangen!«

War er so lange weg gewesen? Jungejunge, wie die Zeit vergeht, wenn man sich amüsiert, dachte Sam ironisch.

»Hören Sie, Herr Smith«, fuhr Spyro fort, während seine Kamera-Augen Sam heranzoomten, »dass Sie schwänzen, okay, aber dass Sie sich so ungeschickt dabei anstellen – das macht mir Sorgen! Sie hätten mit Leichtigkeit sagen können, Sie hätten einfach frische Luft gebraucht und wären noch ein wenig herumspaziert, um etwas Bewegung zu haben. Eine einfache Ausrede, aber äußerst zielführend, denn schwer zu überprüfen.«

Sam hätte sich vor den Kopf schlagen können. Spyro hatte recht: Hätte er sich nichts Besseres einfallen lassen können, als dass er drei Stunden auf der Toilette gesessen hatte? Ach, es ging schon den ganzen Tag alles schief, das machte den Kohl jetzt auch nicht mehr fett.

»Erstatte dem Sekretariat ruhig Bericht, Spyro, ich leg mich jetzt hin, denn ich brauche wirklich einen Augenblick Ruhe.«

Hätte Spyro Augenbrauen besessen, hätte er sie sicherlich gerade gerunzelt, denn Sams Gelassenheit passte nicht zu einem gerade beim Schwänzen ertappten Schüler, der normalerweise einen Schwung von Ausreden parat hatte. Zum Glück war Spyro aber immer noch ein Roboter und reagierte automatisch auf diesen ersten Fehler eines neuen Schülers.

»Diesmal belasse ich es dabei«, sagte Spyro. »Aber beim nächsten Mal kommen Sie nicht so leicht davon, in Ordnung?«

»Ja, ja«, murmelte Sam und schloss die Tür. Er wollte gern in Ruhe noch einmal durchgehen, was er in den vergangenen drei Stunden alles erlebt hatte.

9

Unter Verdacht

»Sam?«

Es klopfte leise an der Tür. Sam öffnete die Augen und sah auf die Uhr: 17:30. Er hatte über eine Stunde geschlafen. Die Tür ging auf und Daphné kam herein, die Haare noch feucht vom Duschen.

»Oh, tut mir leid, ich wusste nicht, dass du schläfst«, entschuldigte sie sich, als sie sah, dass Sam auf dem Bett lag. »Wie war es denn? Du bist so lange weggeblieben, dass ich mir allmählich schon Sorgen machte. Hast du das Paket bei der richtigen Adresse abgeliefert?«

»Äh, ja, so ungefähr«, brummte Sam. Er strich sich durch die zerzausten Haare und richtete sich auf. Daphné setzte sich neben ihn.

»Wie, so ungefähr? Wie kann man denn ein Päckchen ungefähr richtig abgeben?«

»Warte, warte«, sagte Sam, »gib mir einen Moment, alles zu erklären, ja?«

Sam nahm eine Flasche Wasser, die neben seinem Bett stand und trank gierig. Er hatte Summer zwar versprochen, mit niemandem darüber zu sprechen, aber Daphné war sowieso schon über Decembers Auftrag im

Bilde, also konnte er auch genauso gut den Rest erzählen. Es würde ihm im Übrigen auch guttun, mit jemandem über den seltsamen Vorfall zu reden.

Er erzählte Daphné, was geschehen war, nachdem er die *Spy School* verlassen hatte: wie er den Weg gefunden hatte, von dem merkwürdigen Mann, der ihm die Tür öffnete, seinem Einbruchsversuch, Jason, seiner Flucht und der Begegnung mit Summer.

»Du hast Summer getroffen? Ach herrje, was machte der denn da?«, rief Daphné.

»Schrei ruhig noch ein bisschen lauter, ich glaube, Portman hat dich nicht so gut verstanden«, sagte Sam mahnend.

Daphné lachte. »Entschuldige, aber du musst zugeben, dass es schon eine ziemlich überraschende Geschichte ist, mit der du mich hier überfällst. Was passierte, nachdem du Summer um Hilfe gebeten hattest?«

Sam berichtete weiter. Er erzählte von dem leer vorgefundenen Haus und was ihm nun deswegen drohte.

»Und dann traf ich auf dem Weg zu meinem Zimmer auch noch Spyro. Aber der denkt, ich hätte einfach geschwänzt, das ist also noch meine geringste Sorge.«

Daphné wickelte eine Haarsträhne um ihren Zeigefinger. Das tat sie immer, wenn sie nachdachte. Dann begann sie zu sprechen.

»Momentan ist December der Einzige, der weiß, dass du die Wahrheit sagst. Der wird natürlich alles lautstark leugnen. Also müssen wir selbst Untersuchungen anstellen, bevor du hier rausfliegst. Das ist die einzige Möglichkeit, Summer eventuell von deiner Geschichte zu überzeugen!«

Sam nickte zustimmend, es hatte keinen Sinn, den Kopf hängen zu lassen. Er hatte eh schon einige Grenzen überschritten, eine mehr oder weniger machte jetzt auch nichts mehr aus.

»Erstens«, sagte Daphné, »warum gibt ein Mann wie December einem kriminellen Entführer Geld?«

»Ich hörte einen der Typen über einen ›großen Boss‹ reden«, antwortete Sam. »Vielleicht ist December ja dieser große Boss? Vielleicht bezahlt er die Gangster, um Jason dort gefangen zu halten. Und darum darf niemand davon erfahren.«

»Du könntest recht haben«, sagte Daphné. »Das würde auch erklären, warum er den Typen das Geld nicht selbst bringen wollte. Wahrscheinlich haben sie ihn noch nie gesehen und er will, dass es auch so bleibt. Wenn sie sein Gesicht nicht kennen, können sie ihn auch nicht verraten.«

»Aber wir können December nicht einfach so beschuldigen, wir müssen Beweise haben«, sagte Sam. »Schauen wir erst einmal, welches Motiv er haben könnte. Warum lässt December einen Jungen entführen?«

Daphné zuckte die Schultern. »Vielleicht kommt der Junge aus einer reichen Familie und December will viel Geld? Er könnte einen Berg Schulden haben und die auf diese Weise abbezahlen wollen. Was wissen wir eigentlich von unseren Lehrern? Wir sehen sie nur im Unterricht, aber von ihrem Leben da draußen wissen wir nichts. Wer weiß, was für ein schrecklicher Mann December außerhalb der Schule ist.«

»Wer weiß, ja. Aber ich muss sagen, dass es mir sehr schwerfällt, mir December als brutalen Mann vorzustellen. Er wirkt doch immer so freundlich, fast schüchtern.«

»Lass dich nicht von Äußerlichkeiten in die Irre führen, Sam«, sagte Daphné sofort. »Frau September hat uns in *Wahrnehmung und sechster Sinn* ausreichend vor Äußerlichkeiten gewarnt. Nichts ist, was es scheint. Wie jemand aussieht, hat nichts damit zu tun, was in seinem Kopf vor sich geht. Es ist schließlich Herr December gewesen, der dich in diese Schwierigkeiten gebracht hat, vergiss das nicht!«

Sam dachte nach. Es war wirklich nicht der geeignete Moment, um December zu verteidigen. »Du hast recht. Lass uns weiter suchen. Warum sollte December den Jungen entführen? Geld ist eine Möglichkeit. Oder vielleicht will er Druck auf jemanden ausüben.«

Sam und Daphné schwiegen beide kurz. Sie konnten sich zwar einige Motive für die Entführung ausdenken, aber den wahren Grund kannte nur December selbst, und den würde er ihnen nicht einfach so unter die Nase reiben. Eher würde er nackt durch den Hyde Park spazieren!

»Lass uns mal über den Jungen reden«, durchbrach Daphné die Stille. »Wie, sagtest du, heißt er noch?«

»Jason Davids.«

»Und hat dir dieser Jason Davids irgendetwas gesagt, was für uns wichtig sein könnte?«

Sehr lang war das Gespräch mit Jason nicht gewesen. Frankie hatte ihre Unterhaltung schon bald gestört.

»Mal nachdenken, viel hat er nicht gesagt. Er wusste nur noch, dass er auf einem Klassenausflug zu *Globe Theatre* gewesen war.«

Er sah Daphné an und es war, als würde er ein Licht in ihren Augen aufflackern sehen. »Das ist komisch«, sagte sie mehr zu sich als zu Sam.

»Was ist komisch?«, fragte Sam.

»Klasse B unserer Schule hat letzte Woche auch einen Ausflug ins *Globe Theatre* gemacht. Ob das purer Zufall ist, oder sollte ...?«

»Jason Davids ist ein Schüler unserer Schule!«, rief Sam.

»Psst, du kannst auch ruhig ein wenig leiser sein,«

Sam atmete auf. Wenn Jason Davids hier zur Schule ging, hatten sie zumindest eine Spur. Diese Entdeckung brachte jedoch auch eine Menge Fragen mit sich.

»Warum sollte December denn bloß einen Jungen der Schule entführen lassen?«, fragte Sam. »Es stimmt, Daphné, bei December stimmt was nicht. Und damit meine ich nicht, dass er eine Macke hat. Nein, sein Verhalten ist einfach seltsam und wir müssen herausfinden, warum. Und am liebsten so schnell wie möglich, denn sonst werde ich nicht mehr lange die Schulbänke dieses Gebäudes drücken.«

»Schön gesagt, Sam Smith, aber jetzt sterbe ich vor Hunger«, sagte Daphné. »Kommst du mit was essen? Dann können wir weiterreden.«

»Gute Idee, ich glaube, ich nehme eine kugelsichere Weste und eine Portion Mafia«, sagte Sam, denn sein Magen fühlte sich an wie ein löchriger Käse ohne Käse.

10

Top-Tricks

Am nächsten Morgen war Sam auf dem Weg zur Unterrichtsstunde *Technische Tricks.* Als er am Klassenraum von Herrn July vorbeikam, hörte er laute Schreie und Gepolter. Klasse C hatte offenbar früher mit dem Unterricht begonnen. Er blieb stehen und schaute durch die geöffnete Tür in den Raum. Die Schreie stammten von einem Jungen, der brüllend durch die Klasse rannte, weil seine Haare lichterloh brannten. Dahinter folgten Herr July und eine Horde Schüler mit Feuerlöschern.

»Jetzt bleib doch mal stehen!«, rief July. »Dann ist sofort alles geregelt!«

Aber der Junge rannte weiterhin wie ein kopfloses Huhn durch die Klasse. *Wie man sich aus misslichen Lagen befreit 3* ging deutlich über den Stoff von Herrn July in Klasse A hinaus. Verglichen mit der Aufgabe, die dieser Junge hatte lösen sollen – aus einem brennenden Gebäude entkommen – war das Wasserreservoir, in dem Richard gesessen hatte, ein Witz.

Sam ging weiter und wurde fast von vier Männern in weißen Kitteln umgerannt, die in Richtung von Julys Klasse stürmten. Hätte Sam diese Szene in seiner ersten Woche an der Schule beobachtet, wäre ihm sicher das Herz in die Hose gerutscht. Jetzt war er schon daran gewöhnt. Die Schule bot einfach eine Menge Überraschungen.

Gleichzeitig mit Daphné erreichte Sam den Klassenraum von Herrn January. Sie wechselten einen vielsagenden Blick. Nach der Stunde würden sie ihre Untersuchungen fortsetzen. Sie mussten am Unterricht teilnehmen, um keinen Argwohn zu wecken, aber vielleicht würden sie ja sogar noch etwas Nützliches für ihre Spurensuche dazulernen. Schließlich besuchten sie nicht umsonst eine Geheimagentenschule.

Technische Tricks war ein schönes Fach, unterrichtet von einem ebenso netten Lehrer. Herr January arbeitete am Labor der Schule, in dem tägliche neue Erfindungen gemacht wurden. Er war genial, aber leider der Prototyp des zerstreuten Professors. Ein Gerücht besagte, dass er ein Mal nach der Demonstration seiner neuesten Uhrenbombe das Unterrichten fast hätte aufgeben müssen. Kaum war die Bombe scharf gemacht, erzählte er in aller Gemütsruhe von seiner Frau. An sich nicht so seltsam – bloß dass January gar keine Frau hatte. Er war mit der Schule verheiratet. Mitten in einer Anekdote ging die Bombe hoch. Zum Glück für Januar und die Klasse war nur eine geringe Menge Sprengstoff darin gewesen und es hatte nur einen kleineren Sachschaden gegeben. Von Januarys Pult, auf dem die Bombe gelegen hatte, blieb nichts übrig. Seither durfte er zwar noch unterrichten, aber alle Neuheiten, die er demonstrieren wollte, wurden vorab gecheckt. Vor allem schwere Sprengstoffe waren absolut tabu.

Heute stellte January seine neuste Erfindung vor.

»Was halten Sie davon?«

January stellte zwei Paar schwarze Schuhe auf sein Pult. Auf den ersten Blick wirkten sie nicht so außergewöhnlich. Ein Paar war dazu bestimmt, unter einem vornehmen Anzug getragen zu werden, das andere war ein bisschen sportlicher, hatte dickere Sohlen und daher besser für Freizeitkleidung geeignet. Aber Sam ahnte schon, dass es irgendetwas mit diesen Schuhen auf sich hatte, es sei denn, January hatte sich wieder einmal geirrt und aus Versehen die Schuhe aus seinem eigenen Schrank mitgenommen.

»Das ist der Multishoe 20. Wie Sie sich denken können, ist dies die verbesserte Version des Multishoe 19. Alle Funktionen des Multishoe 19 sind in diesem Modell erhalten geblieben, nur ein Element wurde hinzugefügt. Ich werde Ihnen zunächst die früheren Funktionen erläutern.«

January ging durch den Klassenraum und zeigte ihnen die Schuhfunktionen am Objekt selbst. So konnte man mit einer leichten Zehenbewegung eine Nadel mit einem Betäubungsmittel aus der Spitze des rechten Schuhs katapultieren. Ausgesprochen effizient, wenn man gefesselt wäre. Ein kleiner Schubs mit dem Schuh, und der Verfolger war wenige Sekunden später bewusstlos. Aus dem linken Schuh konnte man dann wiederum ein scharfes Messer zum Vorschein zaubern, falls man die Fesseln auch noch zerschneiden wollte.

An der Unterseite waren kleine Saugnäpfe befestigt, sodass man sich am Boden verankern konnte. Hatten die Saugnäpfe erst einmal ihre Wirkung entfaltet, war man mit keinem Panzer der Welt mehr wegzuschieben. Und wenn man mit dem linken kleinen Zeh drückte, konnte man sich selbst wieder lösen. An der Rückseite des linken Schuhs war eine kleine Kamera befestigt. In Kombination mit einer Sonnenbrille, die an der Innenseite des linken Glases einen Mini-Fernsehschirm hatte, konnte man seine Verfolger im Auge behalten. Der rechte Schuh konnte Öl versprühen, auf dem eventuelle Verfolger ausrutschen würden.

Die Schnürsenkel waren aus kräftigem Stahldraht und konnten auf unterschiedlichste Arten eingesetzt werden. Man konnte jemanden damit fesseln oder sie als Waffe benutzen – ein Hieb mit einem solchen Draht konnte ganz schön wehtun.

»Und nicht zu vergessen«, beendete January seine Ausführungen, »der Multishoe sitzt auch noch sehr bequem. Das ist wichtig, denn die Schuhe sollen doch in erster Linie getragen werden. Gut, und jetzt also der Neue daran.«

January stellte den Multishoe 19 weg und zog ein graues Hemd aus einem der Schränke im Klassenraum. Anne Johnson, die immer einen geflochtenen Zopf trug, zeigte auf.

»Ja, Frau Johnson? Müssen Sie wieder zur Toilette?«

»Entschuldigen Sie, Herr January, aber wollten Sie uns nicht den neusten Multishoe 20 vorstellen? Wir wissen immer noch nicht, was daran nun so besonders ist.«

January kratzte sich am Kopf und starrte die Schuhe auf seinem Pult an.

»Oh, richtig, ja. Der Multishoe 20 also«, murmelte er. »Was war daran noch so besonders? Zusätzliche Luftkissen für mehr Bequemlichkeit? Nein, es muss etwas anderes sein. Oh ja, ich weiß es wieder.« January zog seine Schuhe aus und das sportliche Paar des Multishoe 20 an.

»Aufgepasst. An der Innenseite der Lasche befindet sich ein kleiner Knopf, sowohl rechts als auch links. Seien Sie gut vorbereitet, wenn Sie darauf drücken, denn beim ersten Mal erschrecken Sie bestimmt.«

January drückte gleichzeitig rechts und links auf den Knopf. Sam sah neugierig auf die Schuhe seines Lehrers. Er hörte ein leises Summen. Dann sah er, was passierte: Aus der Unterseite schoben sich Rollen heraus! Darum hatte der Multishoe 20 so relativ dicke Sohlen. Einige Augenblicke später stand Herr January auf Rollschuhen vor der Klasse. Die war beim Anblick dieses beispiellosen Erfindungsreichtums verstummt.

»Und das ist noch nicht alles«, fuhr January fort. »Die Rollen werden außerdem von einer Batterie angetrieben, sodass Sie sehr schnell sein können. Sie müssen nur sich selbst in Bewegung setzen, dann übernimmt die Batterie. Folgen Sie mir in den Flur, ich zeige es Ihnen.«

Gefolgt von seinen Schülern, rollte January aus der Klasse. Aufgeregt wie ein Kind sauste er durch die Gänge. Er war tatsächlich sehr schnell. Er fuhr hin und her und Klasse A jubelte ihm zu. Sogar Sam, der eigentlich etwas anderes im Kopf hatte, ließ sich einen Moment gehen und applaudierte seinem Lehrer. Der zeigte jetzt, wie man mit dem Multishoe 20 auch rückwärts fahren konnte. In all seinem Eifer vergaß er, nach hinten zu schauen, er hatte nur noch Augen für seine klatschenden Schüler.

Präsident-Generaldirektor Autumn, der herbeigeeilt war, um zu sehen, was dieser Tumult zu bedeuten hatte, bemerkte die Gefahr zu spät und wurde vom heranstürmenden January überrollt. Die beiden gingen gemeinsam zu Boden. Auf dem Gang wurde es plötzlich sehr still.

January rappelte sich eilig auf und zog unter fortwährenden Entschuldigungen seinen Chef hoch. Autumns Gesichtsausdruck stand auf Sturm.

»January, was machst du da bloß wieder!«, polterte er. »Natürlich kam der Lärm, der mich so störte, wieder mal von dir! Ist das vielleicht ein Beispiel für die Kinder? Immer den Clown spielen, ja, das kannst du!«

»Ich habe ihnen lediglich meine neuste Erfindung gezeigt«, stammelte January.

»Ist das deine Erfindung?«, brüllte Autumn, und man sah förmlich Rauchwölckchen aus seinen Ohren dampfen. Sam hatte nicht gedacht, dass ihr Präsident-Generaldirektor so wütend werden konnte. »Ein Rollschuh? Ich kann mir wirklich eine Million nützlichere Dinge ausdenken. Ach, was sage ich – eine Milliarde!«

Autumn schien sich nach seinem Ausbruch ein wenig zusammenzureißen, als er die betretenen Gesichter von January und dessen Schülern sah. Er wusste auch, dass der Lehrer beliebt war und seine Erfindungen oft genial. Aber das hieß noch lange nicht, dass er einfach ständig die ganze Schule auf den Kopf stellen und noch dazu seinen Chef über den Haufen rollen durfte. Autumn klopfte sich den Staub vom Hemd und wandte sich an January.

»In Ordnung, January, setz den Unterricht fort, es ist schon genügend Zeit verplempert worden, wie mir scheint. Und Zeit wächst nicht auf meinem Rücken, wie du weißt!«

Autumn drehte sich um und kehrte zu seinem Schreibtisch zurück, Sam und die anderen setzten sich wieder, January schloss die Tür.

»Gut, wiederholen wir noch einmal, was wir in den vergangenen Wochen so alles über die neuen Erfindungen der Schule gelernt haben.«

Die restliche Stunde fragte January das Wissen seiner Schüler über allerlei Hilfsmittel ab, die einem Geheimagenten ab und zu nützlich sein können.

Da war zum Beispiel ein neues Hemd entworfen worden. Wie die Schuhe wies dieses Hemd in erster Linie die üblichen Ausstattungsmerkmale auf. So befanden sich im Kragen kleine Betäubungspfeile, die durch Druck auf den obersten Hemdenknopf abgefeuert werden konnten. Das Neue an diesem Hemd war der Stoff. Durch die Verwendung eines besonderen Kunststoffs gab es zwei zusätzliche Vorteile. Erstens konnte man das Hemd als Fallschirm verwenden: Fasste man es bei den Ärmeln, konnte man ruhig von einem Gebäude springen, ohne anschließend zerschmettert am Boden zu liegen. Es war zwar noch nie von einem Menschen getestet worden, doch allen Berechnungen zufolge musste es möglich sein. Zweitens waren in den Fasern des Hemdes dieselben Materialien wie bei Mikrofonen verarbeitet worden, mit der Konsequenz, dass eigentlich das ganze Hemd eine einzige Mikrofonfläche war. Ein Druck auf den Knopf des linken Ärmels nahm jedes Gespräch auf. Das wurde dann zu einem Sender weitergeleitet, der eine Bandaufnahme von dem Gespräch machen konnte. Der größte Vorteil dieser Art des Abhörens war, dass sie schwer zu entdecken war. Anders als bei einem Mikrofon würde niemand vermuten, dass das Hemd selbst die Aufnahme machte.

Neben der Spezialkleidung hatte man auch allerlei Gadgets, die man als Agent mitnehmen konnte, etwa verschiedene Kugelschreiber: Ein Stift diente zugleich als Bombe, einer enthielt eine Betäubungsflüssigkeit, einer war eigentlich ein Messer, einer hatte ein eingebautes Mikrofon und mit einem anderen konnte man sich sogar die Haare kämmen. Egal, was man sich nur ausmalen konnte – es war in Form eines Kugelschreibers vorhanden. Wäre Nasebohren eine wichtige Eigenschaft eines Geheimagenten, hätte es längst einen

Kugelschreiber gegeben, mit dem man optimal in der Nase bohren konnte.

Auch die Uhren hatten verschiedene Spezialfunktionen: Kompass, Mikrofon, Minikamera, Fotoapparat ... und natürlich die berüchtigte Bombenuhr, die sich January hatte patentieren lassen.

Außer den Stiften und Uhren zog January noch mehr verrücktes Zeug aus seinen Schränken: Bombenkaugummis, CDs, die als tödliche Ninjascheiben Dienst taten, eine Sonnenbrille, mit der man durch die Kleidung einer Person schauen konnte (in dieser Hinsicht mussten sie sich auf Januarys Wort verlassen, denn die Schüler durften es nicht selbst ausprobieren), und noch viel mehr. Sam genoss die Stunde. Auf seiner vorigen Schule hätte er es sich nicht träumen lassen, jemals etwas über einen Bleistift zu lernen, der alle Türen öffnen konnte.

Nach dem Unterricht besprachen Sam und Daphné im Garten der Schule ihre Taktik.

»Als Erstes und vor allem müssen wir in Erfahrung bringen, welchen Zusammenhang es zwischen Jason Davids und Herrn December gibt«, sagte Sam. »Es kann doch wirklich kein Zufall sein, dass December einen der Schüler entführen lässt.«

»Da ist was dran«, sagte Daphné, »dafür muss es wirklich einen guten Grund geben. December kann es nicht getan haben, um die Eltern unter Druck zu setzen, denn die wissen nicht einmal mehr, dass sie je einen Sohn gehabt haben. An der Sache ist was oberfaul.«

Sam nickte. »Über diesen Jason werden wir nicht viel mehr erfahren können. Dann haben wir keine große Wahl und werden uns wohl auf Herrn December konzentrieren müssen.«

»Und wie willst du das machen?«, fragte Daphné. »In der Schule erzählen sie nichts über die Lehrer. Und in dieser Sache erst recht nicht, oder glaubst du, dass December seine Kollegen über einen Jungen informiert, den er vielleicht selbst entführt hat? Es sei denn, es sind noch mehr Leute in den Fall verwickelt.«

Sam lächelte selbstbewusst. »Wir werden auch nicht danach fragen, Daphné. Heute Abend werden wir Herrn Decembers Büro einen unerwarteten Besuch abstatten. December selbst wird nicht da sein, denn es ist Dienstag und dann unterrichtet er kein Wahlfach. In den letzten Wochen habe ich beobachtet, dass er an diesen Tagen immer schnell nach Hause geht. Hoffentlich finden wir was!«

Am Nachmittag hatten Sam und Daphné Hypnose und das Wahlfach Karate. Der Unterricht konnte ihnen gar nicht schnell genug zu Ende gehen, denn in Gedanken waren sie ständig bei Jason Davids. Jede einzelne vertane

Stunde bedeutete für Jason eine zusätzliche Stunde Gefangenschaft. Hypnose wurde von Herrn Spring unterrichtet. Normalerweise gaben die Mitglieder der Schulleitung keinen Unterricht, aber wenn es um Hypnose ging, gab es keinen, der besser geeignet war als Spring. Er hatte nicht nur persönlich die neusten Techniken entwickelt, sondern beherrschte sie auch noch aus dem Effeff. Mittwochabends trainierte er sogar die anderen Lehrer in Hypnose. Wenn man an der Schule unterrichten wollte, musste man auch zu ständiger Weiterbildung bereit sein, schließlich gab es fast wöchentlich eine Neuheit.

»Im Hinblick auf die Sommerspiele in diesem Jahr«, begann Herr Spring seinen Unterricht, »werde ich Ihnen heute die Technik der Blitz-Hypnose beibringen. Bei dieser Art brauchen Sie viel weniger Zeit, um jemanden in Ihre Gewalt zu bringen, aber die Dauer des Hypnosezustands ist auch viel kürzer.«

Sommerspiele? Das würde Daphné Sam auch noch erklären müssen. Lange beschäftigte sich Sam aber nicht damit, denn in Gedanken schnüffelte er schon im Büro von December herum. Sie würden sehr vorsichtig zu Werk gehen müssen, denn wenn sie geschnappt würden, hätten sie nichts zu lachen. Sam hatte sowieso nicht mehr viel zu verlieren, aber Daphné schon. Es wäre schrecklich, wenn Daphné durch seine Schuld von der Schule fliegen würde. Mit halbem Ohr lauschte er Springs Ausführungen. Er sah zu seiner Freundin hinüber und merkte, dass auch sie die Stunde zum größten Teil an sich vorbeiziehen ließ. Gelangweilt drehte sie Locken in ihre schwarzen Haare.

»Können Sie kurz wiederholen, was ich gerade gesagt habe, Herr Smith?«

Sam schaute erschrocken auf. Springs Frage hatte nicht gerade freundlich geklungen. Unaufmerksamkeit war nicht gern gesehen an der Schule. Verzweifelt sah er zu Daphné hinüber, aber die zuckte die Schultern.

»Äh«, stammelte Sam, »die Zeit, um jemanden zu hypnotisieren, ist kürzer, aber dadurch auch der Zeitraum des Hypnosezustands?«

»Sehr gut, Herr Smith, das habe ich tatsächlich gesagt.«

Uff.

»Aber schon vor ungefähr einer halben Stunde!«

Autsch! Sam wurde rot.

»Wenn Sie den Rest der Stunde verfolgt hätten, wüssten Sie auch, wann es sich empfiehlt, diese Technik anzuwenden. Aber Sie haben zweifelsohne viel interessantere Dinge, über die Sie nachdenken müssen. Wahrscheinlich wissen Sie auch schon alles über Hypnose und was ich hier erzähle, ist für Sie ein alter Hut!«

Die Ironie in Springs Stimme war so scharf, dass man daran ein Messer hätte schleifen können. Sam schwieg wohlweislich und ließ Spring mit der Stunde fortfahren. Sein Lehrer hatte recht, er sollte lieber aufpassen, wenn er sich nicht noch mehr Probleme aufhalsen wollte.

Springs Laune war durch den Vorfall mit Sam gründlich verdorben. Während der restlichen Stunde zog er den Lehrstoff in rasendem Tempo durch. Sechzig Minuten lang waren nur Springs Stimme und das Kratzen der Federn auf Papier zu hören. Am Ende richtete Spring noch einmal seinen Blick auf Sam, der den Blick tapfer erwiderte, ein Geheimagent durfte nie die Augen niederschlagen. Wenn man wegschaute, konnte man nicht sehen, was der andere vorhatte, und das war immer gefährlich.

»Und für diejenigen, die am Anfang nicht ganz hatten folgen können, werde ich noch einmal wiederholen, wann die Blitz-Hypnose zu verwenden ist.«

Offensichtlich war dies eine wichtige Stunde, sonst würde Spring nie auf Dinge zurückkommen, die er schon erwähnt hatte.

»Bei einem sehr engen Kontakt mit Ihrem Gegner können Sie versuchen, die Blitz-Hypnose anzuwenden, indem Sie Ihrem Rivalen tief in die Augen schauen. Meist ahnt er nicht, was Sie vorhaben und wird nicht wegschauen wollen, um keine Schwäche zu zeigen. Davon können Sie profitieren und ihn zum Beispiel zwingen, seine Waffe fallen zu lassen. Noch bevor er weiß, wie ihm geschieht, können Sie ihn überwältigen.«

Plötzlich fiel Sam der Stift aus der Hand und polterte auf den Boden. Spring stand direkt vor ihm. »Ich weiß, dass Sie in einer anderen Stunde gelernt haben, nicht wegzuschauen, Herr Smith«, setzte Spring seinen Vortrag mit einem Lächeln fort, »aber ich würde dabei doch aufpassen. Heute ist es Ihr Stift, der Ihnen aus den Händen gleitet, beim nächsten Mal vielleicht wirklich Ihre Waffe. Nicht nur unsere Leute wissen über die Blitz-Hypnose Bescheid, sondern auch solche mit finsteren Absichten. Gut, Klasse A, die Stunde ist vorbei, Sie dürfen gehen.«

Sam starrte von seinen Händen zu dem Stift am Boden und dann zu seinem Lehrer, der zu seinem Pult ging. Dieser teuflische Spring hatte überhaupt nicht vorgehabt, einen Teil der Stunde zu wiederholen! Er hatte Sam einfach für seine Nachlässigkeit zurechtweisen wollen. Und Sam war ihm buchstäblich mit offenen Augen in die Falle gegangen!

11

Spurensuche

Herrn Aprils Karateunterricht schien ein Jahrhundert zu dauern. Normalerweise liebte Sam diese Stunden, aber heute zählte er jede Sekunde. Karate hieß nicht nur, seltsame Schreie auszustoßen – hayaah! – und wieselflinke Bewegungen auszuführen, nein, wer Karate ausüben wollte, brauchte Kraft, und daran hatten sie heute gearbeitet. Liegestütze, Sit-ups, Gewichtheben ... Sam spürte jeden einzelnen Muskel.

Nach dem Unterricht hatten Sam und Daphné schnell geduscht und jetzt spazierten sie möglichst unauffällig durch die Gänge zum Büro von Herrn December. Sam hielt nach Spyro Ausschau, denn der konnte höchst unerwartet und meist auch in unerwünschten Momenten auftauchen. Sam brach das nervöse Schweigen zwischen ihnen.

»Heute Mittag sagte Herr Spring etwas über Sommerspiele. Weißt du mehr darüber?«

»Ja, Jill hat mir mal davon erzählt. Jedes Jahr im Sommer kommt die Nachwuchsabteilung der CIA nach England und ...«

»Hat die CIA auch eine Spy School?« fiel Sam Daphné ins Wort.

»So ist es, und sie scheint unserer Schule auch sehr ähnlich zu sein. Zwischen den beiden Organisationen gibt es Vereinbarungen zur Zusammenarbeit, und sogar einen Schüleraustausch. Im Winter gehen einige von uns in die USA.«

»Und im Sommer gibt es Wettkämpfe zwischen uns und den Amerikanern?«, fragte Sam.

»Genau«, sagte Daphné, »unsere Klasse tritt gegen das erste Jahr der CIA an, Klasse B gegen das zweite und so weiter. Jeder Schüler muss eine Prüfung bestehen, für die er vorher trainiert hat. Insgesamt gibt es zehn Prüfungen und wer die meisten Prüfungen für sich entscheidet, gewinnt den großen Wettkampf der Schulen.«

»Und diese Prüfungen, sind das so Sachen wie Hypnotisieren?«

»So ähnlich, ja. Ich glaube, bei der Blitz-Hypnose muss man versuchen, einen anderen dazu zu zwingen, sich selbst ein Glas Wasser über den Kopf zu schütten. Wer zuerst nass ist, hat verloren.«

Während Daphné ihre Erklärungen zur Blitz-Hypnose weiterspann, spazierte Frau November aus der anderen Richtung auf sie zu. Einfach weiterreden, Daphné, dachte Sam, denn wenn sie plötzlich verstummte, würden sie sich verdächtig machen.

»Die anderen Prüfungen«, fuhr Daphné fort, »sind unter anderem Fußball, Tennis, eine Entfesselung, eine Bombenentschärfung, und noch ein paar andere – ich kenne sie nicht alle auswendig.«

Frau November ging mit einem kurzen Nicken an ihnen vorbei. Sam und Daphné wechselten einen Blick. Sie dachten beide dasselbe: Es durfte einfach nichts schiefgehen. Sie blieben an der Tür zum Büro von Herrn December stehen.

Sicherheitshalber klopfte Sam. Keine Antwort. Vorsichtig öffnete er die Tür und warf einen Blick ins Zimmer. Niemand zu sehen. Schnell traten sie ein und schlossen die Tür. Jetzt gab es kein Zurück mehr – sie waren auf verbotenem Terrain.

Sam schaute sich im Büro um: Das Zimmer ähnelte dem ihres Präsident-Generaldirektors: kahl und ungemütlich. Ein Schreibtisch, zwei Stühle, ein Einbauschrank. Sam konnte sich wirklich eine angenehmere Arbeitsumgebung vorstellen. Aber die Lehrer verbrachten nicht viel Zeit in ihren Büros. Wenn sie nicht unterrichteten, widmeten sie sich hauptsächlich der Praxis außerhalb der Schule. December & Co. waren immer noch in erster Linie Geheimagenten.

»Steh hier nicht so rum«, unterbrach Daphné seine Gedanken, »wir haben keine Zeit zu verlieren. Je schneller wir hier weg sind, desto besser.«

Daphné hatte schon den Einbauschrank geöffnet und schnüffelte in Decembers Papieren herum. Ihr Lehrer war ein echter Schludrian: Bis auf einige Papiere in Ordnern lagen die meisten unsortiert im Schrank, Unterrichtsvorbereitungen im selben Stapel wie Aufträge, die er durchführen sollte. Das machte es Sam und Daphné nicht leicht, etwas Belastendes zu finden.

Sam nahm einen Stapel und setzte sich auf den Schreibtischstuhl. Akten über Kriminelle aus aller Herren Länder, verdächtige Unternehmen, Zeugen, die beschützt werden sollten ... in diesem Schrank lag wirklich ein Schatz an Informationen. Auch Daphné bekam große Augen beim Lesen der Papiere.

»Glaub ich's denn?«, rief sie aus. »Elvis Presley ist doch nicht tot!«

»Elvis wer?«, fragte Sam.

»Kennst du Elvis nicht? Der King! Ich spiele dir mal was von ihm vor. Guck, hier steht es: Frau November und Herr December haben ihm noch geholfen, unterzutauchen. Sie haben die Nachricht von seinem Tod in die Welt gesetzt. Der Ruhm wurde ihm zu viel und er wohnt jetzt in einem bescheidenen Haus in München. Sogar die Adresse steht dabei. Manche Leute würden viel Geld für eine solche Information bezahlen!«

Daphné schüttelte den Kopf und blätterte weiter. December hatte schon eine Menge Aufträge erfolgreich durchgeführt. Er hatte Rebellen in Afrika gegen ihre korrupte Regierung unterstützt, er hatte persönlich schon gut dreißig Bombenanschläge in Irland vereitelt und unzählige Verbrecher eingebuchtet. Ein Krimineller, der mit einem Auto zu flüchten versuchte, war schon im Vorhinein verloren, wenn December ihm auf den Fersen war. Er war nicht umsonst Lehrer für Verfolgungstechniken. Im Unterricht hatte er ihnen die Anekdote von einem Gangster erzählt, den er schon mehrfach verhaftet hatte. Als dieser Mann bemerkte, dass er wieder einmal von December verfolgt wurde, hatte er sein Auto am Straßenrand abgestellt und sich ohne jeglichen Widerstand ergeben. Da er wusste, dass er seinem Verfolger doch nicht entgehen würde, wollte er sein nagelneues Auto – so ungefähr das Einzige in seinem Leben, das er ehrlich bezahlt hatte –, nicht beschädigen.

»Schon etwas gefunden?«, fragte Daphné.

»Nein, noch nicht. Bislang habe ich entdeckt, dass Marilyn Monroe doch keines natürlichen Todes gestorben ist und Lee-Harvey Oswald nicht der Mörder von Präsident Kennedy ist. Aber über December und seine Verbindung zu Jason Davids noch nichts. Weitersuchen, eine andere Spur haben wir nicht.«

Sam griff nach einem weiteren Aktenstapel und machte sich wieder an die Arbeit. Es war schwierig, etwas zu finden, wenn man nicht wusste, wonach man suchte. Sie konnten kaum damit rechnen, dass December irgendwo genau notiert hatte, wie viel er den Kidnappern bezahlt hatte. Oder dass es einen Bewerbungsbrief der Gangster gab im Sinne von: »Sehr geehrter Herr December, aufgrund unserer jahrelangen Erfahrung im Kidnappning, sind wir fest davon überzeugt, dass wir die geeigneten Kandidaten für diese freie Stelle sind. Hochachtungsvoll, vier Kriminelle.«

»Das hilft uns vielleicht weiter.«

Daphné schwenkte eine rote Plastikmappe.

»Was ist das?«, fragte er.

»Eine Akte über December selbst«, antwortete Daphné. »Mal sehen, was haben wir hier denn alles?«

Sie blätterte durch den Stapel. »Seine Noten von damals, als er selbst hier zur Schule ging. Eine Eins plus in *Bomben entschärfen*, eine Eins in *Technische Tricks* … December war ein guter Schüler, deswegen hat er es wohl so weit gebracht …«

»Steht da noch was anderes drin?«, fragte Sam ungeduldig. Sie waren hier mit den verbotensten Sachen zugange und Daphné beschäftigte sich in aller Gemütsruhe mit Decembers Zeugnissen! Sam wollte so schnell wie möglich weg, sie mussten etwas finden und dann verschwinden.

Daphné ließ sich jedoch nicht hetzen und las weiter vor. »Ha, seine Gesamtbeurteilung: Herr Jim Davids ist ein cleverer Schüler, der seinen Lehrstoff intensiv lernt und seinen Mitschülern regelmäßig hilft …«

Sam machte große Augen. Es klingelte nicht nur ein bisschen, sondern ein riesiger Kirchturm läutete Sturm. Daphné zitierte ruhig weiter.

»…Auch ein zusätzlicher Auftrag ist kein Problem für ihn, er nimmt sie immer klaglos an und …«

»Daphné!«, versuchte Sam sie zu unterbrechen, aber ohne Erfolg.

»… darum ist Herr Davids ein geeigneter Kandidat für die Ausbildung zur Lehrkraft, da durch die Pensionierung von Herrn April bald eine Stelle frei wird. Wir sind davon überzeugt, dass Herr Davids uns nicht enttäuschen und den Namen der Schule würdig vertreten wird.«

Das konnte nicht wahr sein. Sam verfluchte sich, dass er nicht selbst daran gedacht hatte. Vom ersten

Moment an hatte er Herrn Decembers Verhalten als ein Zeichen seiner Schuld betrachtet. Warum hatte er nicht daran gedacht, dass das Geld auch etwas anderes sein könnte als der *Lohn* für die Kidnapper? Es könnte ebenso gut Lösegeld gewesen sein!

»Daphné, der Name! Gib mir die Akte, ich will sein Foto sehen.«

Daphné verstand Sams plötzliche Aufregung nicht, reichte ihm jedoch den Hefter.

»Was regst du dich auf einmal so auf? Es ist ja nicht gesagt, dass December jetzt kein Kidnapper sein könnte, nur weil er früher ein guter Schüler war!«

Sam blätterte durch die Papiere. Irgendwo musste doch ein Schülerfoto von December zu finden sein. Mit ein bisschen Glück könnte er damit seine Vermutung bestätigen.

Schulergebnisse, Evaluation, eine Übersicht aller Aufträge ... wo waren bloß die Fotos? Unterdessen versuchte Daphné in Erfahrung zu bringen, wonach Sam suchte.

»Sam, was ist? Was ist dir eingefallen? Du machst mich neugierig und du weißt, dass ich keine Geduld habe, lange auf eine Antwort zu warten!«

Sam fand ein altes Klassenfoto. Er kniff die Augen zusammen und betrachtete aufmerksam jedes einzelne Gesicht der fünf Jungen aus Decembers Klasse. Kein Zweifel, der Dritte von rechts war December. Sam kannte dieses Gesicht. Er hatte es sich erst vor Kurzem angeschaut. Er sah Daphné an.

»Jason Davids ist der Sohn von Herrn December!«

Daphné sah überrascht auf. »Aber warum sollte er dann ...? Was war mit dem ...?«, stammelte sie.

Sam und Daphné schwiegen eine Weile. Sie waren hierher gekommen, um Herrn Decembers Schuld zu beweisen und jetzt stellte sich heraus, dass er selbst ein Opfer war. Statt Antworten gab es nun jede Menge neuer Fragen. Sam war erst ein paar Wochen auf der Schule, aber er hatte schon mehr zu verarbeiten bekommen als in seinem ganzen früheren Leben.

»Was sollen wir machen?«, fragte Daphné. »Behalten wir das für uns oder gehen wir damit zu Summer?«

Als die Tür aufging, erübrigte sich die Antwort auf ihre Frage – sie konnten nicht mehr selbst über ihre Zukunft entscheiden. December hatte das Büro betreten und sein Blick verriet, dass *er* den weiteren Verlauf bestimmen würde. Der drohende Schatten seines großen Körpers hing über ihnen. So nervös December auch beim letzten Mal gewirkt hatte, jetzt war er ausgesprochen selbstsicher.

»Nun, nun, Herr Smith. Sie werden sicherlich einen guten Grund für Ihre Anwesenheit haben. Versuchen Sie ruhig, eine Erklärung für eine Situation zu finden, die ganz und gar nicht rosig für Sie ausschaut.«

12

Erwischt

Dunkle Wolken der Verzweiflung und des tiefsten Bedauerns ballten sich über den Köpfen von Sam und Daphné, die in Gedanken schon ihre Abreise nach Hause vorbereiteten. Aber auch Ärger über sich selbst, wie hatten sie so dumm sein können? Statt wie versteinert darüber nachzusinnen, was sie mit ihrer Entdeckung anfangen sollten, hätten sie sich besser schleunigst davongemacht.

Und December schleuderte aus dicken schwarzen Donnerwolken Blitze der Wut auf Sam und Daphné. Sie konnten es ihm nicht übel nehmen; in den schwierigen Zeiten, die er momentan erlebte, schnüffelten auch noch zwei Rotznasen in seinem Privateigentum herum, da konnte er sie kaum mit offenen Armen empfangen.

»Ich werde versuchen, möglichst ruhig zu bleiben«, sagte December. »Aber das wird nicht leicht werden. Ich gebe Ihnen die Chance, eine vernünftige Erklärung für Ihre Anwesenheit in meinem Büro abzugeben, denn Vernunft ist eine wichtige Eigenschaft eines Geheimagenten. Auch wenn ich gerade große Lust habe, darauf zu verzichten. Gefällt mir Ihre Entschuldigung nicht, dürfen Sie sich auf ein Leben außerhalb der Schule freuen!«

Sam und Daphné sahen sich an. Am besten legten sie die Karten offen auf den Tisch. Sam beschloss, sofort mit der Tür ins Haus zu fallen.

»Wir wissen, dass Jason Davids entführt wurde und dass sich in dem Päckchen, das ich für Sie in dem Haus abgeben musste, Geld für die Kidnapper befand. Aber das ist noch nicht das Wichtigste: Wir wissen außerdem, dass Jason Davids Ihr Sohn ist.«

Sam schaute December abwartend an. Wie würde er reagieren?

Daphné sah verzweifelt aus. Sam war festentschlossen, alle Schuld auf sich zu nehmen, wenn es schlecht ausging. Er hatte Daphné mit hineingezogen, also musste er versuchen, sie zu retten.

December rieb sich nachdenklich das Kinn. Er blieb auffällig ruhig, aber Ruhe war eine wichtige Eigenschaft eines guten Geheimagenten.

»Hm, Sie wissen offenbar mehr, als ich dachte. Ich werde Sie erst einmal zu Ende anhören. Fangen Sie bitte zu Beginn an, Herr Smith.«

Die Wolken lichteten sich offensichtlich ein wenig und ließen einen winzigen Sonnenstrahl hindurch. Das war ihre Chance! Jetzt mussten sie December davon überzeugen, dass sie ihm helfen konnten und nicht gegen ihn arbeiten wollten. Sam versuchte, so vollständig wie möglich zu berichten.

»Nun, alles begann, als ich Ihnen gestern im Gang begegnete und Sie mich baten, ein Päckchen zur King James Street zu bringen.«

»Richtig, ja«, unterbrach December. »Das war doch kein so schwieriger Auftrag, oder? Einfach etwas abgeben und dann zurückkommen. Sie haben es doch wohl abgegeben? Wenn ich gewusst hätte, dass Sie so ein Chaos anzetteln würden, hätte ich einen anderen beauftragt.«

Sam presste die Kiefer aufeinander. Wenn er erklären sollte, was passiert war, musste December ihn auch ausreden lassen.

»Sie vergessen dabei, dass wir die *Spy School* nicht ohne Erlaubnis verlassen dürfen, Herr December. Ich musste noch irgendwie an Portman vorbei.«

Wieder unterbrach ihn December. »An Portman vorbei zu kommen, kann ich kaum als schwierigen Akt bewerten, Herr Smith. Der Mann würde nicht einmal eine vorbeistürmende Büffelherde bemerken!«

Sam zuckte bei Decembers verächtlicher Bemerkung über ihren Pförtner zusammen. Wer für den Zutritt zur Schule verantwortlich war, konnte doch nicht so dumm sein? Aber December kannte Portman vermutlich besser.

»Und außerdem«, fuhr December fort, »hätten Sie einfach sagen können, dass ich Sie geschickt habe. Portman würde das schnell wieder vergessen haben, denn er schreibt nie etwas auf. Er würde locker die Weltmeisterschaft in Schlampigkeit gewinnen!«

Sam musste an Decembers Schrankinhalt denken. Wenn Portman Weltmeister würde, wäre December mindestens ehrenvoller Zweiter.

»Aber gut, ich darf annehmen, dass es Ihnen gelang, die *Spy School* zu verlassen?«, fragte December.

»Stimmt«, antwortete Sam und berichtete möglichst umfassend weiter: der Mann an der Tür, sein Einbruch, die Stimmen, Jason auf dem Bett, Frankie und seine Flucht. Was eben noch eine Standpauke eines Lehrer für den ertappten Schüler war, entwickelte sich zum Gespräch unter Agenten, die vertrauliche Informationen austauschten. Das gefiel Sam viel besser.

December machte sich ein paar Notizen und stand dann auf. »Sie werden mich jetzt entschuldigen, ich muss endlich meinen Sohn aus den Händen dieser geistig Minderbemittelten befreien. Diese hinterhältigen Kidnapper werden sich noch wünschen, im düsteren Mittelalter geboren zu sein, denn verglichen mit dem, was ich gleich mit ihnen machen werde, sind endlose Kriege, Hexenverbrennungen und die Beulenpest eine Kleinigkeit! Wir sprechen später weiter, Herr Smith.«

December machte Anstalten, aus dem Raum zu stürzen, aber Daphné, die sich zum ersten Mal ins Gespräch mischte, konnte ihn gerade noch zurückhalten. Unter Einsatz ihres Lebens warf sie sich ihrem Lehrer in den Weg, der wie ein verwundetes Nashorn durchs Büro stampfte.

»Herr December, warten Sie!«, rief sie.

»Warum sollte ich auch nur noch eine Sekunde warten? Hätten Sie mir das schon gestern erzählt, wäre mein Sohn längst frei!«, brüllte December und lief rot an.

Sam kam Daphné zu Hilfe. »Sie hat recht, Herr December, Sie können jetzt nichts machen. Jason und die Kidnapper sind nicht mehr in diesem Haus.«

Herrn Decembers Gesicht wurde ein einziges Fragezeichen. »Woher wollen Sie das wissen?«

»Weil ich später noch einmal da war. Setzen Sie sich, dann erzähle ich Ihnen den Rest der Geschichte«, sagte Sam.

December sah von Daphné zu Sam. Sein Gesicht entspannte sich, aber seine Hände zitterten noch. Der strenge Blick, den er beim Hereinkommen gehabt hatte, war nun einem verschwommenen, niedergeschlagenen gewichen.

Sam nahm den Faden wieder auf und berichtete von Summer und dem leeren Haus. December notierte sich noch ein paar Dinge und klopfte mehrfach mit dem Stift auf seine Hand.

»Summer weiß also über alles Bescheid?«, fragte er.

Sam nickte. »Aber vermutlich glaubt er es nicht, denn das Haus war leer. Und er weiß auch nicht, dass der Junge im Haus Ihr Sohn war.«

December machte ein bedenkliches Gesicht. »Da wäre ich nicht so sicher. Summer ist kein Trottel. Er wird mit Sicherheit untersuchen, was dahintersteckt. Die Geschichte, die Sie ihm aufgetischt haben, klingt zu merkwürdig, um erfunden zu sein. Zum Glück haben Sie den Namen meines Sohnes nicht erwähnt. Dann wäre der Zusammenhang schnell hergestellt.«

December war wieder aufgestanden, legte die Hände auf den Rücken und drehte sich um. Sam hat das schon oft in Filmen gesehen. Während eines Gesprächs drehte sich der Sprecher häufig zum Fenster, um im Hinausschauen weiterzureden. Bloß dass es hier kein Fenster gab. Auch December schien das aufzufallen und er wandte sich wieder seinen Schülern zu.

»Ich werde alles mit Summer regeln. Ich werde ihm etwas erzählen, mit dem er sich vorläufig begnügen muss. Früher oder später wird er es doch herausfinden, aber ich möchte ihn gern noch ein Weilchen auf Abstand halten. Ich werde mich auch um eine Entschuldigung für Ihren Ausflug kümmern, Herr Smith, dann können Sie beruhigt an der Schule verbleiben.«

Sams Herz hüpfte. Seine Zeit an der Schule war also doch noch nicht vorbei! Er nahm sich fest vor, sich von nun an zurückzuhalten und ein vorbildlicher Schüler zu werden.

»Ich wüsste aber doch noch gern«, fuhr December fort, »warum Sie mir gestern nicht erzählt haben, was Sie gesehen haben. Sie hielten es doch für wichtig genug, um Frau Wickman darüber zu informieren.«

Irgendwie hatte sein Lehrer ja recht, aber Sam hatte auch dafür eine Erklärung parat. »Ich wusste damals noch nicht, dass Jason Ihr Sohn war, Herr December. Deswegen musste ich davon ausgehen, dass das Geld dazu diente, die Kidnapper zu bezahlen, damit sie Jason gefangen hielten. Ich hatte sie über einen großen Boss reden hören, also dachte ich ...«

»…dass ich das bin«, führte December den Satz zu Ende. Er lächelte. »Sie haben offenbar nicht viel Vertrauen in Ihre Lehrer, Herr Smith. In Filmen über Geheimagenten gibt es vielleicht immer einen Verräter in den eigenen Reihen, aber hier nicht. Darauf werden Sie vertrauen müssen, Herr Smith. Und …«

Er zögerte, aber sprach dann doch weiter.

»Ach, warum nicht, Sie wissen sowieso schon so viel. Aber was ich Ihnen jetzt erzähle, bleibt unter uns Dreien, verstanden? Da Sie Frau Wickman sowieso alles erzählen, darf sie hier bleiben.«

Sam sah Herrn December die Erleichterung darüber an, endlich mit jemandem über die Entführung seines Sohnes reden zu können.

»Es begann letzten Freitag. Ich wollte gerade nach Hause, als ich eine Mail erhielt, dass mein Sohn entführt worden war. Ich sollte auf weitere Anweisungen warten und niemanden informieren, sonst würde ich ihn nie wiedersehen. Ich bin sofort zu seinem Zimmer gerannt und er war tatsächlich nicht dort. Auch seine Mitschüler hatten ihn nicht gesehen. Mir wurde klar, dass es ernst war. Später habe ich seinen Mitschülern und dem Schulpersonal erzählt, Jason sei krank und zu Hause.«

December machte eine kurze Pause, riss sich dann zusammen und fuhr fort. »Montag, also gestern, schickten sie ihre Forderung. Wie schon befürchtet, wollten sie kein Geld, sondern etwas viel Wichtigeres. Etwas, an das nur wenige Personen dieser Schule gelangen können.«

Er hielt wieder inne und Sams Kopf platzte fast vor Neugier. Er hatte die ganze Zeit gedacht, in dem Päckchen sei Geld gewesen – das stimmte also gar nicht! Aber was dann? Neugierig wartete er auf weitere Erklärungen.

»Sie wollten Listen mit den Namen aller Schüler, Lehrer und ehemaligen Schüler. Also im Prinzip die Namen aller heutigen und zukünftigen Geheimagenten. Was Sie gestern überbracht haben, ist der erste Teil der Liste. Im Tausch für den zweiten Teil soll ich meinen Sohn zurückbekommen. Ich wusste, dass ich das nicht tun durfte, aber mein Sohn bedeutet mir alles. Sie sind noch zu jung, um das zu verstehen.«

December sprach nicht mehr weiter und starrte abwesend vor sich hin. Sam und Daphné wussten nicht, was sie sagen sollten. Eine Gangsterbande, die alle Geheimagenten kannte, bedeutete das Scheitern aller aktuellen und zukünftigen Undercover-Aktionen. Die Gangster würden genauestens wissen, wem sie vertrauen konnten und wem nicht. Mit einem Fingerschnipsen konnten sie einen Haufen Geheimagenten, die gerade einen Auftrag durchführten, aus dem Weg räumen. Und das war auch December vollkommen klar. Er hieb plötzlich mit der Faust auf den Tisch.

»Aber wenn ich gewusst hätte, dass sie meinen Sohn an der Adresse gefangen hielten, die man mir gegeben hatte, hätte ich Hackfleisch aus den Gangstern gemacht und sie als Hundefutter verkauft! Was die sich trauen!«

Vor Wut bohrte December die Fingernägel so tief in seine Handfläche, dass kleine Bluttropfen zum Vorschein kamen. Er nahm ein Taschentuch und wischte sie weg.

»Es ist noch nichts verloren, Herr December«, sagte Sam. »Sobald wir Jason befreit haben, können Sie alles dransetzen, herauszufinden, wer Ihnen das angetan hat. Wenn Sie wissen, wer der ›große Boss‹ ist, können Sie ihn verhaften und die Listen zurückbekommen.«

Sam wusste, wie schwierig dieser Plan war, nahezu absurd. Viele Spuren würden die Kidnapper nicht hinterlassen. Vielleicht hatte er wirklich zu viele Filme gesehen. Aber so viele andere Möglichkeiten gab es nicht. Das war auch December bewusst. Er drückte eine Taste seines Computers.

»Wir werden sehen, Herr Smith. Erst müssen wir dafür sorgen, dass mein Sohn in Sicherheit ist, um den Rest machen wir uns anschließend Gedanken. Wir werden sehen ...«

Die Tür ging auf und Spyro 42 kam herein.

»Sie hatten mich gerufen, Herr December?«

»So ist es, Spyro. Kannst du mal nachsehen, wann Herr Summer noch Platz in seinem Terminkalender hat?«

»Einen Moment.« Spyro durchforstete seinen digitalen Speicher.

»Morgen um halb zwölf. Passt Ihnen das?«

»Das müsste gehen, Spyro«, antwortete December. »Mach das bitte gleich fest.«

»Zu Diensten, Herr December. War sonst noch etwas?«

»Nein, danke schön, du kannst gehen.«

Spyro drehte sich um und verschwand wieder durch die Tür. December wandte sich an Sam und Daphné.

»Sie dürfen auch gehen. Wenn ich Sie brauche, gebe ich Bescheid. Also denkt dran: Mund halten, auch gegenüber Summer! Bis morgen im Unterricht.«

Mit gemischten Gefühlen standen Sam und Daphné auf und gingen zur Tür. Sie waren froh, nicht von der Schule geworfen zu werden, aber December und sein Sohn taten ihnen leid. Kurz bevor Sam zur Tür hinausging, hielt December ihn zurück.

»Herr Smith, noch eine Frage. Ging es Jason gut? Denn wenn sie ihm auch nur *ein* Haar gekrümmt haben, dann ...«

Bevor December die Kontrolle verlor, beruhigte ihn Sam.

»Er wird gut versorgt, Herr December. Er vermisst nur seine Familie..

Herr December lächelte traurig. »Danke, Herr Smith.«

13

Verfolger und Verfolgte

Nach dem Gespräch mit December waren Sam und Daphné still geworden. Schweigend saßen sie in Daphnés Zimmer. Sie mussten erst einmal Ordnung in ihre Gedanken bringen, bevor sie darüber reden konnten.

»Vorläufig können wir nichts machen«, sagte Sam. »Ich gehe jetzt schlafen und dann reden wir morgen weiter. Mittwoch, da haben wir einen ruhigen Tag.«

»Verfolgungstechniken und Mathe. Noch mal zwei Stunden mit December. Ich hoffe, er kann überhaupt unterrichten«, sagte Daphné.

»Er wird wohl müssen«, antwortete Sam. »Wenn er nicht will, dass die anderen etwas mitkriegen, sollte er sich so normal wie möglich verhalten, auch gegenüber seinen Schülern. Bis morgen?«

»Ja, schlaf gut!«

Sam schob die Tür auf und verließ den Raum. Den Weg zu seinem eigenen Zimmer kannte er mittlerweile. Begleitet von den immer leuchtenden Lampen ging er durch die kahlen Gänge. Es war erstaunlich still in der Schule. Tagsüber quoll das Gebäude über vor geschäftigen Menschen. Doch abends zog sich jeder auf sein Zimmer zurück und arbeitete an seinen eigenen Aufträgen.

Es war auch schon spät. Nach den letzten Unterrichtsstunden gingen die meisten Schüler noch zum Sport oder im Innengarten spazieren, aber Sam hatte so lange bei December gesessen, dass er das heute verpasst hatte.

Er hatte fast sein Zimmer erreicht. Durch den Spalt unter der Tür seines Nachbarn sah er noch Licht. John Cole war offensichtlich noch spät bei der Arbeit. Als Sam sein Zimmer betreten wollte, hörte er ein leises Schluchzen. Kam das aus Johns Zimmer? Er presste sein Ohr an die Nachbartür. Ja, es war John! Sam klopfte leise. Einen Augenblick blieb es still, aber dann fragte John: »Wer ist da?«

»Sam.«

Keine Reaktion.

»Alles in Ordnung? Darf ich kurz reinkommen?«, fragte Sam.

»Warte.«

Sam hörte einen Wasserhahn und dann öffnete sich die automatische Tür. John saß an seinem Computer und drehte sich um, als Sam eintrat.

»Hey Sam, wo warst du nach dem Unterricht? Wir haben eine Partie Fußball gespielt. Wir gegen die B-Klasse. Knapp verloren, aber mit dir hätten wir bestimmt gewonnen.«

John versuchte, munter zu klingen, aber Sam sah seine roten Augen.

»Ich, äh, ich musste noch ein wenig Unterrichtsstoff bei December aufholen«, log Sam. »Damit ich morgen dem Unterricht folgen kann.«

Spyro hatte ihn bei Herrn December gesehen, also musste er sich eine Ausrede ausdenken, die erklärte, warum. Und es war eine gute Ausrede, das musste er zugeben! Alles besser, als zu behaupten, drei Stunden auf dem Klo gesessen zu haben.

Und John hatte auch keinen Grund, ihm nicht zu glauben.

»Ach so. Na ja, es wird noch genug Gelegenheiten geben, die B-Klasse zu schlagen«, sagte John und wandte sich wieder seinem Computer zu. Wahrscheinlich lief ihm gerade eine Träne über die Wange.

»Ist was, John?«, fragte Sam. »Mir war, als hätte ich gerade jemanden weinen hören. Wenn ich helfen kann, sag's ruhig.«

John schwieg, aber Sams Gefühl sagte ihm, dass er bleiben sollte. John brauchte jemanden, der ihm zuhörte. Sam setzte sich aufs Bett und schaute sich im Zimmer um. Es sah genauso aus wie seins: ein Schreibtisch mit PC, ein Stuhl und ein Einbauschrank, sonst nichts. Zum Glück stand ihr Name an der Tür, sonst wüsste er nicht, welche seine war.

»Ich vermisse meine Eltern, Sam.«

John sah Sam jetzt direkt ins Gesicht. »Wir haben uns nie so gut verstanden und trotzdem fehlen sie mir. Und das, obwohl sie nicht einmal mehr wissen, wer ich bin. Ist das nicht erbärmlich? Ich vermisse Menschen, die keine Ahnung haben, dass es mich gibt.«

»Das ist nicht erbärmlich, John, das ist ganz normal. Wenn man jemanden eine Zeitlang nicht gesehen hat, erinnert man sich nur noch an die guten Sachen. Ob du nun mit ihnen auskamst oder nicht, sie bleiben deine Eltern. Ihr hattet bestimmt auch schöne gemeinsame Erlebnisse.«

Johns Gesicht hellte sich ein wenig auf. »Ich erinnere mich, dass wir einmal ans Meer fuhren. Papa hat damals einen ganzen Nachmittag Sandburgen mit mir gebaut und danach sind wir Eis essen gegangen.«

Sam musste lächeln – Johns Erinnerungen wirkten wie frisch aus dem *Handbuch der schönsten Familienerlebnisse*. Fragt man einen x-Beliebigen nach den schönsten Augenblicken mit der Familie, lautet die Antwort Ausflug ans Meer oder auf die Kirmes – mit einem Eis zum krönenden Abschluss. Auch Sams Eltern waren einmal mit ihm auf der Kirmes gewesen, nach drei Mal Achterbahn fahren war ihm das Eis wieder hochgekommen. Die Dame mit Hund, die das ausgespuckte Schokoladeneis abbekommen hatte, fand das gar nicht witzig. Sam schon, denn der weiße Pudel war plötzlich zum rassigen Dalmatiner geworden. Alles in allem doch noch ein schönes Familienerlebnis, wenn auch vielleicht nicht gerade handbuchmäßig.

Johns Heimweh führte zu weiteren Erinnerungen.

»Und einmal haben wir in Frankreich gezeltet. Dort habe ich jede Menge Freunde gefunden, das war schön.«

Sam atmete auf, offensichtlich war sein Versuch, John ein wenig zu trösten, gelungen. Nun musste er schauen, dass er ein wenig Schlaf bekam.

»Na, dann gute Nacht, John. Wenn etwas ist, weißt du, wo du mich findest, okay? Denk vor allem an die schönen Sachen, und nicht vergessen: Wer hier zur Schule geht, ist ein Glückspilz. Eine Menge Leute würden gern mit dir tauschen!«

»Du hast ja recht, Sam. Danke, dass du reingeschaut hast.«

Sam stand auf und ging zur Tür. Innerhalb kürzester Zeit hatte man sich nun zweimal bei ihm bedankt. Das reichte erst einmal.

»Gern geschehen, John. Bis morgen.«

In seinem Zimmer zog er sich schnell aus, kroch ins Bett und schlief sofort ein. Er träumte von einem riesigen Pudel mit schwarzen Flecken, der auf einem Bett gefesselt war und Eis von einem Mann bekam, der neben dem Bett mit einer Schaufel Sandburgen baute.

Nach den letzten beiden hektischen Tagen ging Sam an diesem Mittwoch ganz entspannt in den Unterricht. Vorläufig brauchte er nicht zu befürchten, von der Schule geworfen zu werden, auch wenn man nie wusste, was noch passieren konnte.

Vor Decembers Klassenraum unterhielten sich seine Mitschüler intensiv über die bevorstehenden Sommerspiele. Da sie im ersten Schuljahr waren, hatte keiner sie je miterlebt. Sie mussten sich mit den Erzählungen der Schüler aus den Klassen über ihnen begnügen. Und die taten nichts lieber, als sich allerlei irre Geschichten auszudenken, um ihre jüngeren Schulfreunde zu beeindrucken.

So ging das Gerücht, dass der Wettkampf im *Bombenentschärfen* mit einer echten Bombe durchgeführt wurde. Durchfallen stand also nicht zur Debatte, sonst würde man nicht nur den Wettkampf, sondern auch sein Leben verlieren. Richard James hoffte nach seinen früheren Erfahrungen, dass man nicht ausgerechnet ihn für diese Prüfung vorsehen würde. Auch die *Entfesselungsprüfung* würde er lieber an sich vorbeigehen sehen, denn man erzählte sich, dass dabei auch allerlei Schlangen, Minikrokodile und Piranhas ins Wasserreservoir geworfen wurden, sodass noch mehr Eile geboten war ...

Auch December hatte seinen Unterricht schon auf die Sommerspiele ausgerichtet. Für die Übung zur Verfolgungsprüfung nahm er seine Schüler mit in den fünften Stock. Der Lehrer wirkte gelassen, man konnte glatt denken, in seinem Leben liefe alles wie geschmiert. Aber wie Frau September stets betonte: Der Schein trügt.

Die Aufzugtüren öffneten sich im fünften Stock. Die Schüler der A-Klasse stiegen aus und schauten sich mit großen Augen um. Das hatten sie nicht erwartet, es war, als stünden sie draußen auf der Straße!

Die gesamt Etage war wie ein kleines Londoner Viertel eingerichtet. Zum ersten Mal bekamen sie eine Ahnung von der eigentlichen Größe eines einzigen Stockwerks der Schule. Sam schätzte, dass locker drei Fußballfelder hineinpassten.

December führte seine Klasse herum. Das Viertel bestand aus vielen Straßen und Gassen, in denen man sich verirren würde, wenn man den Weg nicht kannte. Alles war so angelegt, dass es täuschend echt wirkte. Es gab normale Reihenhäuser, Geschäfte, eine Bank, eine Polizeiwache, eine Tankstelle und alles, was man sonst so in einer Stadt findet. Auch auf die Details hatte man geachtet: In den Straßen fanden sich Bäume, Laternenpfähle, Gullydeckel, Briefkästen und sogar Müll. Hier und da standen Autos, und die Gestalter hatten auch für ein paar Baustellen gesorgt.

Die Bevölkerung des Viertels bestand aus Schaufensterpuppen: eine Mutter beim Einkaufen mit ihrem Kind, zwei Jungen, die Unfug trieben und Feuerwerkskracher in Mülleimer steckten, ein zwielichtiger Typ, der in einem langen schwarzen Mantel die Straße überquerte, ein Besitzer vor seinem Laden, der das Obst bewachte, und Fußgänger jeden Alters und aller Nationen.

Als sie wieder an ihrem Ausgangspunkt angelangt waren, begann December zu erklären.

»Die Verfolgungsprüfung auf den Sommerspielen besteht aus zwei Teilen: Verfolgen und verfolgt werden. Passen Sie bitte alle gut auf, denn obwohl nur einer von Ihnen mit dieser Prüfung am Wettkampf teilnimmt, werden alle anderen auch dabei sein.«

Sam fragte sich, wie diese Prüfungen verteilt wurden – rein willkürlich oder auf Vorschlag eines Lehrers? Er war gespannt, was ihm bevorstand.

»Sie alle werden mit zwanzig anderen Personen auf dem Gelände herumlaufen, Ihre gesamte Klasse und Ihre zehn Gegner. Erst ist einer von Ihnen der Verfolgte und einer der Gegner der Verfolger. Danach tauschen wir die Rollen.«

Jill Roberts meldete sich.

»Ja, Frau Roberts?«

»Warum sollen die übrigen Schüler auch auf dem Gelände sein?«

»Erstens wirkt es so echter, nur Puppen auf den Straßen reichen nicht. Und zweitens wird es dadurch schwieriger. Die Mitschüler des Verfolgten können den Auftrag für den Verfolger erschweren, indem sie ihm ab und zu in die Quere kommen. Umgekehrt können auch die Mitschüler des Verfolgers für Verwirrung sorgen, indem sie so tun, als wären sie die Verfolger.«

Jill nickte. Ihre Frage war vielleicht ein wenig überflüssig gewesen. December dachte anders darüber.

»Mir ist lieber, Sie stellen eine Frage zu viel als eine zu wenig. Es ist wichtig, dass alle jeden Auftrag verstehen, da noch keiner von Ihnen weiß, für welchen er zuständig sein wird.«

Sofort gingen noch ein paar Finger in die Luft.

»Aber warten Sie, bis ich es Ihnen erklärt habe. Dann werden die meisten Ihrer Fragen beantwortet sein. Es sei denn, Ihre Frage dreht sich um etwas anderes als die Verfolgungsprüfung?«

Die emporgereckten Arme senkten sich wieder.

»Gut so, also ...«

December erklärte den Auftrag: Der Verfolgte musste ungesehen einen bestimmten Ort erreichen und seinem Vorgesetzten ein Päckchen aushändigen. Der Verfolger musste herausbekommen, wer dieser Vorgesetzte war und nicht, wen er verfolgte.

Die Prüfung dauerte dreißig Minuten. Wurde das Päckchen innerhalb dieser Zeit nicht abgegeben, oder der Verfolger konnte den richtigen Ort angeben, gewann der Verfolger. War das Päckchen abgeliefert worden, ohne dass der Verfolger herausbekam, wo es war, gewann der Verfolgte.

Sam sah, dass viele seiner Mitschüler die Augenbrauen runzelten. December benutzte immerzu die Begriffe Verfolgung, verfolgen, Verfolger und Verfolgte und allmählich verloren alle ein wenig die Orientierung. War es der Verfolger, der ein Päckchen hatte und seinem Vorgesetzten folgen musste, während der von dem Verfolgten beschattet wurde? Und waren nur dreißig Minuten zur Verfügung, weil das Päckchen eine Bombe enthielt, die nach dieser Zeit explodieren würde? December schien ihre Verwirrung völlig normal zu finden.

»Ich sehe, dass die meisten es doch noch nicht ganz verstehen, schlagen Sie also bitte in Ihrem Handbuch *Verfolgungstechniken* noch einmal nach. In der Anlage finden Sie alles zur Verfolgungsprüfung.«

December sah kurz auf seine Uhr, es war schon zwanzig nach elf.

»Ich muss gehen, ich habe eine wichtige Verabredung. In der verbleibenden Zeit dürfen Sie ein wenig das Gelände erkunden. Suchen Sie nach geeigneten Verstecken oder Möglichkeiten zur Ablenkung, das wird Ihnen bei den Sommerspielen helfen. Darf ich Sie bitten, nichts anzufassen? Die Puppen enthalten alle einen Steuerungsmechanismus und ich möchte nicht, dass die Stadt während meiner Abwesenheit zum Leben erwacht. Bis zur nächsten Stunde.«

December eilte zum Aufzug, um pünktlich zu seiner Verabredung mit Summer zu kommen.

Als Sam das erste Mal zu seiner Mathematikstunde gegangen war, hatte er einen leichten Widerwillen nicht unterdrücken können. Schon wieder Mathe! Das hatte er auf seiner alten Schule auch, aber was sollte ein Geheimagent damit? Zum Gangsterfangen war das doch wohl überflüssig.

Nach seiner ersten Stunde war er schlauer. Mathematik war eine wichtige Grundlage für einen Geheimagenten. Sie schulte das logische Denken: Ohne solides Zahlenwissen konnte man keine komplizierten Codes entschlüsseln. Außerdem war Mathematik die Grundlage aller technischen Tricks, die Geheimagenten nutzten. In den kommenden Jahren würden sie sich auf die

Entwicklung neuer Tricks spezialisieren können. Dabei kam auch viel Wissen aus Biologie, Chemie und Physik zum Einsatz und das konnte man ohne mathematische Kenntnisse nur schwer erwerben.

Frau March, die das Fach unterrichtete, sagte immer: »Jetzt merken Sie es noch nicht, aber später werden Sie viel Freude an diesem Wissen haben.« Sams Klasse nahm es so hin.

Frau March sorgte jedoch dafür, dass der Stoff, den sie lernen mussten, auch etwas mit ihrer Ausbildung zu tun hatte. Bei ihren Problemstellungen ging es nicht einfach um einen Zug A, der zu einem bestimmten Moment Zug B kreuzen sollte. Nein, die Aufgaben von Frau March sahen so aus:

Zug A enthält sieben Atombomben, die ein russischer General dem russischen Staat gestohlen hat. Der Zug fährt um 17:45 Uhr ab und erreicht eine Durchschnittsgeschwindigkeit von 65 km pro Stunde. Im selben Moment fährt 100 km entfernt ein Zug B mit nichtsahnenden Passagieren in die entgegengesetzte Richtung. Zug B fährt durchschnittlich 77 km pro Stunde. Wie viel Zeit bleibt einem Geheimagenten, der sich im Zug A versteckt hat, um den russischen General und seine Handlanger zu überwältigen, die Bomben zu entschärfen und so die Passagiere von Zug B und gleich auch die ganze Welt zu retten?

Der Vorteil solcher Problemstellungen war, dass auch andere als rein mathematische Antworten zugelassen waren. Man konnte zum Beispiel sagen, dass man bei Zeitnot auch die Weichen anders stellen könnte, damit der Passagierzug auf ein anderes Gleis gelenkt würde. Wenn die Fahrgäste dann in Sicherheit waren, könnte man den Multishoe 20 nutzen, um den russischen General einzuholen und auch noch die Welt zu retten. Hierfür bekam man zwar nicht alle Punkte, aber es war doch besser als nichts.

Heute berechnete Frau March mit den Schülern die Bahn, die ein Giftpfeil beschreibt, nachdem er aus einem Hemdkragen geschossen wurde. So konnten die Schüler herausfinden, wie weit sie von jemandem entfernt stehen mussten, wenn sie ihn sicher treffen wollten. Es würde schließlich ziemlich blöd aussehen, wenn der Pfeil schon vor den Füßen des Gegners zu Boden fiele. Wer wagte es jetzt noch zu behaupten, Mathematik sei nicht nützlich?

Nach dem Unterricht begaben sich Sam und Daphné in Sams Zimmer, um wie vereinbart den Fall December zu besprechen. Sie überlegten, wer hinter der ganzen Entführungsgeschichte stecken könnte. Es musste jemand sein, der mit dem Schulbetrieb vertraut war, und das war beängstigend.

Ein lautes Klopfen an der Tür unterbrach ihre Diskussion.

»Herein!«, rief Sam.

Durch die aufgleitende Tür betrat Summer das Zimmer. Sam sprang von seinem Bett auf.

»Herr Summer! Kommen Sie herein.«

Als bräuchte Summer die Zustimmung eines Schülers, um ein Zimmer zu betreten! Summer setzte sich auf Sams Schreibtischstuhl und wandte sich zuerst an Daphné.

»Frau Wickman, könnte ich Herrn Smith wohl kurz unter vier Augen sprechen?«

»Ja, natürlich. Sprechen Sie ruhig«, antwortete Daphné und blieb einfach auf dem Bett sitzen. Sie wollte so gern wissen, was Summer Sam zu erzählen hatte, dass ihr der Wink entging.

Summer wunderte sich über Daphnés Reaktion und versuchte es noch einmal: »Äh, Frau Wickman? Würden Sie ...?«

»Oh. Ja, natürlich, Entschuldigung«, murmelte Daphné, der endlich klar wurde, dass sie störte. Sie stand auf, lächelte Sam und Summer zu und verließ den Raum.

»Ich wollte noch kurz über die Ereignisse von Montag mit Ihnen sprechen«, sagte Summer, sobald die Tür sich geschlossen hatte. »Ich habe heute Mittag mit Herrn December gesprochen.«

Sam hoffte, dass December eine vertretbare Erklärung für seinen Ausflug abgegeben hatte. Summer war kein Mann, dem man einfach so etwas weismachen konnte. Er sollte lieber abwarten, was Herr Summer zu sagen hatte, sonst würde er sich womöglich verplappern.

»December erklärte mir, er habe Ihnen tatsächlich einen Auftrag erteilt«, begann Summer. »Er sagte, er habe Sie für die Verfolgungsprüfung bei den Sommerspielen vorgesehen.«

Na bestens, jetzt wusste Sam gleich noch, welche Prüfung er würde bestehen müssen. Er ließ Summer weiter erzählen.

»Er sagte, Sie hätten ein Päckchen bei einer bestimmten Adresse abgeben und dabei auch eventuelle Verfolger noch im Auge behalten müssen. Stimmt das so in etwa?«

Sam nickte. Er musste zugeben, dass December der Sache einen schönen Dreh gegeben hatte. Es klang ziemlich logisch und glaubwürdig. Aber er hatte das Gefühl, dass Summer es nicht ganz schluckte. Irgendwo musste es eine Schwachstelle bei der Geschichte geben.

Summer fuhr fort: »Das scheint mir eine ganz annehmliche Erklärung, meinen Sie nicht auch, Herr Smith?«

Die Art, wie Summer das sagte, gefiel Sam nicht. Wenn er December die Geschichte abgekauft hätte, säße er jetzt nicht hier bei Sam.

»Aber ich frage mich doch ...«, Summer hob die Stimme, jetzt würde es kommen, »warum December Sie dafür nach London schickt? Wenn ich mich nicht irre, haben wir hier im fünften Stock eine halbe Stadt nachgebaut, damit die Schüler üben können. Und die Prüfung bei den Sommerspielen findet schließlich auch dort statt.«

Sam nickte, schwieg aber. Summer hatte die Hände gefaltet und ließ seine Daumen umeinander kreisen.

»Ebenfalls befremdlich ist, dass Sie mir eine sehr seltsame Geschichte über eine Entführung auftischten, als ich Ihnen in der Stadt begegnete, während Sie mir ruhig hätten erzählen können, was wirklich los war, wenn Sie gerade dabei waren, einen vollkommen legitimen Auftrag zu erledigen.«

Autsch! Da war die Schwachstelle. December hatte außer Acht gelassen, dass Sam gemeinsam mit Summer zurückgekehrt war. Summer hatte recht, die Angelegenheit als verdächtig einzustufen. Jetzt musste sich Sam eine passende Erklärung ausdenken. Sein Hirn arbeitete auf Hochtouren und Summer wartete geduldig. Er musste augenblicklich etwas sagen, sonst würde Summer erst recht misstrauisch.

»Ich, äh«, stammelte Sam, »dachte, Sie seien mein Verfolger und wollte Sie auf eine falsche Spur bringen.« Hm, das klang gar nicht übel, so musste er weitermachen. »Ich dachte, Sie steckten mit Herrn December unter einer Decke, also erfand ich eine unglaubwürdige Geschichte über eine Entführung. Das Haus, zu dem ich Sie brachte, war nicht das Haus, in dem ich das Päckchen abgegeben hatte. Damit war mein Auftrag erfüllt: Das Päckchen lag an der richtigen Stelle und ich hatte meinen Verfolger auf die falsche Fährte gelockt.«

Sam wusste, dass er sich gerade wieder eine sehr unglaubwürdige Geschichte ausdachte. Summer würde nie darauf reinfallen. Aber Summer konnte ihm nichts beweisen, es stand zwei gegen einen. Auch Summer schien das zu wissen.

»Gut, Herr Smith. Ich sage Ihnen ehrlich, dass die ganze Sache meiner Ansicht nach gewaltig nach einem Schwindel riecht. Da stimmt was nicht, aber ich habe noch nicht herausgefunden, was. Aber wenn Sie und Herr December sagen, dass es so war, gebe ich mich damit zufrieden.«

Summer stand auf und sah Sam an. Sein Blick war auf einmal weniger streng, als sein Gesichtsausdruck vermuten ließ. Als hätte er während der letzten Minuten eine Rolle gespielt – die des bösen Polizisten.

»Herr Smith, Sie wissen, dass Sie mein Schützling sind. Wenn Sie Probleme haben oder wenn Sie mir etwas erzählen möchten, können Sie immer zu mir kommen. Sie können auf meine Diskretion zählen.« Summer legte Sam eine Hand auf die Schulter.

»Ich darf also davon ausgehen, dass Sie mich informieren, wenn es ein Problem gibt?«

Sam schluckte. Summer hatte seine Karriere für ihn aufs Spiel gesetzt und jetzt log er ihm geradewegs ins Gesicht. Aber das Bild des gefesselten Jason ging ihm nicht aus dem Kopf. Und auch Decembers Worte hallten noch wider: Wenn er jemanden informierte, würde er seinen Sohn nie wiedersehen.

»Natürlich, Herr Summer«, sagte Sam, während er versuchte, Summers Blick zu meiden. »Wenn es ein Problem gibt, erfahren Sie es als Erster.«

Summer schaute ihm noch kurz in die Augen, löste seinen Blick schließlich und verließ enttäuscht das Zimmer.

14

Herausgefordert

Die Sonntage waren unterrichtsfrei und die Schüler durften machen, was sie wollten – solange es innerhalb der Schulmauern geschah. Sam schlief sonntags immer bis gegen elf, dann holte er sich etwas zu essen und frühstückte, während er eine Webzeitung las. Nachmittags spielte er meist eine Partie Fußball mit seinen Mitschülern und einigen aus den höheren Jahrgängen. Danach versuchte er, ein bisschen was für die Schule zu tun. Die Examen lagen noch in weiter Ferne, aber er durfte nicht in Rückstand geraten. Durch seinen späten Einstieg hatte er ja sowieso schon einiges verpasst, was er jetzt durch Selbststudium aufholen musste. Zum Glück war der Lehrstoff interessant.

An diesem Sonntag schaute Sam nach, ob in der Schulzeitung etwas über Jason Davids stand, aber er fand nichts. Decembers Ausrede über seinen kranken Sohn war also geschluckt worden. Jason war jetzt schon mehr als eine Woche weg und es schien, als würde niemand ihn vermissen. Aber das war nicht so, zumindest drei Menschen an der Schule waren in Gedanken bei ihm.

Sam studierte die Schlagzeilen der Nachrichten aus der Außenwelt. »Umweltverschmutzung bedroht die

Erde«, »Minister lässt Kampfhubschrauber-Landebahn definitiv sperren«, »Banküberfall endet mit Schießerei«. Gute Nachrichten gab es kaum. Oder doch: »Parade anlässlich des Geburtstags der Queen rückt näher«. Na ja, es stand traurig um die Welt, wenn das schon alles Positive sein sollte.

Ein Piepton meldete Sam eine neue Mail. Sicher von Daphné oder einem seiner Mitschüler, von anderen bekam Sam nie Post.

Sam öffnete die Nachricht. Sie stammte von Präsident-Generaldirektor Autumn und war an alle Schüler seiner Klasse gerichtet:

Liebe A-Klasse,

die Sommerspiele stehen vor der Tür und in diesem Jahr habe ich persönlich die Leitung über Ihre Klasse. Herr Summer beaufsichtigt die D-Klasse, Herr Spring die C-Klasse und Frau February die B-Klasse. Für die Einteilung zu den Prüfungen erwarte ich Sie heute Nachmittag im Großen Saal in der sechsten Etage.
Die Veranstaltung beginnt um zwei Uhr. Sie kennen meine Ansichten, ich erwarte Pünktlichkeit!

Hochachtungsvoll
Autumn
Präsident-Generaldirektor

Sam grinste. Autumn wollte wirklich nichts dem Zufall überlassen. Seit Wochen waren die Schüler über die heutige Versammlung informiert. Die Flure hingen voller Ankündigungen und im Kalender ihrer Computer stand es in dicken roten Buchstaben. Wer jetzt noch nicht wusste, was Sache war, musste dringend zum Augenarzt.

Sam schaute auf die Zeitangabe unten auf seinem Monitor: zehn nach zwölf. Dann konnte er also noch ein bisschen lernen, bevor er zum Großen Saal musste. Er öffnete eine seiner Schreibtischschubladen und sah sich die Kurse an, die er noch durchgehen musste: *Meine Bombe und ich – Hypnose Teil I: Auf den ersten Blick – Erdkunde – Technische Tricks – Geschichte: Die Wahrheit hinter den Kriegen des 20. Jahrhunderts – Verfolgungstechniken.* Er nahm seine Geschichtsunterlagen, überlegte es sich dann aber anders und tauschte sie gegen *Verfolgungstechniken.* Er sollte sich lieber mal die Anlage zur Verfolgungsprüfung für die Sommerspiele durchlesen.

Vor dem Eingang zum Großen Saal herrschte ein unglaubliches Gedränge, auch wenn das ein wenig übertrieben ausgedrückt war – schließlich hatte die *Spy School* nur vierzig Schüler, verteilt über vier Klassen. Trotzdem hatte Sam sie noch nie alle zusammen gesehen.

Die Schüler der Klassen B, C und D waren vollkommen gelassen. Für sie war dies nichts Neues, sie hatten die Sommerspiele schon mindestens einmal miterlebt. Sie standen schwatzend in Gruppen herum und spekulierten, wem wohl welche Prüfung zugeteilt würde. Sie waren höchstens gespannt, wer den »Festumzugsauftrag« bekäme. Frau September hatte der A-Klasse einmal erzählt, die beiden besten Schüler der D-Klasse dürften als Bodyguard der Königin beim jährlichen Geburtstagsumzug dabei sein. So bekamen sie zur Belohnung gleich einen großen Auftrag, eine gute Empfehlung für später. Unter Begleitung einiger geschulter und mit allen Wassern gewaschenen Bodyguards konnten sie damit wichtige Erfahrung sammeln.

Einige Ältere konnten es nicht lassen, den Neulingen noch ein paar wilde Geschichten aufzutischen. Tom Stewart aus der C-Klasse, ein Junge, der klein für sein Alter war und das durch eine große Klappe ausglich, erzählte James Richards und Julia Stevenson aus Sams Klasse ein bisschen mehr über die Hypnoseprüfung. So hatte ein Schüler seinen Gegner mal so hypnotisiert, dass der glaubte, er sei ein Huhn. Der arme Junge war eine Woche lang gackernd durch das Schulgebäude gerannt, bevor die Lehrer die Hypnose brechen konnten. Richtig in Ordnung war er jedoch nie wieder gekommen. Der Junge flatterte heute noch regelmäßig mit den Flügeln, in der Hoffnung, irgendwann abheben zu können und versuchte gelegentlich beim Frühstück, Eier auszubrüten.

Die beiden aus dem ersten Schuljahr machten große Augen angesichts von Toms Geschichte und hofften inständig, dass nicht sie für die Hypnoseprüfung eingeteilt würden. Sam, der die Geschichte mit halbem Ohr verfolgt hatte, schüttelte den Kopf über so viel Unsinn und schaute sich um, ob er Daphné irgendwo entdecken konnte. Seltsam, fast zwei Uhr und sie war noch nicht da, das war ungewöhnlich für sie.

Die Türen zum Großen Saal wurden geöffnet und die Schüler drängten hinein. Sam schloss sich dem Strom als Letzter an und sah zu seiner Erleichterung, dass Daphné gerade noch rechtzeitig herbeieilte. Er hielt ihr die Tür auf und sie betraten den Raum gemeinsam.

Der Große Saal hatte die Form eines Halbkreises. Rechts der Tür befand sich ein Podium, um das sich wie in einem Amphitheater zehn Sitzplatzreihen erhoben. Die Schüler, die als erste hereingekommen waren, hatten sich gleich in die hintersten Reihen gesetzt, sodass Sam und Daphné vorne Platz nehmen mussten. In Wirklichkeit war der Große Saal gar nicht so groß, er fasste knapp einhundert Personen, aber es war der größte Raum, den die *Spy School* zu bieten hatte.

Auf dem Podium saßen die zwölf Lehrkräfte der Schule zusammen mit Summer und Spring. Vorn stand Autumn mit einem Mikrofon und wartete ungeduldig, bis alle saßen.

Bevor sie sich setzten, fragte Sam: »Wo warst du denn so lange?«

»Sorry«, flüsterte Daphné, »beim Lernen eingeschlafen. Zum Glück gerade noch wach geworden.«

Sam wollte etwas sagen, schwieg aber, als er sah, dass Autumn einige Mal an sein Mikrofon klopfte. Das schien jedoch nicht zu funktionieren. Verärgert drehte sich der Präsident-Generaldirektor Autumn zu January um, aber der zuckte die Schultern und hob die Hände zum Zeichen, dass er nicht zaubern könne. Dann also ohne Mikrofon, was kein Problem war für Autumn – bei seinem Stimmvolumen durfte er nach zehn Uhr abends nur noch flüstern, weil sich die Nachbarn sonst über die nächtliche Ruhestörung beklagten.

»Liebe Schüler«, begann er. »Wie ihr wisst, finden demnächst wieder die Sommerspiele statt. Damit alles in die richtigen Bahnen gelenkt wird, wurde für jede Klasse ein Verantwortlicher berufen, mit dem die Prüfungen genau besprochen werden.«

Autumn holte tief Luft und sah sich eindringlich im Saal um. Die Schüler waren mucksmäuschenstill, wenn er das Wort hatte. Sie wussten, dass er es absolut nicht leiden konnte, bei einer Rede abgelenkt zu werden. Auch die Lehrer hinter ihm hielten wohlweislich den Mund.

»Ich möchte Ihnen ans Herz legen, die Sommerspiele nicht auf die leichte Schulter zu nehmen. Es sind zwar Spiele, doch vergessen Sie nicht, dass die Ehre unserer Schule verteidigt werden muss. Wir haben diesmal außergewöhnlich gute Schüler in unseren Reihen, also wird viel von Ihnen erwartet! Sie werden jetzt denken: Das sagt er jedes Jahr. Und das ist auch so, das sage ich tatsächlich jedes Jahr, aber das macht nichts.«

Wie so oft war Autumn wieder ins Plaudern geraten.

»Sie müssen wissen, was Sie vertreten. Für Sie alle ist es eine wichtige Prüfung, die verdeutlicht, wo Sie in Ihrer Ausbildung stehen. Ich werde nicht zu viele Worte dazu verlieren. Die Klassen B, C und D wissen, was sie erwartet, und die A-Klasse werde ich gleich persönlich informieren. Die drei höheren Jahrgänge dürfen jetzt mit ihren Verantwortlichen gehen. Die Schüler der A-Klasse bleiben bitte hier.«

Eine Welle des Erstaunens ging durch den Saal. Keine stundenlange Rede? Autumn musste wirklich viel zu tun haben, wenn er sich so kurz fasste. Langsam standen die Schüler auf und verließen mit den Lehrern den Saal. Die Schüler der A-Klasse setzten sich zu Sam und Daphné in die erste Reihe.

»Ich werde eine Prüfung nach der anderen mit Ihnen durchgehen, wenn es Fragen gibt, melden Sie sich bitte, in Ordnung?«

Die zehn nickten schweigend. Autumn nahm einige Papiere zur Hand.

»Prüfung 1: Hypnose, Jill Roberts. Wie Sie vielleicht schon gehört haben, Frau Roberts, sollen Sie hierbei Ihren Gegner dazu zwingen, sich selbst ein Glas Wasser über den Kopf zu schütten. Ein kleiner Tipp: Halten Sie ständigen Blickkontakt mit Ihrem Gegner. Diese Prüfung dreht sich um reine Willenskraft, sobald Sie einen Moment wegschauen, sind Sie verloren, denn wenn sich Ihre Blicke erneut kreuzen, wird Ihr Gegner Sie erbarmungslos in seiner Macht haben. Sie müssen von Anfang an die Oberhand gewinnen und dann behalten. Durchhalten ist wichtig, mit anderen Worten: Üben Sie gut und viel. Ein Spiegel kann als Hilfsmittel praktisch sein. Prüfung Nr. 2 ...«

Die sportlichen Prüfungen waren für David Edwards und Julia Stevenson vorgesehen. David musste Mann gegen Mann Fußball auf einem Feld von 16 auf 6 Meter spielen. Wer zuerst zehn Tore erzielte, hatte gewonnen. Julia würde ein Tennismatch austragen und sollte dabei zwei Sätze gewinnen. Sam hätte gern Davids Prüfung übernommen – obwohl er erst im ersten Jahr war, gehörte er zu den besseren Fußballspielern der Schule. Aber er hatte natürlich auch andere Qualitäten und die spielte die *Spy School* lieber aus. Außerdem würde David das auch ganz gut machen.

Anne Johnson und James Richards bekamen die Theorieprüfungen. Anne die Erdkundeprüfung und James die Prüfung zu Wahrnehmung und sechstem Sinn.

»Was muss ich denn genau wissen?«, fragte Anne.

»Sie werden eine Liste mit Fragen bekommen, die alle mit unserer Erdkugel zu tun haben«, antwortete Autumn. »Sie sollen Hauptstädte benennen können, aber auch Flüsse, Staatsgrenzen, Vegetationstypen, Gebirge, Höhenzonen, Breitengrade und was weiß ich noch alles. Mir fielen sicherlich eine Million Dinge ein, die Sie angeben können müssten. Was sage ich, eine

Milliarde! Sie müssen Ihren Atlas in- und auswendig kennen, um als Siegerin aus der Prüfung hervorzugehen. Aber ich bin davon überzeugt, dass Sie das können, sonst hätte Frau August Sie nicht ausgewählt.«

Anne seufzte. Sie hatte einige Wochen härteste Lernarbeit vor sich. James dagegen hatte es leichter. Seine Prüfung war schwierig vorzubereiten. Er würde einige Abbildungen vorgelegt bekommen, auf denen er angeben musste, was nicht stimmte. Autumn gab ein einfaches Beispiel. Er zog ein Foto von einem Einkaufszentrum voller Menschen aus der Tasche.

»Dieses Bild wurde von einer Überwachungskamera aufgenommen. Einige Minuten später wurde eines der Geschäfte überfallen. Jetzt ist meine Frage: Von wem? Und denken Sie gut nach, bevor Sie etwas sagen, nicht bloß raten, es handelt sich um einen gefährlichen Burschen.«

Die Schüler der A-Klasse studierten das Foto intensiv. Es war ein geschäftiger Tag gewesen im Einkaufszentrum: Es gab alle möglichen Sorten von Leuten. So zum Beispiel eine junge Familie mit zwei Kindern, ein paar ältere Menschen, viele Jugendliche, die einfach nur herumschlenderten, einige verliebte Paare, ein Mann mit einem Gitarrenkoffer, der sich zweifelsohne als Straßenmusikant ein paar Cents hinzuverdienen wollte ...

Es war schwierig zu sagen, was genau auf dem Bild nicht stimmte. War es vielleicht so ein junges Paar, das im Bonnie & Clyde-Stil einen Laden ausrauben wollte? Sam hatte in Herrn Octobers Geschichtsunterricht gerade von diesem berüchtigten Pärchen gehört. In diesem Schuljahr lernten sie hauptsächlich viel über die großen Kriege und welche Rolle Geheimagenten dabei gespielt hatten, aber Herr October hatte sie auch einmal mit etwas anderem bekannt machen wollen. Als Vorgeschmack auf die kommenden Jahre hatte er einige berühmte Verbrecher besprochen. Plötzlich hatte Sam eine Eingebung und sein Arm schoss in die Luft. Dieser Straßenmusikant ... Der wollte sich tatsächlich was hinzuverdienen, aber nicht mit Musik.

»Momentchen, Herr Smith«, sagte Autumn, »schauen wir erst einmal, ob Herr Richards eine Lösung hat. Schließlich muss er die Prüfung bestehen, nicht wahr? Sehen Sie schon etwas, oder soll ich Ihnen einen Tipp geben? Mein Hinweis lautet: genauer hinsehen, denn die Lösung ist nicht schwierig. Oder haben Sie es schon längst gesehen und wollen Ihren Mitschülern die Chance lassen, es zu erkennen? Das ist sehr nobel von Ihnen, aber ich hätte jetzt doch gern eine Antwort.«

Zum Glück sah James es noch rechtzeitig. »Es ist der Gitarrenspieler«, sagte er.

»Und wie kommen Sie darauf?«, fragte Autumn.

»Weil er mit der linken Hand den Koffer festhält und seine rechte in Gips steckt. Einhändig Gitarre spielen scheint mir sehr mühsam. Mit großer Wahrscheinlichkeit befindet sich etwas anders in diesem

Koffer«, sagte James und schaute Herrn Autumn abwartend an.

Sam war sicher, dass sich James keine Sorgen zu machen brauchte – seine Antwort stimmte, zumindest glaubte Sam das.

»Sehr richtig«, sagte Herr Autumn mit einem ermutigenden Nicken; alles in allem war er heute guter Laune. »Aber denken Sie daran: Bei den Sommerspielen ist die Zeit knapp bemessen und die Aufgaben sind um einiges schwieriger. Kommen Sie demnächst einmal in mein Büro, dann gebe ich Ihnen weitere Übungsaufgaben.«

Autumn fuhr mit der zweiten Hälfte der Prüfungen fort. Daphné würde eine Bombe entschärfen müssen, allerdings eine Farbbombe, das Gerücht über die echte war tatsächlich nur ein Märchen.

»Ich kann Ihnen nur einen einzigen Tipp mitgeben: Nehmen Sie sich vor schnellen Schlussfolgerungen in Acht«, sagte Autumn. »Fangen Sie also nicht an, wie wild die Drähte abzuknipsen, sondern nehmen Sie sich Zeit und studieren Sie die Bombe ausgiebig. Nicht zu lange natürlich, denn sonst werden Sie sich das Gesicht waschen müssen!«

Plötzlich musste Sam an Jason denken. Wie würde die *Spy School* das Problem seiner Abwesenheit lösen? Wahrscheinlich würde ein Schüler der B-Klasse zwei Prüfungen übernehmen.

John Cole sollte seinen Gegner in einem Kartenspiel schlagen. Welches, wurde nicht verraten. Er würde die

Regeln verschiedener Kartenspiele lernen müssen und am Tag der Prüfung erfahren, welches gewählt worden war.

Als Autumn verkündete, Richard James werde die Entfesselungsprüfung bekommen, wurde der kurz bleich. Seine bisherige Erfahrung mit dem Wasserreservoir hatte ihm nicht wirklich behagt und jetzt würde er wieder hinein müssen – und dann auch noch unter Wettkampfbedingungen!

Richard versuchte, Einspruch zu erheben, aber das hätte er besser sein lassen.

»Was?«, polterte Autumn. »Sie glauben, Sie sind für diese Prüfung nicht geeignet? Nun, lassen Sie mich eins ganz deutlich sagen: Wenn Herr July der Ansicht ist, dass Sie diese Prüfung bestehen können, dann bestehen Sie sie auch! Ich will Sie in den nächsten Tagen üben sehen, als hinge Ihr Leben davon ab. Und aus meiner Sicht tut es das auch, denn wenn Sie nicht aus eigener Kraft aus dem Wasserreservoir kommen, lasse ich Sie einfach darin sitzen!«

Autumn dachte einen Moment nach. »Hm, das widerspricht vermutlich den Regeln der Schule. Aber dennoch: Ich will Sie in den nächsten Wochen jeden Tag in diesem Reservoir hocken sehen, bis Sie Schwimmhäute zwischen den Zehen haben. Notfalls tauschen Sie Ihren Tisch im Klassenzimmer gegen den Behälter und verfolgen den Unterricht von dort aus, das ist mir egal, aber sorgen Sie dafür, dass Sie bei den Sommerspielen aus dieser Kiste kommen!«

Autumn füllte die Stille, die seinem Ausbruch folgte, indem er sofort den nächsten Auftrag erteilte, diesmal für Ann Jones.

Sie war von Herrn January für den Rennwettkampf ausgewählt worden. Unter Nutzung des Multishoe 20 sollte sie im fünften Stock einen Parcours durch die Straßen des Fake-Viertels ablegen. In erster Linie handelte es sich um ein Rennen zwischen zwei Personen – Ann und ihrem amerikanischen Gegner oder ihrer Gegnerin – aber in zweiter Linie ging es auch um einen Technikwettkampf. Das Rennen sollte entscheiden, wer über das beste technische Equipment verfügte.

Dann kam Autumn zum zehnten und letzten Auftrag: Die Verfolgungsprüfung.

Da sonst niemand mehr übrig blieb, war es auch für den Rest der Klasse nicht weiter verwunderlich, als verkündet wurde: Sam würde verfolgen und verfolgt werden.

»Auch hier kann ich Ihnen nur einen Rat mitgeben: Seien Sie auf der Hut und achten Sie auf jede Einzelheit. Für weitere gute Tipps wenden Sie sich bitte an Herrn December.«

Autumn steckte seine Papiere weg. »Ich wünsche Ihnen allen viel Erfolg. Ich kann nicht nachdrücklich genug betonen, wie wichtig Übung ist. Sorgen Sie dafür, dass die Ehre der Schule hochgehalten wird. So weit, so gut, A-Klasse, Sie dürfen gehen, genießen Sie Ihren restlichen freien Tag.«

Langsam verließen die Schüler der A-Klasse den Großen Saal. Aufgeregt besprachen sie ihre Aufträge. In den kommenden Wochen würden sie sich gewiss nicht langweilen.

15

Gegner unter sich

Die Sommerspiele kamen nun rasch näher und auch der Sommer selbst machte sich nun bemerkbar. Das Quecksilber stieg, und der Aktionsbereich der Schule verlagerte sich immer stärker nach draußen, sprich in den Innenhof, denn selbst im Sommer durften die Schüler die *Spy School* unter keinen Umständen verlassen.

Auch das Menü wurde dem Wetter angepasst. In ihren Freistunden konnten die Schüler im Hof grillen. Dafür gab es Spezialluken in den Wänden, dort lagen Grillroste für das Fleisch bereit. Man konnte einen Verwundeten-Spieß, einen Bazooka-Spieß, einen Schiffbrüchigen-Spieß – ein gegrillter Hamburger in einer üppigen Pfeffersaucenpfütze –, einen Speer-Spieß und einen Bombenwerfer-Spieß bekommen. Der Bombenwerfer-Spieß war eine Portion Grillhühnchen und das ganze Jahr über in normaler Form erhältlich. Bei den Dynamit-Stäbchen handelte es sich um pikante Merguez-Würstchen, die nur im Juni, Juli und August und ausschließlich gegrillt bestellt werden konnten.

Sam und Daphné saßen oft mit einem Grillteller und Gemüse in der Sonne. Ihre restliche freie Zeit widmeten sie dem Training für die Sommerspiele. Daphné kannte so ziemlich jedes System jeder Bombe in- und auswendig. Im Internet hatte sie alles herausgesucht, was sie wissen musste. Frau November hatte ihr einige Übungsbomben überlassen, mit denen sie auch die Praxis testen konnte. Die erste Bombe war noch in ihr Gesicht explodiert, aber die neun anderen hatte sie erfolgreich entschärft. Sie war mehr als bereit für die Sommerspiele.

Sam hatte geübt, ständig hoch konzentriert zu sein. Seit er wusste, welche Prüfung er absolvieren sollte, achtete er auf alles und jeden. Wenn jemand hinter ihm ging, bemerkte er es sofort. Er lernte, auf Schritte zu achten und in Fensterscheiben den Raum hinter sich im Auge zu behalten. Wenn er ein Zimmer betrat, scannte er sofort alle Besonderheiten: Wo konnte er sich verstecken, wo würde er einen Verfolger abschütteln können? Er erfasste die Situation blitzschnell. Wenn er sich konzentrierte, konnte er sogar relativ weit entfernt stehende Menschen belauschen.

Aber es fiel ihm nicht immer leicht, sich auf die Sommerspiele zu konzentrieren. Wenn Sam der gefangene Jason in den Sinn kam, verlor die Aussicht auf das Verfolgungsspiel an Bedeutung. Aber solange die Entführer nichts von sich hören ließen, konnte er nicht tun außer hoffen, dass es Jason einigermaßen gut ging. Daher waren die Sommerspiele eine willkommene Ablenkung.

Unterdessen waren die Amerikaner eingetroffen. Auf den ersten Blick wirkten sie sehr fröhlich, als wäre die

Reise zu den Sommerspielen ein vergnüglicher Ausflug und kein Wettkampf. Vor allem die Schüler der ersten Klasse des amerikanischen Geheimdienstes schauten sich neugierig um. Für sie war alles neu, für die älteren war es ein freudiges Wiedersehen mit den britischen Kollegen.

Sam und Daphné tauschten gerade Erfahrungen mit zwei Jungen des ersten Jahrs der CIA-Schule aus, Joe Foster und Chandler Sterling, als ihr Gespräch von einem Mädchen aus der amerikanischen Klasse unterbrochen wurde.

»Bist du Sam Smith?«, fragte sie Sam. Sie hatte glatte schwarze Haare bis zu den Schultern, eine Stupsnase und hübsche braune Augen. Trotzdem vermutete Sam, dass sie weniger harmlos war als ihr Aussehen.

»Das bin ich, angenehm. Und wer bist du?«, antwortete Sam und streckte die Hand aus, um sie zu begrüßen. Diese Höflichkeitsregel hatte er schon beherrscht, bevor er zu dieser Schule wechselte. Das Mädchen ignorierte seine ausgestreckte Hand jedoch.

»Ich bin diejenige, gegen die du am Wochenende die Verfolgungsprüfung verlieren wirst.«

Sam zuckte zusammen. »Du bist aber sehr von dir überzeugt.«

»Und ob«, sagte das Mädchen. »Schau mich nur gut an, denn während des Prüfungen wirst du kaum einen Blick auf mich erhaschen!«

Sam hatte nicht vor, sich von seiner arroganten Gegnerin ins Bockshorn jagen zu lassen. »Vielleicht solltest du lieber noch ein bisschen üben, statt hier so zu prahlen«, sagte er. »Sonst wird dich deine Niederlage schwer treffen. Und ich möchte nicht, dass du dann traurig bist! Aber damit es weniger schmerzhaft wird, werde ich dich nicht zu schnell abhängen, wenn du mich verfolgst.«

Das Mädchen schien kurz überrascht von Sams großspurigen Worten und lächelte. »Du bist auch nicht auf den Mund gefallen, merke ich. Aber das ist gut so, ich schlage lieber einen starken Gegner als eine Pfeife. Na ja, vielleicht bist du ja auch nur eine Pfeife mit einer großen Klappe. Aber das finden wir schnell genug heraus! Noch einen schönen Tag, Sam Smith!«

Sam, Daphné und die beiden Jungen sahen zu, wie sich das Mädchen mit großen Schritten entfernte und zu einer Gruppe aus dem zweiten Jahr gesellte.

»Catherine Beech«, sagte Joe. »Das Biest unserer Klasse. Denkt, dass sie die Beste ist. Sie versucht immer, bei den älteren Jahrgängen herumzuhängen, aber die verzichten auch gern auf sie. Zum Glück hat sie viele Qualitäten einer guten Geheimagentin, sonst hätte man sie längst vor die Tür gesetzt.«

Chandler pflichtete ihm bei: »Allerdings. Keiner sagt es laut, aber die meisten von uns fänden es überhaupt nicht schlimm, wenn sie die Verfolgungsprüfung verlieren würde. Unsere Lehrer mögen das nicht gern hören, aber zeig Catherine ruhig mal, wo es langgeht, Sam. Wir werden dir das Leben bestimmt nicht allzu schwer machen beim Verfolgen!«

Sam nickte und richtete sich auf. »Danke Jungs, ich werde mein Bestes geben, aber ich fürchte, es wird kein leichtes Spiel. Komm, Daphné, wir müssen zum Unterricht.«

Daphné erhob sich stöhnend von ihrem Stuhl. »Ja, ihr Glückspilze habt schon Ferien, wir müssen uns noch abrackern.«

Joe streckte sich. »Stimmt. Ich werde während meines Nickerchens an euch denken!«

Daphné quittierte Joes Bemerkung mit einem abgenagten Hähnchenschenkel, den sie ihm an den Kopf warf.

Es war Donnerstag, also hatten sie noch zwei Stunden bei Frau September, *Wahrnehmung und sechster Sinn*, und danach *Casino*. Am Vormittag hatten sie zwei Stunden Geografie bei Frau August gehabt und anlässlich des Besuchs der CIA die amerikanischen Staaten durchgenommen. Frau August war Anfang dreißig und unterrichtete in der vierten Klasse auch das Fach *Verführen*. Sie war offensichtlich gut darin, denn alle Jungen – und sogar einige Mädchen – waren bis über beide Ohren in sie verliebt. Man nannte sie auch manchmal die Schwarze Witwe, nicht, weil sie ihre Partner auffraß – obwohl manche böse Zungen das behaupteten –, sondern weil sie offensichtlich all ihre Männer rasend schnell fallen ließ.

Wahrnehmung und sechster Sinn gehörte zu Sams Lieblingsfächern. Sein sechster Sinn war ziemlich gut entwickelt und die meisten Aufträge waren ein Kinderspiel für ihn. Manchmal brachte ihm Frau September eine Übung mit, die sie normalerweise den Schülern der zweiten Klasse vorsetzte, an der sich Sam dann die Zähne ausbeißen durfte, wenn er schneller fertig war als die anderen.

Unerwartete Prüfungen gab es nicht oft in diesem Fach. September hatte es einmal versucht, aber die Schüler hatten gespürt, dass die Prüfung bevorstand und sich gründlich vorbereitet.

Auch Septembers Unterricht stand ganz im Zeichen der Sommerspiele. Die Schüler bekamen Fotos zu sehen, deren Ungereimtheiten sie benennen sollten. Sam hatte seine erste Abbildung vor sich liegen: Sie zeigte einen großen Platz voller Menschen. Frau September gab ein paar zusätzliche Erläuterungen.

»Auf diesem Platz befindet sich ein Verbrecher, der gerade Geld bei einem Waffendeal erhalten hat. Er wird von zahlreichen FBI-Agenten beschattet. Ihr sollt jetzt versuchen, alle Agenten und den Kriminellen zu erkennen. Und nicht einfach nur raten, ihr müsst auch eine akzeptable Erklärung dazu abgeben können.«

Sam sah sich das Foto an. Erst musste er den Gangster suchen. Sobald er den hatte, konnte er überprüfen, wer den Mann beobachtete, vielleicht der Mann mit der Sporttasche? Nein, der trug kurze Hosen und ein T-Shirt. Das war kein geeignetes Outfit, um einen Waffendeal abzuschließen und außerdem konnte man auch keine Waffe darunter verstecken. Wer Waffen verkaufte, trug bestimmt selbst eine.

Ah, da war er. Mitten auf dem Platz ging ein Mann in schwarzem Anzug mit einem Koffer in der Hand. Im Moment der Aufnahme schaute er sich schüchtern um. Dadurch wurde an seiner Hüfte eine deutliche Ausbuchtung sichtbar. Seine Waffe. Das war nicht allzu schwer gewesen, jetzt noch die Agenten.

Sam zählte fünf. Ganz rechts saß ein Mann in einem Straßencafé und las Zeitung. Viel würde er von den Neuigkeiten des Tages nicht behalten, denn er beobachtete eindeutig über das Blatt hinweg die Zielperson. Etwa zehn Meter hinter dem Verbrecher ging eine Frau, die sich die Hand vor den Mund hielt und den Kopf auf die Schulter legte. Sie hatte zweifelsohne ein Mikrofon an ihrem Kragen, in das sie heimlich sprach.

Der dritte war der schwierigste, aber Sam fand ihn doch ziemlich schnell. In der Richtung, in die der Gangster lief, stand ein Mann und telefonierte. Nicht so ungewöhnlich, aber die Beule unter seiner rechten Achsel verriet, dass er durchaus mit dem Zeitungsleser und der mit sich selbst redenden Frau in Kontakt stehen konnte. Die beiden letzten, ein Mann und eine Frau, befanden sich am anderen Ende des Platzes in einem Auto, dessen Fahrer für alle sichtbar in ein Mikrofon sprach. Sie standen bereit, falls sich der Verbrecher plötzlich aus dem Staub machen wollte.

Sam notierte seine Beobachtungen und schaute auf. Wie üblich war er wieder als Erster fertig, aber dieses Mal folgte ihm Richard James dicht auf den Fersen. Der hatte in den letzten Wochen hart trainiert, um für die Sommerspiele vorbereitet zu sein. September lächelte beiden ermutigend zu.

Sam dachte an Catherine Beech. Sie war schon sehr von sich überzeugt gewesen. Ob sie nur eine große Klappe hatte oder tatsächlich sehr gut war? Er würde es schnell genug in Erfahrung bringen. Bei der Verfolgungsprüfung würde er jedenfalls noch mehr auf der Hut sein, als er sowieso schon vorgehabt hatte.

»Beim Pokerspiel ist es wichtig, dass Sie auf Ihre Gegner achten«, sagte Herr December. »Vergessen Sie dabei natürlich nicht Ihre Karten, weil Sie sonst nie ein Spiel gewinnen werden. Behalten Sie die Reaktion Ihres Gegners im Auge und was für Karten er abgelegt hat. Schiebt er seine Chips ordentlich in die Mitte, wenn er gute Karten hat, oder macht er das, wenn er blufft? Hat er einen bestimmten Tick, der verrät, ob sein Blatt gut oder schlecht ist? Wie lange schaut er seine Karten an?«

December ließ seinen Blick durch die Klasse schweifen. *Casino* war kein leichtes Unterrichtsfach. Man konnte den Schülern so viel beibringen, wie man wollte, letzten Endes brauchten sie auch eine gehörige Portion Glück zum Gewinnen.

Sam konnte December nicht anschauen, ohne Jasons Gesicht vor sich zu sehen. Jason war inzwischen schon fast einen Monat weg. Nach der Stunde würde er noch einmal mit December reden müssen, vielleicht wusste er nun mehr. Ihr Lehrer fuhr ruhig mit dem Unterricht fort.

»Versuchen Sie, die ersten Spiele ein wenig zurückhaltend anzugehen, damit Sie Ihre Gegner kennenlernen können. Wenn Sie gleich ein gutes Blatt haben, dürfen Sie natürlich durchaus Ihr Konto ein wenig füttern. Je besser Ihr Gegenspieler ist, desto schwieriger wird es, ihn zu durchschauen. Und so müssen Sie selbst auch spielen: Halten Sie Ihre Körperreaktionen unter Kontrolle, dann können Sie Ihre Gegner auf die falsche Fährte locken, denn vergessen Sie nicht, dass Sie umgekehrt auch beobachtet werden!«

December ging durch die Klasse und verteilte Kartenspiele. Der Raum war wie ein echtes Casino eingerichtet. Die Schüler saßen in Sesseln an runden Tischen. John Cole notierte Decembers Tipps Wort für Wort. Man konnte nie wissen, vielleicht würde er bei den Sommerspielen pokern müssen.

»Zeit für eine kleine Praxisübung«, sagte December. »Sie spielen in zwei Gruppen zu je fünf Mitspielern. Vergessen Sie nicht, dass Sie gefilmt werden.«

December zeigte auf die Kameras an der Decke und in den Wänden. »Nächste Woche werden wir die Aufnahmen analysieren und dann kann ich Ihnen sagen, was Sie richtig machen und was falsch. Sie dürfen loslegen.«

Die restliche Zeit spielten Sam und seine Mitschüler Poker. Sam war mit seinen Gedanken nicht ganz bei der Sache und verlor ständig. Daphné schien besser in Form und luchste der gegnerischen Seite die Chips ab. Bei echtem Geld als Spieleinsatz wäre sie jetzt reich.

Nach der Stunde verließen die Schüler schnell den Raum, um für ihre jeweiligen Sommerspieltests zu üben. Sam und Daphné wurden jedoch von December an der Tür zurückgehalten.

»Herr Smith, Frau Wickman, kann ich Sie beide kurz sprechen?«

Sam und seine Freundin drehten sich um. Sie wussten, worum es gehen würde und hofften auf gute Nachrichten.

December schloss die Tür und bedeutete Sam und Daphné, sich hinzusetzen. Er selbst nahm seufzend auf seinem Pult Platz. Jetzt, da Sam ihn genauer anschauen konnte, sah er, dass sein Lehrer alles andere als gesund aussah. Vor der Klasse hielt er sich ganz gut, aber jetzt fiel er in sich zusammen. Er hatte tiefe Ringe unter den Augen und seine Haare waren strubbelig. Seit der Entführung seines Sohnes verbrachte er viele schlaflose Nächte.

»Ich habe mir in den vergangenen Wochen den Kopf darüber zerbrochen, wer die Entführer sind und wo sie stecken«, sagte December. »Aber es sind ganz offensichtlich keine Amateure, ich habe nichts finden können. Es ist so frustrierend, Lehrer an einer Geheimagentenschule und gleichzeitig so machtlos zu sein.«

December seufzte. »Die Entführer haben wieder Kontakt aufgenommen. Mit Jason ist alles in Ordnung, aber sie wollen jetzt den zweiten Teil der Liste. Wenn sie die in Händen halten, lassen sie Jason frei.«

Die Worte *Jason* und *frei* in einem Satz auszusprechen, tat December ganz offensichtlich gut. Aber so weit war es noch nicht und das war ihm klar.

»Das bedeutet zwar, dass ich die *Spy School* verraten muss, aber das würde doch jeder Vater an meiner Stelle tun, oder?«

December warf Sam einen flehenden Blick zu, in der Hoffnung, dieser würde ihm zustimmen. Sam konnte sich einigermaßen vorstellen, wie hin- und hergerissen sich sein Lehrer fühlen musste.

»Wann findet der Austausch statt?«, fragte Sam in einem Versuch, Dezembers schwierige Entscheidung einen Augenblick zur Seite zu schieben.

»Samstag um 17 Uhr«, antwortete December, »aber ich weiß noch nicht, wo. Damit ich keine Maßnahmen einleiten kann, teilen sie mir den Ort der Übergabe erst übermorgen um 16 Uhr mit.«

Sam war erleichtert, dass die Lösung nahe war, er würde sich nicht mehr um Jason sorgen müssen. Daphné dachte genauso darüber.

»Gut«, sagte sie, »lassen Sie uns wissen, wenn Jason wieder in der Schule ist, dann können wir ihn besuchen und unterstützen.«

Daphné war schon aufgestanden und machte Anstalten, die Klasse zu verlassen. Es gab noch eine Menge

Bomben, die sie studieren wollte. Die Sommerspiele begannen in zwei Tagen, viel Zeit blieb ihnen also nicht mehr. Sam wollte ihr folgen, aber wieder hielt December sie zurück.

»Warten Sie. Ich äh ... ich dachte, vielleicht, dass ... Oder besser, ich hoffte vielleicht, dass ...

Während er so herumstammelte, hielt December unablässig den Blick auf den Boden gerichtet. Ihr Lehrer wirkte fast verlegen! Aber er riss sich zusammen und suchte Sams Blick. »Ich hatte gehofft, dass Sie den Austausch durchführen könnten, Herr Smith.«

Eine tiefe Stille legte sich über den Casinoraum. December wollte also, dass Sam erneut seine Nase in dieses Wespennest steckte. Beim ersten Mal hatte er noch nicht gewusst, was los war und konnte auf unschuldig plädieren. Jetzt würde er jedoch vollkommen bewusst die *Spy School* verraten. Er würde jede Menge Geheimagenten in Schwierigkeiten bringen, unter anderem sich selbst und Daphné. Das würde auch Summer den Kopf kosten.

Dagegen stand das immer wiederkehrende Bild des gefesselten Jason. Sam würde es sich nie verzeihen können, wenn er nicht alles getan hätte, was in seiner Macht stand, um ihn zu befreien. Sie mussten eben versuchen, die Listen anschließend zurückzubekommen. December war doch Geheimagent! Er sollte die Bande doch aufspüren können. Sie mussten sich erst mal um Jason kümmern, danach würden sie schon weitersehen. Es gab jedoch noch ein anderes Problem.

»Aber«, begann Sam, »am Samstag beginnen die Sommerspiele. Wird es nicht auffallen, wenn ich dann nicht da bin?«

»Die Sommerspiele sind kein Problem«, antwortete December sofort. »Ihre Prüfung ist erst am Sonntag, und wenn Sie bis dahin nicht zurück sind, werden die Spiele noch die geringste Ihrer Sorgen sein! Außerdem müssen Sie am Samstag erst nach der letzten Prüfung des Tages gehen. Ihre Abwesenheit wird daher nicht auffallen. Frau Wickman muss dann eben für eine Ausrede sorgen, um die anderen zu beruhigen.«

Sam brauchte nicht mehr nachzudenken. Sein Entschluss stand fest, er würde December helfen.

16

Die Prüfung – Tag 1

Zwei Tage später gab Präsident-Generaldirektor Autumn Punkt 10 Uhr mit einer Ansprache im Großen Saal das Startzeichen für die Sommerspiele. Die Stimmung war ausgelassen, gleichzeitig aber auch angespannt. Dabeisein mochte vielleicht wichtiger sein als zu gewinnen, aber gewinnen wollten sie doch alle.

»Die Prüfungen werden über zwei Tage verteilt«, sagte Autumn ins Mikrofon, das diesmal sogar funktionierte. »Jede Klasse legt daher heute fünf Prüfungen ab und morgen den Rest. Genießen Sie es, vergnügen Sie sich, aber vergessen Sie nicht, dass Sie die Ehre Ihrer Schule verteidigen. Sie sollten also alles daran setzen, Ihre Prüfung zu gewinnen, so wie Sie später alles daran setzen müssen, einen Fall zu einem guten Ende zu bringen.«

Autumn sah sich im Saal um, der nun mit den amerikanischen Schülern dazu sehr voll geworden war. Aber trotz der Menge war es wie immer bei einer Ansprache von Autumn mäuschenstill.

»Ihre Lehrer haben Sie ausreichend informiert, Sie wissen also, was Sie zu tun haben. Meine Damen und Herren, die Sommerspiele sind eröffnet! Möge der Bessere gewinnen!«

Sofort wurde es laut im Saal und die Schüler eilten hinaus. Sam und Daphné waren beide erst am Sonntag dran, also mussten sie heute die anderen anfeuern. Die meisten Prüfungen konnten sie live verfolgen, aber der Rennwettkampf und die Verfolgungsprüfung würden über große Monitore übertragen werden, die im Innenhof aufgestellt waren.

David musste den Reigen für die A-Klasse eröffnen. Er spielte gegen einen Bär von Jungen Fußball um den ersten Punkt. Sein Gegner produzierte beinharte Flanken, die David nur mühsam halten konnte. David war jedoch viel geschickter als er und zwängte sich immer wieder an dem behäbigen CIA-Kerl vorbei. Sam jubelte ihm zu.

»Los David, täusch weiter an, er fällt jedes Mal darauf rein!«

David hatte speziell für diesen Tag ein altes Shirt seines Fußballhelden Diego Maradona herausgesucht. Und er machte seinem Idol alle Ehre. Sprünge, Täuschungsmanöver, plötzliche Sprints und viel Fußarbeit – es war, als stünde der alte Fußballheld höchstpersönlich wieder auf dem Feld.

Der Wettkampf war schnell vorbei. Weil er so hart spielte, konnte der CIA-Bursche ab und zu noch etwas retten, aber David gewann mit Leichtigkeit 10:5. Ein schöner Anreiz für die A-Klasse, die gleich mit einem Punkt in Führung ging.

Vor der Mittagspause stand noch die Erdkundeprüfung auf dem Plan. Weil das Wetter schon seit einer

Woche ausgezeichnet war, fand auch diese im Freien statt. Sam und Daphné gingen hin, um Anne beizustehen, aber viel war dabei nicht zu erleben. Anne und ihr Konkurrent – Joe Foster, der sympathische Kerl, mit dem Sam einige Tage herumgezogen war –, saßen jeweils an einem Tisch und lösten auf einem Laptop Fragen. Anne war ein wenig bleich, weil sie fast die ganze Nacht durch gelernt hatte. Für einen Sieg bei den Sommerspielen waren die meisten bereit, sich völlig auszupowern. Sie arbeitete die Fragen schnell durch und brauchte zwei Minuten weniger als ihr Gegner. Leider war Schnelligkeit keine Voraussetzung für den Sieg. Der Computer berechnete das Ergebnis. Einige Sekunden harrten sie gespannt aus, bis sich das Ergebnis auf einem der großen Monitore zeigte:

Spy School: 198,1 – CIA-School: 198,1

Unentschieden! Das hatte es noch nie gegeben bei einer Erdkundeprüfung. Zum Glück war die *Spy School*, wie es sich für eine Geheimagentenschule geziemt, darauf vorbereitet. Das System entsprach in etwa dem Elfmeterschießen beim Fußball: Jeder bekam drei Extrafragen. Wer die meisten beantworten konnte, gewann die Prüfung. Wenn es auch nach diesen drei Fragen noch immer unentschieden stand, würden sie abwechselnd eine Frage bekommen, bis jemand daneben lag. Die erste Frage von Frau August war für Joe: »Wie heißt die Hauptstadt von Kolumbien?«

Noch bevor Frau Augusts Worte verklungen waren, hatte Joe bereits geantwortet: »Bogotá.«

»Korrekt«, sagte August und die CIA-Schüler, die zur Unterstützung gekommen war, jubelten. Jetzt war Anne dran.

»Dieselbe Art von Frage jetzt für Sie, Frau Johnson«, sagte August. »Wie heißt die Hauptstadt der Mongolei?«

Auch Anne brauchte keine Bedenkzeit, Hauptstädte hatte sie als Erstes auswendig gelernt.

»Ulan Bator«, sagte sie so selbstsicher, dass die Fans der Schule schon klatschten, bevor August »richtig« gesagt hatte. Jetzt stand es 1:1.

»Die zweite Frage für Herrn Foster: In welchem Land liegt der berühmte Vulkan Popocatépetl?«

Die meisten Zuschauer machten ein verdutztes Gesicht, als sie diesen Namen hörten. *Popocatépetl* klang wie ein Name aus einem Märchen. Für Joe war es jedoch eine Kleinigkeit.

»Der Popocatépetl befindet sich in Mexiko.«

»Das ist eine richtige Antwort. Es steht 2:1 für die CIA«, sagte August und die CIA-Fans klatschten laut. »Jetzt die zweite Frage für die *Spy School*: Der Ararat ist ein 5156 m hoher Vulkan und damit der höchste Berg seines Landes. Die Frage liegt zum Greifen nah: welches Land?«

Anne antwortete diesmal nicht ganz so schnell. Sie senkte den Kopf und dachte intensiv nach. Wenn sie die Antworte schuldig bleiben musste, stand sie nicht allzu gut da, und das wusste sie. Viel Zeit bekam sie jedoch nicht.

»Ich muss Ihre Antwort jetzt haben, Frau Johnson«, sagte August ungeduldig.

»Äh ... Türkei?«, riet Anne.

Die Stille war mörderisch. Alle Blicke waren auf Frau August gerichtet. Stimmte es oder nicht?

»Korrekt!«, rief Frau August plötzlich begeistert. Jubel und ein Riesenapplaus bei den Fans. Es stand zwar immer noch 2:2, aber Annes richtiges Raten fühlte sich an wie ein Sieg. Der Lärm, den überwiegend die A-Klasse veranstaltete, hatte auch die Schüler der anderen Jahrgänge herbeigelockt. Niemand konnte sich erinnern, jemals eine so spannenden Erdkundeprüfung erlebt zu haben. Normalerweise war es der langweiligste der zehn Wettkämpfe.

»Und damit jetzt die dritte Frage für die CIA«, versuchte August die Zuschauer zu überstimmen. Das Publikum beruhigte sich wieder.

»Ich nenne Ihnen einige Nachbarländer des afrikanischen Landes Libyen und Sie ergänzen die beiden fehlenden. Algerien, Tunesien, Ägypten und der Tschad. Wie heißen die beiden restlichen Nachbarländer Libyens?«

Joe dachte nach. Er versuchte, sich die Karte Afrikas zu vergegenwärtigen. Sam war froh, dass er nicht mitmachen musste. Die Fragen waren ungeheuer kniffelig. Joe und Anne mussten wirklich ihren Atlas in- und auswendig gelernt haben.

»Niger …«, begann Joe. Weder bestätigte August seine Aussage, noch verneinte sie diese. »… und Sudan.«

»3:2 für die CIA!«, rief August.

Joe atmete erleichtert auf und das Publikum skandierte unter rhythmischem Klatschen seinen Namen. Anne brach der Schweiß aus, die entscheidende Frage war für sie. Eine falsche Antwort und es war vorbei. August wandte sich an ihre Schülerin.

»Welche zwei Länder Südamerikas liegen nicht am Meer?«

Es wurde still. Sam wusste es. Er hatte die Frage einmal bei einer Quizsendung im Fernsehen gehört. Sein Vater, der immer laut mitriet, hatte Bolivien und Uruguay gerufen, aber das war nur zum Teil richtig. Überzeugt von seiner Antwort hatte sein Vater gleich den Atlas hinzugezogen. Nach einem Blick auf die Karte hatte er geschwiegen und den Atlas weggeräumt. Als Sam ihn gefragt hatte, wie denn die richtige Antwort laute, hatte sein Vater etwas gebrummt wie »Landesgrenzen, die sich in solchen Gebieten ständig ändern« und »ein veralteter Atlas«, also hatte er sich selbst auf die Suche nach der richtigen Antwort begeben.

»Bolivien …«, sagte Anne.

Gut so, dachte Sam, und jetzt das zweite Land! Er wollte es Anne am liebsten per Gedankenübertragung zurufen. *Paraguay, Paraguay, Paraguay*. Wenn er nur intensiv genug daran dachte, bekäme er das Wort vielleicht in Annes Kopf. Aber ihm war schon klar, dass an der Schule zwar vieles, doch leider nicht alles möglich war.

»... und Peru?«

Ai. Noch bevor Frau August etwas gesagt hatte, wusste Sam schon, dass diese Prüfung verloren war. Das restliche Publikum hielt jedoch noch den Atem an. Trotz ihrer unparteiischen Rolle war dem Gesicht von Frau August eine kleine Enttäuschung anzumerken.

»Nein, tut mir leid, die richtige Antwort lautet Paraguay. Es bleibt bei 3:2, der Sieg geht an Herrn Foster und die CIA!«

Joes Fans brachen in Jubel aus und umringten ihn, wollten ihm die Hand schütteln und auf die Schulter klopfen. Die Schüler der *Spy School* gingen zu Anne und trösteten sie. Schließlich hatte sie eine Superprüfung abgelegt, aber sie war auf einen sehr starken Gegner gestoßen. Niemand konnte ihr einen Vorwurf machen. Es stand insgesamt jetzt 1:1 und es gab noch acht weitere Prüfungen – alles war noch möglich!

Der Nachmittag versprach, spektakulär anzufangen. Die dritte Prüfung auf dem Programm war die Entfesselung, und wer Richard James und seinen Ruf auf diesem Gebiet kannte, wollte unbedingt dabei sein. Daher hatten sich sehr viele Zuschauer um die beiden Wassertanks versammelt.

Richard wirkte ganz und gar nicht unbesorgt. Er hatte in den letzten Wochen hart trainiert, aber bei sechzehn Versuchen war es ihm nur ein einziges Mal gelungen, sich aus eigener Kraft zu befreien. Man munkelte, das sei ihm nur gelungen, weil er so viel Wasser wie möglich aus dem Tank getrunken hatte. So konnte er seinen Mund an die Oberfläche bringen und atmen. Er hatte dann etwa eine Stunde gebraucht, um sich danach seiner Zwangsjacke zu entledigen und aus dem Reservoir zu klettern. Aber bei dieser Prüfung kam es darauf an, den Tank so schnell wie möglich zu verlassen. Alle gingen davon aus, dass die *Spy School* nach diesem Auftrag mit 2:1 im Rückstand liegen würde.

Richard musste gegen Dana Copperfield antreten, ein Mädchen mit langen schwarzen Locken und dafür bekannt, sich überall einen Weg herausbahnen zu können. Auf dem Flug nach England hatte man sie an ihren Sitz fesseln müssen, weil sie versucht hatte, aus dem Flugzeug zu entkommen. Auch nachts wurde ihr Zimmer bewacht, weil sie selbst im Schlaf überall einen Ausweg suchte. Mehrfach war sie im Bett von Mitschülern aufgewacht, ohne zu wissen, wie sie dorthin gelangt war. Auch Richard hatte von diesen Gerüchten gehört und fühlte sich dadurch nicht gerade ermutigt.

Herr July half den beiden Konkurrenten in die Zwangsjacken. Zu seiner Linken standen die Weißkittel mit der Trage bereit. Richard sah sie und schluckte. Er wusste, dass sie in erster Linie seinetwegen hier waren.

Andererseits beruhigte es ihn auch: Jetzt konnte er getrost ertrinken.

Richard und Dana kletterten in ihre jeweiligen Tanks. Noch einmal tief Luft holen, bevor der Deckel sich senkte. Sam sah, wie July den Ärzten zunickte. Sie nickten zurück, bereit zum Eingreifen.

Zwei Minuten lang geschah überhaupt nichts. Das Publikum war anfangs still, aber dann begannen hier und da einige Schüler miteinander zu reden. Auch Daphné stieß Sam an.

»Glaubst du, Richard schafft es?«

Sam zuckte die Schultern. »Ich weiß es nicht. Selbst wenn er rauskommt, wird es nicht vor Dana sein. Und ehrlich gesagt glaube ich, dass die Ärzte nicht umsonst hier stehen.«

»Sam, ich will nicht, dass du heute Abend den Helden spielst«, sagte Daphné auf einmal. »Gib den Entführern einfach die Listen und nimm Jason mit nach Hause. Mehr wird nicht von dir erwartet.«

Sam sah seine Freundin einige Sekunden an. Daphnés plötzliche Besorgnis verursachte ihm ein warmes Gefühl im Magen. »Mach dir mal keine Sorgen«, beruhigte Sam sie, »ich tue, was man mir sagt, und sonst nichts. Was könnte ich schon ausrichten gegen eine Bande professioneller Krimineller?«

»Letztes Mal hast du auch nicht einfach nur deinen Auftrag durchgeführt!«, warf Daphné ihm vor. »Oder hatte Herr December dich vielleicht darum gebeten, in das Haus in der King James Street einzubrechen?

Was wäre geschehen, wenn Frankie dich früher erwischt hätte? Dann säßest du jetzt in einem Raum neben Jason!«

Daphné hielt kurz inne, um Luft zu holen, ihr Gesicht war rot geworden. Sam wusste, dass sie sauer war.

»Ich verspreche dir, dass ich heute keine Sondereinlage gebe«, sagte Sam. »Sobald ich Jason gefunden habe, komme ich zurück, das schwöre ich.«

Daphné lächelte. »Das weiß ich ja. Ich bin auch nicht böse auf dich. Ich will bloß nicht, dass dir was passiert und ...«

Sie wurde von lautem Jubel und Applaus unterbrochen. Dana Cooperfield war nach zwei Minuten und dreiundzwanzig Sekunden aus dem Tank gekrochen, ein mehr als beachtliches Ergebnis für eine Schülerin im ersten Jahr. Richards Reservoir war immer noch geschlossen. Die Weißkittel hatten sich schon neben die Kiste gestellt, damit sie schnell eingreifen konnten, wenn die vier Minuten überschritten wurden.

Drei Minuten. Die Hoffnung, dass Richard noch aus eigener Kraft heraussteigen würde, sank zusehends. Drei Minuten fünfzehn. Die Schüler begannen wieder zu reden, und die Aufmerksamkeit sank. Drei Minuten dreißig. Alle warteten auf den Moment, in dem Herr July selbst den Deckel heben würde und man Richard abtransportierte.

Drei Minuten fünfundvierzig. Der Tank öffnete sich. Aber es war nicht Herr July, der den Deckel abgehoben hatte, sondern Richard selbst, der hustend und prustend aufrecht im Wasser stand. Ohne Zwangsjacke! Er hatte es geschafft – zum allerersten Mal hatte er sich innerhalb der vier Minuten befreit!

Nachdem sich alle von ihrem Erstaunen erholt hatten, begann der Applaus. Erst langsam, dann immer schneller und schneller. Richard bekam eine regelrechte *standing ovation*! Dass die Zuschauer keine Stühle hatten und deswegen sowieso die ganze Zeit standen, änderte daran nichts. Richard hatte die Anerkennung mehr als verdient.

Während die Ärzte ihm ein Handtuch um die Schultern legten und ihn sicherheitshalber doch mit zur Krankenstation nahmen, strahlte Richard die ganze Zeit. Er hatte vielleicht keinen Punkt für seine Klasse geholt, aber dennoch bewiesen, dass er mehr war als der Junge, der alles versiebte. Auch die Lehrer, die den Wettkampf beobachtet hatten, klatschten, allen voran July. Als er Richard für die Entfesselungsprüfung ausgesucht hatte, war ihm klar gewesen, dass er den Wettkampf nicht gewinnen konnte. Aber er hatte auch gewusst, dass dies die einzige Chance war, Richard zu zwingen, wie ein Verrückter dafür zu üben. Bis er es konnte. Und es hatte sich gelohnt.

Weniger begeistert über Richards Wettkampf-Niederlage war Jill Roberts, die gleich ihre Hypnoseprüfung durchführen musste. Die Schule lag 1:2 im Rückstand, also musste sie gewinnen, damit sie nicht noch weiter zurückfielen.

Wer Jill beim Training gesehen hatte, glaubte felsenfest an ihren Gewinn. Alles hatte für sie im Zeichen der

Sommerfestspiele gestanden. Sie hypnotisierte jeden, der nicht bei drei auf dem Baum war. Schaute man sie auch nur kurz an, hatte man schon verloren. Vor allem während des Essens war das gefährlich: Fragte man Jill etwas mit einem gefüllten Glas in der Hand, konnte man Gift darauf nehmen, dass man sich innerhalb kürzester Zeit den Inhalt über den eigenen Kopf geschüttet hatte. Sam vergaß jedes Mal, sie vorsichtshalber nicht anzuschauen, und hatte so schon diverse Fruchtsaft-, Cola- und Limonadenduschen genommen. Sauer konnte man jedoch nicht werden auf Jill, schließlich übte sie nur für die Sommerspiele.

Jill war ein richtiger Freak; wenn es keine Flüssigkeiten in Reichweite gab, ließ sie ihr Opfer eben etwas anderes machen. Wenn sie jemandem auf dem Flur begegnete, sah sie ihn kurz, aber eindringlich an und dachte sich dann einen Auftrag aus. Manche gaben sich dann selbst eine Ohrfeige, andere begannen zu singen oder zu tanzen und einen hatte sie sogar so weit bekommen, dass er sich hinkniete und bellte. Zum Glück ließ die Wirkung der Hypnose immer schon nach wenigen Sekunden nach. Die Opfer kratzten sich kurz am Hinterkopf und fragten sich, weshalb sie bloß so nass waren, Schmerzen im Gesicht hatten oder auf den Knien lagen.

Jill gegenüber saß Sarah Sawyer. Mit ihrem Pferdeschwanz wirkte sie, als könne sie kein Wässerchen trüben. Seit ihrer Ankunft hatte sie noch nicht viel gesagt, weswegen es schwierig war, ihre Qualitäten einzuschätzen. Vielleicht steckte hinter der superbraven Hülle ein knallharter und mitleidsloser Kern. Nach der Hypnoseprüfung würden sie mehr wissen.

Herr Spring gab das Startzeichen. Die beiden Mädchen versuchten, Blickkontakt herzustellen. Das Kräftemessen hatte begonnen. Es kam darauf an, ständig die eigene Abwehr unter Kontrolle zu behalten. Man musste dafür sorgen, dass der andere in der mentalen Verteidigung keine Lücke entdeckte. Die ganze Zeit musste man eine Art *Nur-über-meine-Leiche*-Haltung ausstrahlen, einen *Du-wirst-mich-hier-nicht-hypnotisieren*-Gestus. Erst wenn die Verteidigung stimmte, konnte man versuchen, zum Angriff überzugehen. Kein Angriff im engeren Sinne des Wortes. Man musste nicht mit Blicken Strahlen abfeuern, um die Netzhaut des anderen zu durchbohren oder so etwas. Angriff bedeutete geduldiges Abwarten, bis der andere einen winzigen Moment seine Verteidigung vernachlässigte. Dann war der Zeitpunkt gekommen, Macht über den anderen zu bekommen und ihn zu hypnotisieren.

Waren die Gegner einander ebenbürtig, konnte eine solche Hypnoseprüfung zu einer wahren Zermürbungsschlacht werden. Das war heute der Fall. Jill und Sarah vergaben sich beide nichts. Sie waren schon zwei Minuten zugange. Das schien ziemlich kurz, aber Sam wusste, wie schwer es war, jemanden unablässig konzentriert anzusehen.

»Los, Jill«, murmelte Daphné, »hol dir den Punkt und lass uns hier nicht so gespannt sitzen.«

»Diese Sarah ist stärker als ich dachte«, sagte Sam.

»Aber nicht so stark wie Jill«, fügte Daphné sofort hinzu. »Guck nur, wie bleich Sarah ist, sie wird gleich aufgeben!«

Sam sah sich Sarah noch einmal genau an. Sie wirkte tatsächlich nicht mehr ganz frisch. Plötzlich zuckte ihr linker Arm auf das Glas Wasser zu. Jetzt rührte sich auch das Publikum: »Hast du das gesehen? Jill hatte sie fast!« – »Los, Sarah, nicht aufgeben, schlag zurück!«

Sarah konnte das Gleichgewicht wieder herstellen und der erbarmungslose Kampf ging weiter. Sam bobachtete Jills Gesicht. Ihr Blick war entschlossen und sie hatte noch lange nicht vor, sich geschlagen zu geben. Doch was war mit ihrem Mund? Träumte er jetzt oder sah er wirklich ein Lächeln auf Jills Lippen? Nein, er war sicher. Sam wandte sich Daphné zu.

»Jill hat etwas vor!«, sagte er.

»Was denn?«, fragte Daphné.

»Das weiß ich nicht«, sagte Sam, »aber irgendetwas wird passieren.«

Sie richteten ihren Blick wieder auf den Wettkampf, bei dem sich die beiden Gladiatoren noch immer bekämpften. Sarah wirkte immer bleicher. Wenn Jill das durchhielt, würde es nicht mehr lange dauern.

Aber dann geschah das Unerwartete: Jills linker Arm schob sich langsam, aber sicher auf das Wasserglas zu. Ihre Fans sahen erschrocken zu und hielten den Atem an. Wie hatte Jill die Kontrolle verlieren können? Sie hatte ihre Gegnerin doch ständig im Griff gehabt? Vielleicht hätte sie schneller zum Ziel kommen müssen und war nun ermüdet. 3:1 für die CIA-School, das wurde schwierig!

Sam sah noch einmal in Jills Gesicht. Noch immer dieses Lächeln! Hier stimmte was nicht. Er sah von Jill zu Sarah. Auch Sarah sah erstaunt auf Jill und den Arm, der sich auf das Glas zubewegte. Da begriff Sam, was los war. Teuflisch, diese Jill, was für eine List! Von allen Heimlichtuern dieser Welt war sie die heimlichste! Es konnte jetzt jeden Augenblick vorbei sein, aber nicht für Jill.

Gerade als die CIA-Zuschauer schon High-Five-Gesten austauschten und den sicheren Sieg in der Tasche zu haben glaubten, schlug Jill zu. Rasend schnell schwenkte Sarahs linker Arm zur Seite. Mit fünf Fingern umschloss sie das Glas, als handele es sich um ein Zepter. Dann bewegte sich ihr Arm zitternd nach oben. Das Schütteln wurde durch Sarah verursacht, deren Geist sich noch gegen Jills Willenskraft zu wehren versuchte. Aber Jill war zu stark. Sarahs Arm hatte nun seinen höchsten Punkt erreicht. Mit einer unnatürlichen Bewegung – es war ja auch jemand anderes, der Sarahs Arm kontrollierte –, kippte Sarahs Handgelenk ihr den Glasinhalt über den Kopf.

Jill stand auf, wandte sich dem Publikum zu und machte eine leichte Verbeugung. Sam und Daphné klatschten mit den anderen Fans der Schule laut Beifall. Auch die CIA-Fans musste Jills geniale Taktik wertschätzen und applaudierte mit.

Jill hatte keinen Augenblick der Schwäche gekannt, aber als sie auf Sarahs Widerstand gestoßen war, hatte sie beschlossen, eine List anzuwenden Jetzt stand es 2:2, der Rennwettstreit würde entscheiden, wer Tag 1 mit einem Vorsprung abschließen würde.

Sam und Daphné eilten zu einem der großen Monitore auf dem Innenhof, um sich einen Platz zu erobern, von dem aus sie Anns Prüfung gut würden verfolgen können. Alles in allem war Sam froh, dass sie an diesem Tag Sommerspiele hatten. Die Aufregung minderte doch ein wenig die Anspannung seines Körpers. Ohne Ablenkung hätte er inzwischen vielleicht schon die Nerven verloren. Ann wärmte sich gerade auf. Sie lockerte Arme und Beine und machte ein paar Spurts mit ihrem Multishoe 20.

Danach kam Mark van Ham ins Bild, ein großer, schmaler Junge mit blonden Haaren. Sein Oberkiefer überragte seinen Unterkiefer, sodass seine riesengroßen Schneidezähne ständig sichtbar waren. Joe Foster hatte Sam erzählt, dass Mark einen niederländischen Großvater hatte und ihm das Eislaufen im Blut lag, weswegen er für den Spurt mit den Rollschuhen genau der Richtige war. Ann würde mit einem harten Brocken zu kämpfen haben.

Der Wettkampf wurde von Herrn January begleitet. Im fünften Stock war ein Parcours abgesteckt worden, den die Kandidaten fünfmal durchlaufen mussten. Sehr lange würde der Wettkampf nicht dauern, es drehte sich mehr um Schnelligkeit und Kraft als um Ausdauer.

Ann und Mark nahmen ihre Startpositionen ein. January schlug mit einem lauten Knall zwei Holzbretter gegeneinander und die beiden Läufer waren unterwegs. Mark übernahm sofort die Führung, Ann folgte ihm auf dem Fuß. Mit geschmeidigen Bewegungen rollten die beiden durch die Straßen des Viertels, in dem auch Sam am nächsten Tag seine Prüfung ablegen würde. Mark versuchte sich an einigen Sprints, konnte Ann jedoch nicht abschütteln.

Nach drei Runden war die Situation unverändert: Mark an der Spitze, Ann ihm auf den Fersen und auf einen Endsprint hoffend, um ihren Gegner zu schlagen. Mark machte das Surren der Rollschuhe hinter ihm merklich nervös. Seine Versuche, Ann die Führung aufzudrängen, damit er sich von hinten an sie heranpirschen konnte, schlugen fehl. Ann hielt sich immer rechtzeitig zurück und behielt ihren Platz hinter Mark.

Viel Spannung steckte vorläufig nicht in dem Wettkampf, aber das war Sam und seinen Mitschülern egal – es ging nicht um die Spannung, sondern um die Punkte.

Die letzte Runde war eingeläutet. Nach etlichen Kurven erreichten die Läufer die letzte Gerade. Das Finish war in Sicht, ein Spurt würde entscheiden, wer den Punkt bekam. Mark lag wie während des gesamten Wettkampfs vorn, Ann folgte.

Fünfzig Meter vor dem Ziel wollte Ann aus Marks Sog herauskommen, aber der wusste es zu verhindern. Auf dem Monitor sah man, wie aus der Ferse von Marks rechtem Schuh eine ölige Flüssigkeit schoss. Sam sprang auf. Das war unzulässig! Man durfte nur mit den Schuhen rollen, die zusätzlichen Tricks durften nicht zum Einsatz kommen.

Ann fuhr in die Flüssigkeit und verlor fast das Gleichgewicht. Nur mit Mühe konnte sie sich aufrecht halten, musste aber seitlich ausweichen. Auf einem Bein balancierend und mit wild kreiselnden Armen schoss sie vorwärts. Als sie wieder vor sich aufschauen konnte, erschrak sie sich zu Tode und mit ihr alle Zuschauer: Vor ihr befand sich ein großer Sandhaufen, umgeben von allerlei Zäunen und Schildern und sie raste direkt darauf zu! Die Parcoursgestalter hatten ausgerechnet an dieser Stelle Bauarbeiten vorgesehen!

Mark, der nicht sah, was hinter ihm passierte, fuhr nichtsahnend weiter. Der Sieg schien ihm sicher. Ein arrogantes Grinsen in seinem Gesicht zeigte, dass er sich für den rechtmäßigen Sieger hielt.

Ann flog unterdessen in rasender Fahrt auf die Absperrung zu. Sie suchte nach einem Ausweg, um nicht auf den vordersten Zaun zu prallen. Ein Brett von kaum zehn Zentimeter Breite, das schräg am Zaun lehnte, brachte die Rettung. Ann stellte ihren rechten vor den linken Fuß, spreizte die Arme und fuhr auf das schmale Brett. Das Publikum hielt den Atem an.

Einige Sekunden herrschte absolute Stille vor dem Monitor auf dem Innenplatz. Ann flog mit gestreckten Armen über den Sandhaufen und schwebte ein paar

Sekunden durch die Luft. Mark, der während seines Spurts kurz den Kopf drehte, um nach seiner Konkurrentin Ausschau zu halten, musste sich ducken, damit ihn Anns Füße nicht trafen. Ann flog über ihren Gegner hinweg, landete wieder auf dem Asphalt, behielt ihr Gleichgewicht und fuhr als Erste ins Ziel. Die *Spy School* hatte gewonnen!

Ann, noch immer überrascht über den seltsamen Verlauf, konnte nicht sofort bremsen und fuhr geradewegs in die Arme von Herrn January. Gemeinsam kullerten sie über den Boden. Die Zuschauer jubelten. Selbst durch Falschspielen konnte man die *Spy School* nicht stoppen! Mark sah kopfschüttelnd Ann hinterher, fuhr dann aber zu ihr hinüber und schüttelte ihr die Hand.

»Fabelhafte Fahr- und Flugleistung, Kollegin. Ein verdienter Sieg«, sagte er.

»Vielen Dank für den Abschuss«, antworte Ann mit einem Lächeln, »aber beim nächsten Mal werde ich einfach ganz normal an dir vorbeiziehen.«

Mark lachte ein wenig säuerlich und machte sich davon, um seine Niederlage an einem stillen Ort zu verarbeiten. Die Schüler, die vor dem Monitor gesessen hatten, standen jetzt und verteilten sich über den Innenhof, um noch ein wenig zu plaudern. Nach den Wettkämpfen war die Konkurrenzsituation der Sommerspiele erst einmal vorbei und sie waren einfach Schulkameraden. Ein Geheimagent hatte schon genug Feinde in seinem Leben, jeder Freund war daher mehr als willkommen.

Für Sam jedoch begann der Tag jetzt erst. Er erhob sich langsam und gähnte. »Es war ein anstrengender Tag, ich glaube, ich lege mich ein paar Stündchen aufs Ohr«, sagte er und zwinkerte Daphné zu.

»Ruh dich gut aus«, antwortete sie, »und vergiss nicht, worum ich dich gebeten habe.«

Sam nickte. »Keine Sorge.«

Er holte tief Luft und ging zum Büro von Herrn December.

17

Der Clou

Um vier Uhr stand Sam am Tor der Schule. Die Sonne hatte sich schon den ganzen Nachmittag hinter den Wolken versteckt, kam jetzt aber doch noch zum Vorschein, als wolle sie Sam durch die Straßen Londons begleiten.

Neben ihm stand December, der ihm die letzten Instruktionen für seinen Auftrag gab. Diesmal brach Sam nicht unvorbereitet auf. December reichte ihm einen Stadtplan von London.

»Also, Sie wissen Bescheid, Herr Smith, die Kidnapper befinden sich in der Great Eastern Street. Sie gehen über die Fetter Lane zum Holborn Circus, wo Sie in die Charterhouse Street einbiegen. Dann laufen Sie geradeaus, bis Sie am Charterhouse Square vorbei sind. Dort biegen Sie links in die Goswell Road und gehen über die Baltic Street zur Old Street. Wenn Sie einmal dort sind, ist es nicht mehr so schwierig: Einfach der Straße folgen, bis Sie rechter Hand auf die Great Eastern Street stoßen. Dort angekommen, übergeben Sie ihnen die Liste und Sie werden Anweisungen zu Jasons Freilassung erhalten. Sobald mein Sohn in Sicherheit ist, kehren Sie so schnell wie möglich mit ihm zur Schule zurück.«

Sam nickte. Es klang alles sehr einfach, aber sein Gefühl sagte ihm, dass es das nicht würde. Er hasste es, wenn sein sechster Sinn Schwierigkeiten vorhersagte. Neun zu eins, dass es dann auch welche geben würde! Sam nahm die Karte und den braunen Umschlag von Herrn December. Bevor er ging, wollte er noch eins wissen.

»Warum gehen Sie eigentlich nicht selbst? Warum vertrauen Sie etwas so Wichtiges einem Schüler im ersten Jahr an?«

December antwortete schnell, er hatte die Frage erwartet.

»Erstens haben die Entführer verlangt, dass jemand anderes geschickt wird, vorzugsweise einer meiner Schüler. Offensichtlich trauen sie mir nicht. Als erfahrener Geheimagent bin ich zu gefährlich für sie.«

Er kratzte sich über seinen Stoppelbart. Rasieren gehörte zurzeit nicht zu seiner vordringlichsten Sorge.

»Und zweitens ... nun, um ehrlich zu sein, das erste Mal war es reiner Zufall. Sie kreuzten zum richtigen Zeitpunkt meinen Weg. Weil Sie neu waren, ging ich davon aus, dass Sie tun würden, was Sie sollten und keine weiteren Fragen stellen würden.«

December lächelte über seinen Irrtum.

»Deswegen bitte ich nun erneut Sie darum. Sie sind über alles informiert und das Schicksal meines Sohnes geht Ihnen zu Herzen. Ich bin sicher, dass Sie tun werden, was in Ihrer Macht steht, um diese Sache zu einem guten Ende zu bringen.«

»Da dürfen Sie ganz beruhigt sein, Herr December. In einer Stunde ist Ihr Sohn mit mir auf dem Heimweg zur Schule.«

December wusste Sams Worte zu schätzen, schien aber dennoch nicht ganz beruhigt.

»Gut. Viel Erfolg, Herr Smith. Und seien Sie vorsichtig.«

Während sein Lehrer ihm nachschaute, machte sich Sam auf den Weg. Diesmal gelangte er ohne Tricks an Portman vorbei. Obwohl December meinte, der Schulpförtner würde nicht einmal eine vorbeistürmende Büffelherde bemerken, hatte er Sam begleitet, damit er nicht unnötig Zeit verlor. December hatte die Geschichte über die Verfolgungsprüfung bei den Sommerspielen noch einmal aufgetischt und Portman hatte sie gierig geschluckt, wie ein hungriges Baby seinen Milchbrei.

Zum zweiten Mal in seiner noch jungen Schulkarriere befand sich Sam außerhalb des erlaubten Aufenthaltsbereichs. Entschlossen und schnellen Schritts mied er die Blicke der Passanten. Er hatte nur ein Ziel: Jason zurückzuholen. Alles andere war unwichtig.

Unwillkürlich begann er, auf Verfolger zu achten. Das wochenlange Training hatte seine Sinne geschärft. Jeder Entgegenkommende wurde schlagartig zum Verdächtigen. Bei jedem Geräusch machte sein Herz einen Satz: die Tür eines Wagens, die zu fest zugeschlagen wurde, ein Autofahrer, der plötzlich auf die Bremse trat, ein Radfahrer, der klingelnd vorbeikam ... Plötzlich verlangsamte Sam seinen Schritt und sah sich scheu um.

Dies war das Leben eines Geheimagenten. Man musste jede Stunde, jede Minute, sogar jede Sekunde auf der Hut sein.

Sam bog in die Goswell Road ein. Er war fast da. Viel zu früh.

Triiing. In der Ferne läutete eine Schulglocke. Wenig später stürmte eine Horde Kinder auf Sam zu. Stimmt ja, für normale Kinder ging heute das Schuljahr zu Ende! Lebhaft über ihre Ferienpläne schwatzend stürzten sie aus dem Tor, ohne Sam zu beachten.

»Ich fahre dieses Jahr in ein Fußballcamp.«

»Ich mit meinen Eltern nach Spanien.«

»Wir in die Türkei!«

Ohne sich wirklich gegenseitig zuzuhören, brüllten sie ihre Urlaubsziele durch die schwüle Sommerluft. Sam war in einem Grüppchen gelandet, das in dieselbe Richtung musste.

»Wohin fährst du in den Ferien?«, fragte ihn ein blonder Junge.

Sam war ein wenig überrascht von der plötzlichen Frage, beschloss aber, seinen Gesprächspartner zu überrumpeln.

»Ich fahre nicht in Urlaub, aber ich bin gerade auf dem Weg zu einer Unterhandlung mit einer Bande von Entführern, um den Sohn meines Lehrers zu befreien.«

»Wow, genial! Viel Spaß!«

Sam blieb stehen und ließ die Gruppe weiterlaufen. Seltsam, wenn er das einem Erwachsenen erzählt hätte, wäre er garantiert gefragt worden, ob es ihm sonst noch gutginge. Aber ein Junge seines Alters wünschte ihm viel Vergnügen. Er glaubte bestimmt, dass Sam einem Fantasiespiel nachhing.

Er näherte sich der Straße, in der es geschehen sollte. Nur noch kurz und er würde wieder Auge in Auge mit Frankie und seinen Kumpanen stehen. Wenn ihm einer vor zwei Monaten gesagt hätte, was er jetzt tun würde, hätte Sam ihn glatt für verrückt erklärt. Er stellte sich vor, wie seine Mutter reagieren würde, wenn sie hörte, dass ihr Sohn einer Gangsterbande ein Paket aushändigen sollte. Er sah es genau vor sich: Sie würde sofort in Panik geraten und erst versuchen, mit ihrem heißen Bügeleisen eine Verbindung zur Polizei zu bekommen. Wenn das nicht gelänge, würde sie ins Auto springen und es mit dem Haustürschlüssel starten wollen. Völlig verwirrt von zwei misslungenen Versuchen würde sie danach warten, bis ihr Mann nach Hause kam, während sie ihre Verbrennungen im Gesicht mit Motoröl eincremte, um den Schmerz zu lindern. Sam lächelte, weil er wusste, dass diese Vorstellung gar nicht mal so übertrieben war.

Great Eastern Street. Hier war es. Sam sah sich um. Eine ziemlich breite Straße mit vielen Passanten. Das war gut, je mehr Menschen, desto besser. Zumindest hoffte er das, denn heutzutage wollten die Leute schließlich möglichst wenig miteinander zu tun haben. Die meisten gingen vorgebeugt, den Blick zu Boden gerichtet. Man konnte, ohne aufzufallen, als Elefant verkleidet durch die Straßen Londons laufen.

Vorläufig war von den Kidnappern keine Spur zu entdecken. Sam sah auf die Uhr, die ihm December mitgegeben hatte. Halb fünf, er war zu früh.

»Ich sehe noch niemanden«, flüsterte er der Uhr zu. Ein alter Mann, der sich auf einen Spazierstock stützte, musterte Sam kurz mit befremdetem Blick. Er schüttelte den Kopf, als wollte er sagen, die Jugend von heute habe doch seltsame Gewohnheiten, lief dann aber doch desinteressiert weiter.

Sams Uhr war in der Schule entwickelt worden und hatte neben einem Display, auf dem man die Zeit ablesen konnte, auch ein Mikrofon, einen Kompass, einen kleinen Sender und einen Lautsprecher. Es war ein einfaches Modell. December hatte es nicht für angemessen gehalten, Sam gleich die neuste Version mit einer eingebauten Bombe mitzugeben. Er wollte seinen Schüler am liebsten heil und nicht in Millionen kleiner Teilchen wiedersehen.

Sein Lehrer saß jetzt im Büro und folgte mithilfe des Senders jeder Bewegung Sams. Über das Mikrofon und die Lautsprecher standen sie miteinander in Verbindung.

»Warten Sie geduldig ab«, antwortete December. »Die wissen, wie Sie aussehen. Außerdem halten Sie einen braunen Umschlag in der Hand, wie verlangt. Versuchen Sie, möglichst wenig Kontakt mit mir aufzunehmen, das erregt zu viel Aufmerksamkeit. Viel Erfolg!«

Sam ließ den Arm mit der Uhr sinken und konzentrierte sich wieder auf seine Umgebung. Er würde Frankie und seinen Boss sofort erkennen, wenn er sie sah. Und wahrscheinlich galt dasselbe für sie.

Kurz darauf bestätigte sich seine Vermutung. Ein schwarzer Transporter hielt hinter ihm, die Schiebetür öffnete sich und zwei behaarte Hände zogen Sam hinein. Bevor er wusste, wie ihm geschah, schaute er in die grinsenden Gesichter von Frankie, seinem Boss und einem dritten Mann, den mit den haarigen Händen, und zehn zu eins, dass der auf den Namen Dennis hörte. Der Boss sah ziemlich anders aus, weil er sich den Bart abrasiert hatte, aber an der Narbe auf seiner Wange hatte Sam ihn sofort erkannt.

»Na«, sagte der Mann, »wenn das nicht unser Keksverkäufer ist!«

Wenn Frau September erführe, dass er sich so hatte überrumpeln lassen, würde sie ihm prompt eine Sechs geben. Sam könnte zu seiner Verteidigung natürlich einwerfen, er habe die gesuchten Kidnapper schließlich gefunden.

Unter anderen Umständen hätte Sam den Laderaum des Transporters durchaus gemütlich gefunden. Zwei kleine rote Sessel standen einander gegenüber, dazwischen ein Glastisch mit zahlreichen Sprüngen. Das Tischchen hatte schon einiges hinter sich. Neben dem Sessel auf der Fahrerseite – vermutlich fuhr die Frau, die auch in dem Haus gewesen war – befand sich ein

Kühlschrank, aus dem Frankie eine Bierdose holte. Im hinteren Teil des Transporters, wo Sam saß, hing ein kleiner Fernseher. Dieser Wagen war sicherlich die Limousine unter den Transportern!

Frankie öffnete die Dose und nahm einen Schluck. Danach wischte er sich den Schaum von der Oberlippe und wandte sich an seinen Boss.

»Soll ich ihn durchsuchen, Tommieboy, äh, Boss?«

Die Reaktion seines Bosses machte deutlich, dass Frankie mit der Nennung seines Namens einen groben Fehler begangen hatte. Tommieboy schlug seinem Kumpan mit der flachen Hand auf den Hinterkopf.

»Idiot!«, rief Tommieboy. »Wie oft habe ich schon versucht, dir einzubläuen, dass du meinen Namen nicht nennen darfst? Dreitausend Mal reicht nicht! Hervorragend, jetzt weiß der Kleine also Bescheid. Warum erzählst du nicht gleich noch, wer unser großer Boss ist und wie unsere Pläne aussehen?«

»Aber ich weiß doch gar nicht, wer unser großer Boss ist«, protestierte Frankie, der nicht begriff, weshalb sein Boss Sam das verraten wollte. Noch keine halbe Sekunde später bekam er einen weiteren Schlag auf den Hinterkopf.

»Was soll ich bloß mit solchen Hohlschädeln?«, rief Tommieboy und warf die Hände in die Luft. »Natürlich weißt du nicht, wer unser großer Boss ist, weil du das unserem Rotzbengel hier sonst auch noch erzählst. Ich meinte das ironisch, Dumpfbacke, aber wahrscheinlich weißt du nicht einmal, was das Wort *ironisch* bedeutet.

Und natürlich sollst du ihn filzen! Und zwar ein bisschen dalli, capito?«

Frankie riskierte keinen dritten Klaps und begann sofort mit der Durchsuchung von Sams Taschen. Sam ließ ihn gewähren – eine große Wahl hatte er sowieso nicht –, aber er hielt den Umschlag dabei ganz fest. Erst Jason, dann der Umschlag, auch wenn er nicht das Gefühl hatte, bestimmen zu können, wie der Austausch verlaufen würde.

Dennis hatte bislang geschwiegen, offensichtlich aber über die Worte seines Bosses nachgedacht.

»Ich glaube, ich weiß, was *ironisch* bedeutet, Boss«, sagte er.

Seine Denkarbeit wurde nicht mit Applaus belohnt.

»Willst du auch eine an den Kopf, oder was? Meinst du, ich wäre auch nur im Geringsten an deiner Erklärung von *Ironie* interessiert?«, fragte Tommieboy.

Dennis dachte kurz nach. Ja oder Nein. Er hatte fünfzig Prozent Chance auf die richtige Antwort.

»Äh … Nein?«

»Sehr richtig. Also halt jetzt die Klappe, es sei denn, ich frage dich was, capito?«

»Ja, Boss.«

Unterdessen hatte Frankie Sams Durchsuchung beendet.

»Der Junge ist sauber, Boss. Keine Waffen, keine Mikrofone.«

Franks Worte hörten sich für Sam wie ein kleiner Sieg an. Keine Mikrofone? Dann kannten sie die *Spy*

School nicht! Eins zu null für Sam. Aber angesichts der Lage, in der er sich jetzt befand, würden die Gauner schnell den Ausgleich erzielen.

»Gut«, begann Tommieboy, »wir wollen ja nicht, dass unser Gast für plötzliche Überraschungen sorgt, nicht wahr, Herr ...«

»Collins«, log Sam, »Philip Collins.«

Die Gauner konnten seinen Namen doch nicht überprüfen und irgendwie fühlte er sich mit einem Decknamen sicherer.

»Okay, Philip«, sagte Tommieboy, der nicht vorhatte, ihn zu siezen, »wir reden nicht um den heißen Brei, wir wissen beide, weshalb du hier bist. Also warum gibst du mir nicht diesen Umschlag?«

Sam presste den Umschlag an seine Brust.

»Erst Jason!«

Tommieboy grinste, wodurch sich die Narbe auf seiner Wange zusammenzog.

»So, so, ich sehe, dass der gute alte December nicht einfach irgendwen geschickt hat. Ein Starrkopf, was? Nun, Herr Philip Starrkopf, schau dich mal um. Glaubst du wirklich, du hättest momentan irgendwas zu melden?«

Er hatte recht. Sams saß mit vier Kriminellen in einem Transporter, ohne Waffen oder irgendetwas, mit dem er seine Gegner überraschen konnte. Wenn er eine Uhr mit Bombe hätte, könnte er wenigstens damit noch drohen. Obwohl, wenn er die Bude in die Luft gehen ließ, war nicht nur er selbst mal gewesen, sondern es würde auch nie jemand erfahren, wo Jason steckte. Er würde sich aufs Zuhören und Einlenken beschränken müssen. Zögernd überreichte Sam Tommieboy die Listen der Schule.

»Ha, jetzt schlägst du andere Töne an, was?«, pöbelte Frankie. Sofort bekam er wieder einen Klaps. Tommieboy rieb sich mit der linken die rechte Hand. Auf die Dauer wurde sie von den Hohlköpfen seiner Mitarbeiter ganz schön beansprucht.

»Du kannst ruhig mal ein bisschen Respekt zeigen!«, schnauzte er Frankie an. »Wenn man in dem Alter schon den Mumm hat, mit vier Geschäftsleuten zu verhandeln, zeugt das von einem starken Charakter. Als Dennis und du so alt waren, musste eure Mutter wahrscheinlich noch dreimal täglich Windeln wechseln!«

Tommieboy warf Frankie und Dennis einen verächtlichen Blick zu. »Dieser Junge hat mehr Grips im Kopf als ihr beide zusammen. Offensichtlich gab es bei eurer Geburt zwar zwei Körper, aber nur eine Gehirnausstattung, von der ihr beide jeweils die Hälfte abbekommen habt!«

Frankie und Dennis waren also Zwillinge. Sam war bewusst, dass diese Information im Augenblick wenig zur Sache beitrug. Er war wegen Jason gekommen und er würde auch nur mit ihm zusammen gehen.

»Du hast jetzt die Liste, wo ist Jason?«

Tommieboy sah ihn böse an. Sams Ton gefiel ihm nicht.

»Nur die Ruhe. Ich versuche, höflich und freundlich zu sein, also erwarte ich von dir dasselbe. Alles zu seiner Zeit, ja? Im Rahmen des Möglichen sind wir ehrliche Leute und halten uns an unsere Abmachungen. Aber erst ...«

Tommieboy beugte sich plötzlich blitzschnell vor und riss Sam die Uhr vom Handgelenk. Er langte hinter seinen Rücken und zog einen glänzenden schwarzen Revolver hervor. Er fasste ihn am Lauf und zerschmetterte die Uhr mit dem Griff der Schusswaffe. December würde im selben Moment in seinem Büro von diesem Schlag aufschrecken.

»Oder dachtest du vielleicht, wir kennen die Tricks deiner Schule nicht?«, höhnte Tommieboy.

Die Verbindung war abgerissen. Sam war auf sich allein gestellt. December konnte jetzt weder hören noch sehen, was vor sich ging und wusste nicht mehr, wo Sam sich befand. Hoffentlich meinte Tommieboy es ernst mit der Einhaltung seines Teils der Abmachung. Seltsamerweise vertraute Sam ihm durchaus. Tommieboy war kein Dummkopf wie seine Handlanger.

Sie fuhren noch ein Weilchen umher, manchmal im Kreis, wie Sam merkte. Damit er die Orientierung verlor oder um eventuelle Verfolger abzuschütteln? Schade, dass es unpassend war, diese Frage laut zu stellen. Die Fahrt verlief schweigend und die Gangster behielten ihn aufmerksam im Auge. Nach einiger Zeit – einer Viertelstunde, einer halben Stunde, einer Stunde? –

klopfte Tommieboy an die Scheibe, hinter der die Frau saß. »Anhalten!«, rief er. »Wir sind da.«

Der Wagen kam abrupt zum Stillstand und Sam flog nach vorn. Frankie beschwerte sich sofort über »Frauen am Steuer«, hörte aber gleich wieder damit auf, als Tommieboy drohend die Hand zum nächsten Klaps hob.

Tommieboy drückte Sam eine kleine Schachtel aus Karton in die Hand. »Es war mir eine Ehre, dich zu treffen, Philip Collins. Alles Gute noch und hoffentlich auf Nimmerwiedersehen!«

Die Tür des Kleintransporters öffnete sich und Dennis schob Sam unsanft ins Freie.

Da stand er dann. Allein in einer Gasse ohne Kontakt mit December und einem kleinen Karton in der Hand. Sam nahm die Umgebung in Augenschein. Die Häuser waren alt und heruntergekommen und es roch widerlich. Zwei übervolle Container verbreiteten einen kaum auszuhaltenden Gestank. Auf einer Tür neben den Containern hing ein Schild mit der Aufschrift »Restaurant Yellow Rose«. Vermutlich landeten alle Essensreste in den Containern. Sam musste würgen.

Aber er würde sich nicht von ein bisschen Gestank abhalten lassen! Während er sich mit der rechten Hand die Nase zuhielt, dachte er über seinen nächsten Schritt nach. Hier irgendwo musste er nach Jason suchen, aber wo? Sollte er einfach alle Häuser abklappern und fragen: »Entschuldigen Sie bitte, darf ich etwas fragen?

Haben Sie vielleicht einen entführten Jungen bei sich im Haus?« So konnte es Tommieboy nicht gemeint haben.

Er wollte auf die Uhr sehen, aber er hatte vergessen, dass er keine mehr trug. Er hatte nur einen Karton in der Hand.

Richtig! Der Karton von Tommieboy!

Sam öffnete ihn und fand einen Schlüssel und einen weißen Zettel mit der Zahl 223. Sam sah sich um. 223 und ein Schlüssel. Jason musste irgendwo hier in der Straße in einem Haus versteckt sein.

Sam suchte die Straße nach der Hausnummer 223 ab. Irgendetwas stimmte nicht – die Straße war gar nicht so lang, gab es überhaupt eine Nummer 223? Sie hatten ihn doch wohl an der richtigen Stelle abgesetzt? Falls nicht, würde es noch sehr lange dauern, bevor er alle Straßen Londons mit der Hausnummer 223 abgeklappert haben würde.

Es gab keine Nummer 223 hier. Sam schaute auf das letzte Haus: Nummer 54. Nicht einmal annähernd die Nummer, die er suchte. Er musste etwas übersehen, aber was? Tommieboy konnte sich unmöglich so geirrt haben. Er hatte genau gewusst, wo er Sam absetzen musste. Und wenn sie Jason nicht zurückgeben wollten, warum dann die Mühe, ihm einen Schlüssel und eine Nummer mitzugeben?

Sam drehte sich um und lief erneut die Straße hinunter. Vielleicht bedeutete die Nummer etwas anderes. Er versuchte, 223 anhand der Buchstaben des Alphabets zu entziffern. A war dann 1, B war 2 und C war 3. Die Lösung hieße dann BBC. War Jason in den Studios des Fernsehsenders eingesperrt? Das schien ihm wenig wahrscheinlich.

Er konnte es auch anders betrachten: Er konnte die Ziffern aufspalten in 2 und 23 oder in 22 und 3. Was wurde es dann? BW oder VC. Damit konnte er wenig anfangen. Er wünschte, er könnte December um Hilfe bitten, aber das war unmöglich, er musste selbst eine Lösung finden.

Als er zum zweiten Mal am Restaurant Yellow Rose vorbeikam, erregte ein kleines Kupferschild an der Fassade eines Hauses auf der gegenüberliegenden Straßenseite seine Aufmerksamkeit. Hier wohnte ein Arzt. Wer wollte wohl seine Praxis in diesem schmutzigen Viertel haben? Ein Vincent Charmaine anscheinend. Na, dann viel Erfolg, dachte Sam und ging weiter zum Anfang der Straße.

Trotz des strahlenden Sonnenscheins an diesem Tag blieb Sam plötzlich wie vom Blitz getroffen stehen. Wenn ihn jemand so gesehen hätte, hätte er sich bestimmt gefragt, zu wessen Ehren dort ein neues Denkmal errichtet worden sei.

Vincent Charmaine. VC!

Sam rannte zu dem Haus zurück und suchte die Hausnummer. 22. Der Arzt hatte seine Praxis im Erdgeschoss, aber darüber gab es noch drei Appartements. Hausnummer 22, 3. Stock, das besagte Tommieboys Zettel! Außerdem konnte man mit dem Code auch die

Initialen des Doktors bilden. Das hatte Tommieboy gut ausgeklügelt, musste Sam zugeben.

Er steckte den Schlüssel ins Haustürschloss und drehte ihn. Die Tür öffnete sich mit lautem Quietschen. Das Gebäude war nicht gerade gut in Schuss. Sam schloss die Tür hinter sich und schaute sich in der Diele um. Zu seiner Rechten befand sich das Wartezimmer von Doktor Charmaine, aber einen Arzt brauchte Sam nicht. Der würde ihm sowieso nur sagen, dass er zurzeit sicher ziemlich gestresst sei und das wusste Sam auch ohne Arzt. Direkt vor ihm war eine Treppe, die ihn in den dritten Stock führen könnte.

Während er die Treppe hinaufging, überlegte er, was er wohl vorfinden würde. War Jason allein oder wurde er noch von jemandem bewacht? Und würde er sich im selben Zustand befinden wie beim letzten Mal? Hoffentlich war Jason wirklich so unversehrt wie versprochen.

Die Tür des Appartements war wie das restliche Gebäude: alt, gammelig und dringend anstrichbedürftig. Aber sie ließ sich mit Tommieboys Schlüssel öffnen. Mit klopfendem Herzen betrat Sam die Wohnung. Es war sehr dunkel, alle Rollläden waren herabgelassen. Sam probierte den Lichtschalter, doch es tat sich nichts. Vermutlich hatten sich die Kidnapper nicht die Mühe gemacht, die Stromrechnung zu bezahlen. Er wartete, bis sich seine Augen an die Dunkelheit gewöhnt hatten, bevor er sich auf die Suche nach Jason machte.

»Jason?«, rief Sam leise.

Alles blieb still. Er betrat ein Zimmer, das einmal Wohn- und Esszimmer gewesen sein musste. Zumindest gab es einen Tisch und leere Bierkisten, die wohl als Sitzgelegenheiten gedient hatten. Die Kidnapper hatten sich nicht sehr luxuriös eingerichtet während ihres Aufenthalts.

Sam suchte das Schlafzimmer, denn dort hatte er Jason beim letzten Mal auch angetroffen. Da es nur wenige Räume gab, hatte er schnell den richtigen gefunden. Im Dunkeln machte er eine schlafende Gestalt auf dem Bett aus.

»Jason?«, sagte er noch mal, jetzt etwas lauter.

Jason schien in einen sehr tiefen Schlaf versunken. Vielleicht hatten sie ihm irgendetwas verabreicht. Sam trat ans Fenster und zog mit einer schnellen Bewegung den Rollladen hoch. Er blinzelte, als sich die Lichtstrahlen einen Weg durch die Scheibe bahnten. Sam sah zu Jason hinüber. Wieder lag er gefesselt auf dem Bett, doch diesmal mit Stricken und nicht mit Ketten. Tommieboy hatte also daran gedacht, dass Sam möglicherweise nicht das passende Werkzeug bei sich tragen würde. Neben dem Bett waren Berge von Nahrungsmitteln gestapelt: einige Packungen mit Frühstücksflocken, Körbe voller Obst, Chips, Süßigkeiten, Keksen und jede Menge Wasserflaschen. Die Entführer hatten auch für den Fall vorgesorgt, dass Sam Jason nicht sofort finden würde.

Jason drehte sich unruhig, das grelle Sonnenlicht hatte ihn offensichtlich im Schlaf gestört.

»Jason?«, versuchte Sam es noch einmal.

Diesmal gab es eine Reaktion. Jason öffnete die Augen und sah Sam erschrocken an. Kurz darauf erkannte er ihn.

»Sam Smith«, murmelte er heiser. »Haben sie dich jetzt auch erwischt?«

»Nein, gar nicht«, antwortete Sam, »im Gegenteil. Ich bin hier, um dich zu befreien. Du kannst endlich nach Hause, zu deinem Vater.«

Jason sah Sam verwirrt an. »Woher weißt du das? Keiner weiß davon ...«

»Darüber reden wir später«, sagte Sam. »Lass mich jetzt erst mal versuchen, dich hier loszubinden. Ich suche in der Küche nach einem Messer oder sonst was Scharfem.«

Sam ging zur Küche. Viel war dort nicht zu finden, die Gangster waren sehr bescheiden gewesen. Bewaffnet mit einem einfachen Kartoffelschälmesser kehrte er ins Schlafzimmer zurück.

Jason hatte inzwischen damit begonnen, an den Stricken herumzufingern. Jetzt, da er wusste, dass seine Entführer nicht mehr im Appartement waren, wollte er so schnell wie möglich von seinen Fesseln erlöst werden. Sam half ihm und es dauerte nicht lange, da war Jason frei. Er rieb sich über seine schmerzenden Hand- und Fußgelenke.

»Woher weißt du, wer mein Vater ist?«, fragte er Sam.

»Das ist eine lange Geschichte«, antwortete Sam. »Ich beschränke mich erst einmal darauf, dass ich auch in die *Spy School* gehe, in die A-Klasse, und dass mich dein Vater, Herr December, zufällig dazu auserkoren hat, dich aus den Händen deiner Entführer zu befreien.«

Sam fasste Jason am Arm und führte ihn zur Wohnungstür. »Wir müssen möglichst schnell zur Schule, dein Vater wartet auf dich.«

Jason nickte und ließ sich willig von Sam mitziehen. Er wäre jedem gefolgt, um diesen Albtraum hinter sich zu lassen.

Der Rückweg zur Schule war problemlos verlaufen. Sam hatte rasch herausgefunden, wo sie sich befanden und mit Hilfe der Karte hatten sie die *Spy School* erreicht. Jason hatte nach seiner Gefangenschaft die frische Luft in vollen Zügen genossen, er hatte gar nicht gewusst, wie sehr sie ihm fehlte.

Portman hatte ziemlich erstaunt geguckt, weil Sam nicht mehr allein war, aber er fragte nicht. Er dachte wohl, das würde alles zur Übung gehören.

Danach hatte Sam Jason zu Decembers Büro gebracht. Das Wiedersehen von Vater und Sohn war rührend gewesen, beide hatten große Ängste durchgestanden, aber das gehörte nun der Vergangenheit an. December hatte seinen Sohn gleich auf die Krankenstation gebracht, damit er dort aufgepäppelt wurde. Jason war ziemlich geschwächt und würde ein paar Tage brauchen, um sich von seinem Abenteuer zu erholen.

Sam war zu den Schlafräumen zurückgekehrt und schlenderte nun mit Daphné durch die *Spy School*. Er erzählte ihr, wie sich die Übergabe der Listen gestaltet hatte. Dass er sich von dem schwarzen Transporter hatte überrumpeln lassen, behielt er für sich.

»Dieser Tommieboy ist also ganz gewiss nicht blöd, im Gegensatz zu seinen Helfern«, schlussfolgerte Daphné.

»Stimmt«, sagte Sam. »Über die Frau am Steuer kann ich nichts sagen, aber Frankie und Dennis sind wirklich absolute Dummbeutel. Sie sind wahrscheinlich gut für die Drecksarbeit, sonst würde Tommieboy sie nicht beschäftigen.«

»Bleibt die Frage, was Tommieboy oder sein Boss mit den Listen vorhat«, sagte Daphné. »Ich finde den Gedanken nicht angenehm, dass jemand weiß, dass ich Geheimagentin bin.«

Sam zuckte die Schultern. »Mir ist schon klar, dass es zurzeit nicht gut aussieht, aber ich bin sicher, December wird alles daransetzen, um diese Listen wieder zurückzukriegen.«

Daphné war nicht überzeugt. »Hm, ich weiß nicht, ich habe kein gutes Gefühl dabei.«

Sam nahm ihr Gesicht in beide Hände und zog ihre Mundwinkel nach oben. »Kopf hoch! Jason ist wieder da und morgen ist unser Wettkampf bei den Sommerspielen. Konzentrieren wir uns darauf! Und unterdessen suchen wir weiter nach einer Möglichkeit, December zu helfen.«

»Du hast recht«, sagte Daphné. »Und wir dürfen nicht auffallen. Wenn wir unsere Prüfungen nicht ordentlich bestehen, schöpfen die Lehrer Verdacht. Leicht ist es nicht, aber wir müssen versuchen, den Fall December kurzzeitig zu vergessen.«

Plötzlich drehte sich Sam um. Er sah gerade noch jemanden in einem Gang verschwinden. Wurden sie verfolgt? Während des Gesprächs mit Daphné hatte ihn sein sechster Sinn gewarnt. Und das konnte er nicht ignorieren.

»Wer ist da?«, fragte er.

Keine Antwort.

»Sam, was ist los?«, fragte Daphné.

Sam antwortete nicht und lief den Weg zurück, den sie gekommen waren.

»Komm raus! Ich habe dich gesehen!«

Langsam kam ein Mädchen mit braunen Haaren um die Ecke. Sam erkannte sie, sie war in der B-Klasse, aber ihr Name fiel ihm nicht mehr ein. Lucie oder so.

»Warum folgst du uns?«

Das Mädchen lächelte schüchtern. Sie war klein und mager, man könnte sie einfach so umblasen.

»Entschuldigung, ich bin Ronda Moore – Ronda, genau! – aus der B-Klasse und ich muss morgen die Verfolgungsprüfung machen. Ich habe nur ein bisschen geübt.«

»Tja, Ronda«, sagte Daphné, »dann solltest du lieber noch ein bisschen mehr üben, das klappt ja wohl noch nicht besonders gut.«

Ronda wurde rot. Was Daphné gesagt hatte, klang hart, stimmte aber. Sie hatte sich viel zu leicht ertappen lassen. Ronda drehte sich um und ließ Sam und Daphné auf der Suche nach einem neuen Opfer stehen.

Sam schüttelte den Kopf. »Das wird bestimmt ein leichter Punkt für ihren Gegner morgen!«

Daphné nickte und sie beschlossen, ihre Zimmer aufzusuchen, um sich ein wenig auszuruhen. So eine Entführung schaffte einen wirklich!

18

Die Prüfung – Tag 2

Sam hatte schlecht geschlafen und war früh aufgewacht. Er hatte von Catherine Beech geträumt, die ihm auf den Fersen war. Schließlich hatte sie ihn erwischt und in einem kleinen Zimmer eingesperrt. Sam hatte Angst. Catherine fragte, wo das Päckchen sei, aber Sam wusste es nicht. Daraufhin hatte sie kochendes Öl über ihn geschüttet und damit gedroht, seine Eltern zu entführen. Sam hatte immer nur gerufen, er habe keine Ahnung. Catherine hatte ihren Helfern aufgetragen, ihn wegzubringen und plötzlich waren Frankie und Dennis vor ihm aufgetaucht. Gerade, als sie nach ihm greifen wollten, hatte er die Augen aufgeschlagen.

Sein Hals war staubtrocken und seine Laken schweißnass. Er trank einen Schluck Wasser. Der Austausch bei der Entführung und dann auch noch die Verfolgungsprüfung, das war alles ein bisschen viel für seine Nerven. Sam versuchte, seine Sorgen von sich zu schieben und zog sich an. Die erste Prüfung des Tages würde erst um zehn Uhr stattfinden, er hatte also noch zwei Stunden, das reichte zum Frühstücken und einer weiteren kleinen Erkundung des Parcours im fünften Stock.

Mit einem Teller Eier und Speck in der Hand verließ er den Aufzug. Kauend spazierte er durch die Straßen und versuchte, möglichst viel von der Umgebung in sich aufzunehmen. Rechts war ein Bäcker, links ein Pub. Die Straße endete in einer T-Kreuzung. Er bog nach rechts ab und entdeckte eine kleine Gasse. Das musste er sich merken, dort würde er sich vielleicht verstecken können. Er blieb stehen und drehte sich um. Er wollte nachsehen, ob er links genauso eine Gasse finden würde. Beim Umdrehen stieß er mit einem Mädchen zusammen, das direkt hinter ihm stand. Catherine Beech! Was von Sams Eiern mit Speck noch übrig war, landete schwungvoll auf ihrem Rock.

»Igitt!«, rief sie, während sie die Essensreste von ihrer Kleidung wischte. »Kannst du nicht aufpassen? Mein neuer Rock ist ganz schmutzig!«

»Tut mir ja leid«, brummte Sam, »aber vielleicht solltest du mal lernen, dass es unhöflich ist, einfach so hinter Leuten herzuschleichen.«

»Was heißt hier schleichen? Ich wollte mir das Gelände anschauen und sah dich. Ich ging einfach auf dich zu, um dich zu begrüßen. Das kann ja heiter werden heute Abend!«

War das ihr Ernst? Hatte sie wirklich nur Hallo sagen wollen? Oder hatte sie ihn absichtlich erschreckt? Sam dachte wieder an seinen Traum: Catherine, die ihn verfolgte und beängstigend lachte. Er sah in ihr niedliches Gesicht und der Traum verflog. Vielleicht sollte er im Zweifelsfall zu ihren Gunsten entscheiden.

»Okay, lass uns von vorn anfangen«, sagte er. »Guten Morgen, Frau Beech, geht es Ihnen gut?«

Catherine lachte und spielte das Spiel mit. »Guten Morgen, Herr Smith, aber sicher, und Ihnen?«

Sam lachte jetzt auch. »Tut mir wirklich leid mit deinem Rock. Wenn du ihn im Sekretariat abgibst, bekommst du ihn vielleicht schon heute Mittag gereinigt zurück.«

»Danke für den Tipp«, sagte Catherine. »Aber wenn es für dich Okay wäre, würde ich jetzt gern den Parcours weiter kennenlernen. Nachher dürfen wir ja nicht mehr herkommen. Und ich kann mir vorstellen, dass du dich auch noch ein bisschen umschauen willst, oder?«

Sam nickte. »Hast du Lust, heute Mittag zusammen zu essen?«, rief er, bevor Catherine die Straße hinunter verschwunden war.

»Klar«, rief sie zurück. »Wenn du einen ausgibst!« Und sie bog in eine Seitenstraße ab. Catherine Beech war alles in allem vielleicht doch nicht so übel.

Sam setzte seine Erkundungstour fort, beschloss dann aber, für den Abend mehr als gut genug vorbereitet zu sein, und kehrte in sein Zimmer zurück. Auf seinem Computer schaute er sich das Programm des Tages an. *Tennis*, die Prüfungen *Wahrnehmung und sechster Sinn*, *Casino*, *Bombenentschärfung* und schließlich *Verfolgung*. Er hoffte, dass sie nach der letztenPrüfung schon einen beruhigenden Vorsprung erzielt haben würden und er dadurch seine Verfolgung entspannt angehen könnte.

Julia Stevenson war absolut kein Problem für ihre Tennisgegnerin, eine schwer gebaute Dunkelhäutige namens Vera Wilson. Vera schmetterte Ball um Ball kraftvoll übers Netz und Julia konnte sie nur mit Mühe zurückschlagen. Sam musste an den Kampf zwischen David und Goliath denken. Nur dass es hier so aussah, als würde Goliath den Sieg davontragen – es sei denn, Julia konnte ihre Gegnerin noch mit einem gut gezielten Ball ausschalten.

Der erste Satz endete vorhersehbar 6:0 für die Amerikanerin. In der Pause zwischen den Sätzen überhäuften die Schüler der A-Klasse ihre Mitschülerin mit guten Ratschlägen.

»Versuch, an der Grundlinie zu bleiben, Julia.«

»Spiel auf ihre Rückhand, die ist schwach.«

»Geh so oft wie möglich ans Netz, dann weiß sie nicht, was sie machen soll.«

»Bleib hinten und versuch einen Lob, wenn sie gerade vor ans Netz kommt.«

Jeder hatte seine Meinung zum Wettkampf, aber alle guten Ratschläge waren so nützlich wie eine Kuh hinterm PC. Julia hatte nicht die geringste Chance.

Trotzdem konnte sie im zweiten Satz ein kleines bisschen Boden gewinnen und einen Punkt holen. Aber mehr war nicht drin und sie verlor mit 6:0 und 6:1.

Damit stand es insgesamt nun 3:3.

Nach dem Tennis war James mit der Prüfung *Wahrnehmung und sechster Sinn* dran. Wie beim Erdkundetest ging es dabei normalerweise nicht gerade spannend zu.

James und sein Gegner saßen sich an einem Tischchen gegenüber und bekamen auf einem Monitor Fotos und Filme zu sehen. Darauf mussten sie erkennen, was nicht stimmte. Die Zuschauer konnten mitspielen, weil die Aufträge auch auf den großen Monitoren sichtbar waren. Um zu vermeiden, dass die Spieler hörten, wenn jemand aus dem Publikum die richtige Antwort laut in den Raum rief, trugen die beiden Kontrahenten Kopfhörer.

Die Aufträge waren schwierig. Sam versuchte, sie mit zu lösen, gab aber schnell auf. Das Tempo war zu rasant, das Bildmaterial legte einen Sprint auf Olympianiveau zurück. Er schaute sich um und sah, dass außer James und seiner Gegnerin keiner mehr wirklich auf die Bilder achtete.

James trat gegen Annie Morgan an. Das Mädchen mit den roten Locken wirkte sehr entspannt. Leise vor sich hinsummend erfüllte sie einen Auftrag nach dem anderen. Was für ein Unterschied zu James, dachte Sam. Der schwitzte sich kaputt und rutschte ständig auf seinem Stuhl hin und her. James hatte viel geübt, aber jede Abbildung war anders. Sam stieß Daphné an.

»Fast hätte ich es vergessen«, sagte er, »ich habe Catherine Beech eingeladen, nachher mit uns zu essen. Ist das für dich auch okay?«

Daphné runzelte die Augenbrauen. »Warum sollte ich das nicht gut finden? Ich hätte eher gedacht, dass *du* damit Probleme hast. Das letzte Mal seid ihr euch fast an die Gurgel gegangen!«

»Da hast du recht«, antwortete Sam und starte zu James und Annie hinüber. Unter James' Stuhl hatte sich mittlerweile eine kleine Schweißpfütze gebildet. »Aber ich habe sie heute Morgen noch einmal getroffen und sie wirkte eigentlich ganz nett. Heute Mittag können wir sie richtig kennenlernen.«

Daphné zuckte die Achseln. »Von mir aus«, sagte sie, »aber ich fürchte, ihr wahres Wesen haben wir schon am Donnerstag zu Gesicht bekommen.«

Das letzte Foto wurde gezeigt. Sam sah das Innere einer großen Bankfiliale voller Menschen, aber wer war der Bankräuber? James scannte den Bildschirm, doch seinem Gesicht war abzulesen, dass er die Lösung nicht erkannte. Annie dagegen streckte sich und lehnte sich locker zurück. Viel Hoffnung auf einen Punkt für die A-Klasse gab es nicht. Der Computer berechnete das Ergebnis:

Spy School: 9 – CIA-School: 12

James hatte sich gar nicht einmal so schlecht geschlagen. Die Amerikaner jubelten ausgelassen. Mit 4:3 auf der Anzeigetafel sah es sehr gut für sie aus. Sam und Daphné seufzten. Der Druck, der jetzt auf ihren Schultern lastete, war groß. Wenn die A-Klasse noch siegen wollte, mussten sie die nächsten drei Prüfungen gewinnen.

»Komm«, sagte Daphné, »lass uns essen gehen. Ich habe das Gefühl, eine solide Mahlzeit könnte uns gut tun.«

Sam hatte in den letzten Tagen so viel Fleisch vom Grill gegessen, dass er genug davon hatte. Er bestellte eine kugelsichere Weste für sich und eine Portion Mafia für Daphné, die schon einen Sitzplatz für sie suchte. Er fand sie an einem Tisch in der Sonne und stellte den Teller vor ihr ab. Daphné stürzte sich gierig darauf und wickelte die Spaghetti geschickt um die Gabel. Sam aß langsam, er hatte ja gerade erst einen Teller Eier mit Speck gehabt und eigentlich noch gar keinen Hunger.

»Was Tommieboy wohl mittlerweile mit den Listen gemacht hat?«, fragte Daphné zwischen zwei Bissen.

Sam dachte nach. Wenn Tommieboy sich die Listen angeschaut hatte, musste er auch entdeckt haben, dass es keinen Philip Collins an der Schule gab. Er würde also wissen, dass Sam ihn angelogen hatte. Na ja, das machte eigentlich auch nichts, er würde Tommieboy sowieso nie wieder sehen.

»Ich hoffe, dass sie noch nicht beim großen Boss gelandet sind. Dann sieht unsere Zukunft nicht besonders rosig aus. Aber das wird December bestimmt verhindern.«

Daphné hatte weniger Vertrauen in ihren Lehrer. »Ich bin nicht sicher, ob der noch etwas unternehmen kann. Niemand kann wissen, wo die Kidnapper sind und wie schnell sie die Listen weiterleiten.«

Sam seufzte. »Ich weiß, Daphné, aber wir müssen versuchen, positiv zu denken. Wenn wir nur jammern, finden wir auch keine Lösung!«

Er schaute von seinem Teller auf und sah Catherine Beech, die mit einem Halbmond herumspazierte und jemanden suchte, zu dem sie sich setzen konnte. Als sie eine Gruppe aus dem zweiten Jahr ihrer Schule entdeckte, ging sie auf sie zu, Sam winkte mit beiden Armen.

»Catherine! Wir sitzen hier!«, rief er.

Sie winkte Sam und Daphné zu und schien sich an die Verabredung vom Morgen zu erinnern.

»Und Sam«, fragte sie, als sie sich neben ihn setzte, »bereit für heute Abend?«

»Ich bin allzeit bereit, mach dir mal um mich keine Sorgen, pass lieber auf dich selbst auf«, scherzte Sam.

Catherine lächelte. »Vielen Dank für den weisen Rat, ich werde ihn einrahmen und mir übers Bett hängen.«

Daphné unterbrach sie. »Genug von heute Abend. Du kannst so viel darüber spekulieren wie du willst, ihr werdet beide auf dem Gelände euer Können unter Beweis stellen müssen.«

Sam und Catherine nickten zustimmend und Daphné fuhr fort.

»Nur ein Stückchen Wassermelone zum Mittagessen, Catherine? Musst du so auf deine Figur achten, damit du bei den Jungs aus dem zweiten Jahr gut ankommst?«

Sam erschrak über Daphnés Bemerkung. Sie hatte in ruhigem Ton gesprochen, aber es steckte genügend Gift darin, um einen Elefanten umzuhauen. Das war auch Catherine nicht entgangen. Ohne Zögern feuerte sie zurück.

»Ich sitze zumindest nicht hier und fresse wie ein Nilpferd. Wenn du so weitermachst, müssen sie dich irgendwann mit einem Hubschrauber aus der Schule holen, weil du nicht mehr durch die Tür passt.«

Sam schaute von Daphné zu Catherine und von Catherine wieder zu Daphné. Er kannte seine Freundin gut genug, um zu wissen, dass sie sich so etwas nicht gefallen lassen würde.

»Ich kann essen so viel ich will, ohne auch nur ein halbes Gramm zuzunehmen«, sagte Daphné. »Du wirst ja schon vom Nichtsessen dicker. Das liegt wahrscheinlich daran, dass du von Natur aus schon aufgeblasen bist!«

»Daphné, jetzt hör aber mal auf ...«, versuchte Sam zu vermitteln, doch Catherine unterbrach ihn.

»Nein, Sam, lass nur. Das ist doch nur Geschwätz von einer der vielen *Looser* hier auf dieser dämlichen Schule. Ihr seid selbst in Bestform nicht mal halb so gut wie wir.« Catherine war rot angelaufen.

Sam und Daphné ließen sie weiter toben.

»Heult nur gleich schön, wenn ihr eure Prüfung verloren habt. Wir werden ja sehen, ob ihr dann immer noch große Reden schwingt.«

Wütend griff Catherine nach ihrer Wassermelone und ging mit hoch erhobenem Kinn ohne einen weiteren Blick zu ihren Mitschülern. Sam und Daphné schauten ihr nach, sahen sich dann kurz an und brachen in Lachen aus.

»Himmel, die fühlt sich aber schnell auf die Zehen getreten«, meinte Sam.

»Genau«, sagte Daphné, »ein Scherz und sie rastet komplett aus. Aber so hatte ich mir das auch vorgestellt.«

»Du wusstest sofort, dass sie so arrogant ist?«, fragte Sam. »Aber warum hast du mir das denn nicht gesagt?«

»Ich war mir nicht sicher, ob du mir glauben würdest. Ich wollte, dass du mit eigenen Augen siehst, was sich hinter dem süßen Schnäuzchen versteckt. Sie wollte nur mit uns essen, um sich bei dir ein wenig einzuschleimen, damit du nachher weniger auf der Hut bist.«

»Na, das hat dann wohl nicht ganz geklappt«, sagte Sam und lachte. »Ich werde aufpassen wie ein Luchs!«

Sie aßen in aller Ruhe zu Ende und begaben sich dann zur ersten Prüfung des Nachmittags: Kartenspielen mit John Cole. Wollte die A-Klasse Catherine und ihre Leute noch schlagen, musste John diese Prüfung gewinnen.

John hatte Glück: Für den Casinotest war Poker ausgewählt worden, das Kartenspiel, dem sich Herr December am ausführlichsten gewidmet hatte. John Cole war der einzige dunkelhäutige Junge der Klasse. Meist trug er ein perlweißes Lächeln im Gesicht und das war jetzt nicht anders. Er schien die Spannung regelrecht zu genießen. Sam hoffte, dass er seinen Gegner Chandler Sterling damit verwirren würde. Der wirkte tatsächlich deutlich weniger relaxed. Sam wusste aus einem Gespräch mit Chandler, dass er eigentlich kein besonders guter Kartenspieler war. Der Rest seiner Klasse aber auch nicht und so war er noch die beste Wahl gewesen. Die A-Klasse konnte berechtigt auf einen Sieg für sich hoffen.

John und Chandler erhielten jeweils die Spielsumme von 50.000 Dollar und mussten das gesamte gegnerische Geld gewinnen, um zu siegen. Der Minimaleinsatz für ein Spiel betrug tausend Dollar und wenn ein Spieler den Einsatz erhöhen wollte, musste er mindestens diesen Betrag noch einmal drauflegen. Während der ersten Partien wurde erst mal mit dem Mindesteinsatz gespielt. Die beiden Spieler tasteten sich ein wenig ab. Hatte der andere bestimmte Ticks? Bluffte er oft? Ihre Blicke waren mehr aufeinander als auf die Karten gerichtet.

Alle warteten darauf, dass einer von ihnen ein großes Risiko einginge. Chandler war der Erste. Er hatte schon 10.000 Dollar verloren und wollte den Verlust wieder ausgleichen. In einem Versuch, John auszutricksen, setzte er auf einen Schlag 20.000 Dollar. John durchschaute seinen Bluff und ging mit. Als die Karten auf den Tisch gelegt wurden, erklang Jubel bei den Fans der Schule: John hatte zwei Paare, Zehner und Fünfer, während Chandler nur zwei Sechser hatte. John hatte jetzt schon 80.000 Dollar beisammen und Chandler nur noch 20.000.

Chandler schien durch diesen Verlust aus dem Konzept geraten zu sein und ging die nächsten Spiele ein wenig ruhiger an. Er bluffte nicht mehr, sondern setzte wohlüberlegt, wenn er gute Karten hatte. Auch John ging kein unnötiges Risiko ein und wartete geduldig auf seine Chance, das Spiel zu beenden. Chandler gewann so etwas Geld zurück und nach einer halben Stunde stand es 74.000 zu 26.000.

Im Publikum erklang Gemurmel. Sie sahen die Spieler lieber um höhere Beträge spielen, so ging es nicht voran. Sam war das egal. Nimm dir so viel Zeit wie du brauchst, John, dachte er, Hauptsache, du gewinnst.

Einige Runden später war es so weit. Entweder blufften sie oder sie hatten wirklich ein starkes Blatt, denn es wurde kräftig gesetzt. John hatte den Einsatz um 3.000 Dollar erhöht und Chandler hatte mit 5.000 darauf reagiert. So machten sie weiter, bis 20.000 von Chandler und 18.000 von John auf dem Tisch lagen. John erhöhte sehr geschickt auf 23.000, exakt den Betrag, den Chandler noch hatte. Der musste jetzt spekulieren. Er konnte passen und noch 5.000 Dollar zum Weiterspielen behalten, obwohl das sehr schwierig werden würde. Oder er konnte auf 23.000 Dollar mitgehen und gleich die Karten auf den Tisch legen lassen. Vielleicht hatte John ja geblufft und Chandler könnte 46.000 Dollar kassieren?

Sam sah kleine Schweißtropfen auf Chandlers Stirn. Vielleicht hatte er ja selbst geblufft und wagte es daher nicht, alles auf eine Karte zu setzen. Möglicherweise hatte er gehofft, sein Gegner würde nach einer Weile passen. Aber das hatte er nicht getan, John saß sehr entspannt da und hatte immer noch ein Lächeln auf den Lippen.

»Ich passe«, erklang es plötzlich aus dem Mund von Chandler. Er warf die Karten auf den Tisch: Er hatte zwei Buben, aber er hatte nicht geglaubt, dass es reichen würde, um John zu schlagen. Im Prinzip brauchte John nicht zu zeigen, welche Karten er in der Hand hatte – er hatte sowieso gewonnen –, aber er tat es trotzdem: eine Zwei, eine Sechs, eine Sieben, ein Bube und ein As. John hatte geblufft! Er hatte ein grottenschlechtes Blatt, aber dennoch gewonnen! Die Zuschauer klatschten und pfiffen. John lachte, wie üblich, und Chandler hätte sich vor den Kopf schlagen können.

Der Rest des Wettkampfs war schnell vorbei. Die beiden folgenden Spiele gewann John mit Leichtigkeit. Ein vollkommen frustrierter und demotivierter Chandler setzte 2.000 und 3.000 Dollar ein, ohne etwas in Händen zu haben, und verlor den Punkt an die *Spy School*. Jetzt stand es 4:4, die beiden letzten Prüfungen würden über Sieg oder Niederlage entscheiden.

Eine Stunde später saßen Daphné und ihr Konkurrent, Tibo M. Squad, mit je einer Riesenbombe vor der Nase im Innenhof. Neben den Bomben lagen ihre Werkzeuge: ein Schraubenzieher, eine kleine Säge, eine Schere und ein Hammer. Das musste reichen. Der Timer war klar und deutlich eingestellt: 2:00. Wenn sie die Bombe nicht innerhalb von zwei Minuten entschärfen konnten, würde sie explodieren.

Es hieß, Tibo habe schon einmal eine echte Bombe unschädlich gemacht. Bei einem Ausflug hatte er plötzlich eine Uhr in einem Getränkeautomaten entdeckt. An sich nicht so ungewöhnlich, könnte man denken, wenn die Uhr nicht rückwärts gezählt hätte. Zum Glück hatte er eine Viertelstunde Zeit gehabt und die Bombe in aller Ruhe herausnehmen können. Die Bombe selbst hatte nur einen einzigen Stromkreis und er hatte sich für die richtigen Drähte entschieden. Er würde also bei einem Spielchen mit einer Farbbombe nicht die Nerven verlieren.

»Seid ihr bereit?«, fragte Frau November, die die Prüfung überwachte. »Wer als Erster den Timer zum Stehen bringt, gewinnt. Wenn Ihnen zwei Minuten nicht reichen, dürfen Sie sich auf einen Ausflug mit diesen Herren freuen.«

Sie zeigte auf die Weißkittel, die sich wie bei der Entfesselungsprüfung dicht bei den Teilnehmern aufgestellt hatten. Daphné und Tibo nickten, sie waren bereit.

»Viel Erfolg«, wünschte ihnen Frau November, »Ihre Zeit läuft.«

Über einen Druckknopf, der mit den beiden Bomben verbunden war, aktivierte November die Timer. Mit schnellen und gut überlegten Handgriffen entfernten Daphné und Tibo die Hülle. Keiner der beiden wollte sich wie Richard damals im Unterricht hereinlegen lassen, weswegen sie auch den Timer freilegten. Aber dort lag das Problem nicht, das wäre zu einfach gewesen. Sam und die anderen Zuschauer machten große Augen. Die Bomben, die da auf dem Tisch lagen, sahen ungeheuer kompliziert aus. Die Drähte verliefen unter-, über- und durcheinander, die Bomben hatten mehr Drähte als ein Spinnennetz Fäden. Zwischen den Verbindungen blinkten Lämpchen in so vielen Farben, dass eine Diskothek vor Neid erblasst wäre.

In der ersten Minute studierte Daphné die Bombe ganz genau. Ihre Hände glitten über die Drähte, ohne etwas durchzuschneiden. Sie wollte sich erst ein Bild von allem machen, bevor sie mit der Entschärfung begann. Tibo hatte eine andere Technik: Er schnitt gleich darauf los. Er nahm einige Drähte in die Hand, inspizierte sie und knipste dann ein paar von ihnen durch. Sam war nicht sicher, ob sich diese Technik bewähren würde. Wie er Frau November kannte, hatte sie etliche Fallstricke eingebaut. Übereiltes Schneiden könnte eine Explosion zur Folge haben.

Nach einer Minute nahm auch Daphné ihre Schere zur Hand. Selbstsicher begann sie, einen Draht nach dem anderen durchzuschneiden und sie schien genau zu wissen, was sie tat. Sie achtete nicht darauf, was um sie herum geschah, als befände sie sich in einem schalldichten Glaskasten. Für sie zählte nur die Bombe, nicht die Sommerspiele oder Tibo oder der Punkt, den sie machen sollte. Auch alle Spannungen um Tommieboy und die Listen schien sie abgeschüttelt zu haben. Sam sah Novembers zufriedenes Lächeln. So hatte sie es

Daphné schließlich auch beigebracht. Die Entschärfung einer Bombe ist im Augenblick der Entschärfung das Wichtigste im Leben. Buchstäblich, denn eine einzige falsche Handlung konnte dieses Leben kosten.

Noch zwanzig Sekunden. Tibo hatte noch fünf Drähte übrig und hörte auf zu schneiden, um nachzudenken. Daphné hatte noch deutlich mehr, schnitt aber in hohem Tempo weiter. Sie wusste, welche Drähte sie kappen würde und zögerte nicht.

Fünfzehn Sekunden. Tibo hatte noch zwei weitere Drähte zerschnitten, aber der Timer lief noch immer. Er wischte sich den Schweiß von der Stirn. Jetzt musste er die richtige Entscheidung treffen. Der Zweifel stand ihm ins Gesicht geschrieben.

Zehn Sekunden, meldete der Timer. Auch Daphné hatte nur noch drei Drähte übrig. Sie hatte alles ausgetüftelt und brauchte nicht zu überlegen, ob sie Rot, Grün oder Blau nehmen sollte. Sie setzte die Schere an den blauen Draht und mit einer kräftigen Bewegung zerschnitt sie den Leiter.

Bumm!

Eine Rauchwolke verbreitete sich auf dem Innenhof, grüne Farbspritzer flogen in die Runde. Daphné schaute auf ihren Timer: Der war bei sieben Sekunden stehen geblieben. Danach sah sie zu ihrem Gegner. Tibo grinste säuerlich. Sein Gesicht war ganz grün. Während man ihn wegbrachte, bekam Daphné einen Riesenapplaus vom Publikum, das dafür aufgestanden war. Sie hatte ein Musterbeispiel an Kaltblütigkeit gezeigt, die komplizierte Bombe ruhig in Angriff genommen und doch schnell genug weitergearbeitet, um am Ende noch ein wenig Spielraum zu haben.

Frau November ging zu ihrer Schülerin und legte Daphné die Hand auf die Schulter. »Eine glänzende Leistung, Frau Wickman«, sagte sie. »Es gelingt nicht vielen Schülern, eine so komplizierte Bombe in so kurzer Zeit zu entschärfen. Selbst Experten haben manchmal noch Probleme damit. Sie haben den Punkt wirklich doppelt und dreifach verdient!«

November wandte sich an das Publikum.

»Für die A-Klasse und den ersten Jahrgang der CIA steht es 5 : 4«, rief sie, was mit begeistertem Klatschen und Johlen der Anhänger ihrer Schule begrüßt wurde.

Sam gratulierte Daphné. »Und du bist so ruhig geblieben! Ich habe dich keinen Augenblick zweifeln sehen!«, sagte er aufgeregt.

»Das sah nur so aus«, sagte Daphné heiser. Jetzt sah auch Sam, dass ihre Hände noch ein wenig zitterten.

»Ich glaube, ich bin noch nie so nervös gewesen.«

Sam legte ihr einen Arm um die Schultern. »Aber du hast es perfekt gemeistert. Die Bombe ist unschädlich gemacht und wir haben den Punkt. Komm, ich lade dich zu einem Eis ein.«

Sams Verfolgungsprüfung war die allerletzte der Sommerspiele. Die Klassen B, C und D hatten alle Prüfungen absolviert und die Ergebnisse waren bekannt. Die B- und D-Klasse hatten beide mit 4:6 knapp verloren. Die C-Klasse dagegen hatte die CIA-School mit 7:3 geschlagen.

Martin Wayne, der Schlaumeier der D-Klasse, kam auf Sam und Daphné zu. »Du bist Sam Smith, oder?«, fragte er.

Sam schaute auf. Er hielt sich eine Hand über die Augen, um sie vor der Sonne zu schützen. »Ja, warum?«

»Ich kam nur kurz vorbei, um zu sagen, dass die Prüfung, die du gleich ablegen musst, wichtiger ist, als du denkst.«

Wie das, wichtiger? Sam musste versuchen, den Sieg für seine Klasse zu holen. War das noch nicht wichtig genug?

»Die Sommerspiele sind nicht nur Wettkämpfe zwischen den einzelnen Klassen«, sagte Martin, der Sams verständnislosen Gesichtsausdruck sah, »sondern es wird auch ein Gesamtergebnis berechnet. Im Augenblick steht es 2:1 für die Amerikaner. Wenn du deine Prüfung gewinnst, steht es 2:2, wenn du verlierst, 2,5 zu 1,5. Kannst du mir folgen?«

Sam nickte: »Klar.«

»Also kann die *Spy School* maximal noch einen Gleichstand gegenüber der CIA erzielen?«, hakte Daphné nach.

»Zuerst einmal, ja«, sagte Martin, »aber: Bei einem 2:2 wird auf die Anzahl der individuell gewonnenen Prüfungen pro Schule geschaut. Und im Augenblick steht es noch zu unseren Gunsten: Von den 39 Prüfungen haben wir 20 und sie 19 bestanden. Wenn Sam gewinnt, stehen wir bei 21 und sie bei 19, und damit würde die *Spy School* die Sommerspiele gewinnen. Deswegen ist deine Prüfung so wichtig.«

Sam rieb sich die Schläfe. Er war so schon nervös genug gewesen und jetzt das noch! Aber auch Catherine wusste, was auf dem Spiel stand. Er hoffte, dass sie genauso gespannt wäre wie er, aber er bezweifelte es.

Unterdessen hatte sich Spyro 42 zu ihrer Bank gesellt.

»Genug geplaudert, die Herrschaften«, sagte er, »es wird Zeit, dass Sie sich für die Verfolgungsprüfung in den fünften Stock begeben. Der Rest Ihrer Klasse wartet dort schon auf den Hauptakteur.«

Sam und Daphné standen auf und folgten Spyro in den Aufzug.

»Sie wissen, was auf dem Spiel steht, Herr Smith?«, fragte Spyro, während der Aufzug nach unten fuhr.

»Ja, ja«, sagte Sam, »vielen Dank, dass Sie mich erneut darauf hinweisen. Jetzt bin ich ganz bestimmt nicht mehr nervös.«

»Ach, das wird schon«, sagte Spyro. »Die ganze Schule vertraut Ihnen. Ihre Mitschüler werden Ihnen helfen. Wie Sie wissen, ist Kollegialität eine wichtige Eigenschaft eines Geheimagenten.«

Die Türen öffneten sich und sie verließen den Aufzug. Die Mitschüler beider Parteien warteten schon ungeduldig. December erläuterte noch einmal kurz die Spielregeln.

»Herr Smith beginnt als Verfolgter. Er hat dreißig Minuten Zeit, sein Päckchen an der richtigen Adresse abzugeben, während er versucht, seinen Verfolger abzuschütteln, der herausfinden muss, wo es abgegeben wurde. Noch Fragen?«

Niemand hob die Hand.

»Gut, dann schlage ich vor, dass wir anfangen, das Publikum auf dem Innenhof wird ungeduldig. Sie dürfen sich über das Gelände verteilen.«

Neunzehn Schüler betraten das Viertel. Sam blieb bei December stehen. Er schaute zu den zahlreichen Kameras an der Decke. Er hatte schon vergessen, dass jede Bewegung genauestens von den Zuschauern verfolgt wurde, die sich vor dem großen Monitor versammelt hatten. December gab Sam einen Brief. Er öffnete ihn und las:

Jimmys Bar

Mehr stand da nicht. Dort sollte er also hin. Er wusste, wo das war und es passte gut zu dem Plan, den er im Kopf hatte. Während seiner Erkundungstour hatte er einige Dinge gesehen, die er prima nutzen konnte. Auch Daphné war darüber informiert, sie wusste, was zu tun war.

»Viel Erfolg, Herr Smith«, sagte December, »jetzt ist der Moment gekommen, in dem Sie all das Gute, was man über sie hört, bestätigen können.«

Er drückte seine Stoppuhr und reichte Sam ein braunes Päckchen. »Die Zeit läuft.«

Sam betrat die Straße. Es herrschte schaurige Stille. Während dieser Prüfung war es strengstens verboten zu sprechen.

Um die Aufmerksamkeit etwas abzulenken, bog Sam ein paar Mal willkürlich ab. Er wartete, bis er Catherine ausmachen konnte. Wenn er wusste, wo sie war, konnte er sie auch abhängen. Aus den Augenwinkeln sah er Daphné hinter sich auftauchen. Sie spazierte ganz gemütlich auf dem Fußweg. Auch sie würde ihn im Auge behalten.

Wo blieb Catherine? Hatte sie ihn noch nicht erspäht oder war sie wirklich so gut, dass er sie nicht entdecken konnte? Die Minuten krochen dahin. Er musste die Zeit gut im Blick behalten. Es wäre dumm, das Päckchen nach dreißig Minuten nicht einmal abgeliefert zu haben.

Noch zwanzig Minuten. Sam betrachtete das Schaufenster eines Lebensmittelhändlers. Er bewunderte die kleinen Details der Gestalter: Äpfel, Birnen, Tomaten, Kekse, Süßigkeiten, Wasser, Alkohol ... Alles wirkte echt. Plötzlich hatte er ihr Spiegelbild in der Scheibe. Er tat, als würde er die Auslage des Lebensmittelhändlers noch ein wenig länger betrachten, und spazierte dann weiter.

Catherine sah ganz anders aus. Sie hatte sich eine schwarze Kappe aufgesetzt und trug eine Brille, in der Hoffnung, er würde sie nicht sofort erkennen. Jetzt, da er wusste, wo sie war, konnte er seinen Plan ausführen. Er musste sich zwingen, nicht über die Schulter zu sehen. Noch ein paar Straßen bis zu Jimmys Bar. So lange würde er davon ausgehen, dass Catherine ihm auf dem Fuß folgte.

Er erreicht die Straße von Jimmys Bar. Er kannte sie in- und auswendig. Hier waren sie beim ersten Mal mit December auch gewesen. Er sah zu der Mutter hinüber, die mit ihrem Kind einkaufen ging, zu dem Ladeninhaber und dem Mann im langen Mantel. Durch die Mechanismen sahen die Puppen so aus, als würden sie wirklich leben. Auch Jill Roberts und Vera Wilson sah er. Aber seine Aufmerksamkeit galt vor allem den beiden Jungen, die gerade kleine Feuerwerkskörper in den Abfalleimer steckten. Sie hatten es auf einen Eimer direkt vor Jimmys Bar abgesehen. Und so wie die Techniker dafür gesorgt hatten, dass beim Lebensmittelhändler alles echt aussah, würden sie sich auch hier etwas haben einfallen lassen.

Er sah, wie einer der beiden Jungen in den Abfalleimer griff. Danach drehten sich beide um und pressten die Hände auf die Ohren. Das war sein Moment, jetzt konnte er Catherine abschütteln!

Sam ging zum Abfalleimer. Als er daran vorbeilief, knallte es laut. In der Straße verbreitete sich eine Rauchwolke, in der Sam vollkommen verschwand. Das war das Signal für Daphné, in Aktion zu treten. Eine Mülltonne mit sich reißend stolperte sie über die Bordsteinkante. Catherine hörte das Geräusch und schaute sich um.

Sam nutzte dieses Ablenkungsmanöver, schoss wie der Blitz in Jimmys Bar und legte das Päckchen unter die Theke. Hinter einem Vorhang versteckt wartete er, bis sich der Rauch wieder verzogen hatte. Er sah hinaus. Catherine stand vollkommen aufgelöst mitten auf der Straße. Sie hatte Sam aus den Augen verloren. Wie war das passiert? Sie drehte sich um und sah zu Daphné hinüber. Die rappelte sich auf, klopfte den Staub von der Kleidung und ging lächelnd weiter. Catherine warf erneut einen Blick in die Straße, in der Sam spurlos verschwunden war. Dann rannte sie los. Wahrscheinlich dachte sie, Sam sei in der allgemeinen Verwirrung schnell weitergegangen.

Sam sah ihr lächelnd hinterher. Er wartete, bis sie um die Ecke gebogen war, und verließ dann Jimmys Bar. Er schlenderte in die andere Richtung zurück. Sein Plan war aufgegangen, nun konnte ihnen nichts mehr geschehen. Selbst wenn Catherine ihn jetzt sah, würde sie doch nicht sagen können, wo das Päckchen lag.

Noch zehn Minuten. Er hatte sogar noch ein Drittel der Zeit übrig. Als er erneut beim Lebensmittelhändler vorbeispazierte, beschloss er, den Laden kurz zu betreten. Er fragte sich, ob alle Lebensmittel echt waren oder aus Plastik. Und im Augenblick hatte er sowieso nichts Besseres zu tun.

Sam hatte sich früher oft überlegt, wie es sich wohl anfühlen würde, wenn man wie gelähmt wäre. Als ihm im Laden von hinten eine Hand auf den Mund gepresst wurde, wusste er es. Es geschah so unerwartet, dass ihm nicht in den Sinn kam, sich zu wehren. Die Hand wäre nicht einmal notwendig gewesen, er hätte auch so keinen Ton herausgebracht.

Allerlei Gedanken spukten durch Sams Kopf. Ein Mitschüler von Catherine wollte wissen, wo das Päckchen lag und so den Punkt für ihre Schule einheimsen. Oder Frankie und Dennis waren in die *Spy School* eingedrungen, um ihn zu entführen, weil er zu viel wusste. Es gab nur eine Möglichkeit, das in Erfahrung zu bringen. Sam bekam wieder Gefühl in Arme und Beine und riss sich los.

Er drehte sich um und schaute in das Gesicht seines Angreifers: Es war December.

19

Der Anschlag

December legte den Finger auf die Lippen. Er ging hinter die Ladentheke und griff nach einer Flasche Wodka. Mit leisem Summen schob sich die Theke zur Seite und im Boden wurde eine Luke sichtbar. December öffnete sie und Sam sah, dass sie den Zugang zu einer Treppe freigab. December bedeutete ihm, hinabzusteigen.

Sam fragte sich, was das alles zu bedeuten hatte. Warum musste December ihn so furchtbar erschrecken? Wenn er ihn so dringend brauchte, hätte er sich doch einfach an ihn wenden können? Er sah seinen Lehrer fragend an. Der bedeutete ihm, er möge sich gedulden.

December führte Sam durch einige Gänge zu einer anderen Treppe. Sam schätzte, dass sie ungefähr zwei Stockwerke nach oben gingen. Dort blieb December plötzlich vor einer Wand stehen und betätigte einen Schalter. Vielleicht wollte er mehr sehen, denn es war ziemlich dunkel. Aber als tatsächlich mehr Licht in den Gang fiel, lag das nicht an einer Lampe, sondern an einer Wand, die sich plötzlich öffnete.

Sie betraten einen hell erleuchteten Saal. Sam blinzelte. Seine Augen mussten sich erst an die Helligkeit gewöhnen. Er erkannte sofort, wo sie sich befanden: im Krankensaal. Er schaute sich um. Die Öffnung, durch die sie gekommen waren, war von dieser Seite ein Schrank, in dem alle Decken und Laken aufbewahrt wurden. Der Schrank stand bereits wieder auf seinem Platz. Nichts ließ vermuten, dass dahinter ein ganzes Netzwerk von Geheimgängen lag.

December wandte sich an Sam. »Sie werden sich fragen, weshalb ich Sie so unerwartet entführt habe?«

»Nun«, fuhr December fort, »Jason ist wieder ganz der Alte und hat wichtige und sehr dringende Neuigkeiten. Wir dürfen keine Zeit verlieren, denn davon kann das Leben eines Menschen abhängen. Saubere Arbeit übrigens, Ihre Verfolgungsprüfung, wenn ich das noch kurz erwähnen darf. Sie hatten offensichtlich schnell gemerkt, wo sich Ihre Verfolgerin aufhielt?«

»Ziemlich schnell, ja. Ich sah ihr Spiegelbild in einem Schaufenster«, sagte Sam.

»Sehr gut, aber ich hatte nichts anderes von Ihnen erwartet. Doch jetzt zur Sache. Jason liegt in einem Zimmer hier nebenan, lassen Sie uns zu ihm gehen, wir haben nun doch schon einige Sekunden verspielt.«

Jasons Gesicht hellte sich auf, als sein Vater und Sam das Zimmer betraten. Er lag schon seit zwei Tagen in diesem kleinen Raum, ohne viele Leute zu Gesicht bekommen zu haben. Dem Bücherstapel neben seinem Bett nach hatte er sich die Zeit mit Lesen vertrieben. Seine Mitschüler hatten ihn zwar am Abend zuvor besucht, um ihm alles über die Sommerspiele zu erzählen, aber sie wussten nicht, was wirklich mit Jason passiert war. Sie dachten, er sei einfach lange krank gewesen. Er konnte seine Erfahrungen nicht mit ihnen teilen.

December ging zu seinem Sohn und gab ihm einen Kuss auf den Kopf. »So, Junge, und jetzt erzähl mal, was du bei diesen Kidnappern gehört hast.«

»Hallo, Sam«, sagte Jason. Sam sah die Dankbarkeit in seinen Augen und auch er freute sich, Jason wiederzusehen. Einer Gangsterbande gemeinsam die Stirn zu bieten, schuf nun einmal ein gewisses Band. Jason begann zu erzählen.

»Die Gangster haben mich immer gut versorgt. Ich bekam ausreichend zu essen, ich durfte fernsehen und auf dem Computer spielen. Irgendwann habe ich um ein Buch gebeten und sie haben mir gleich ein paar gekauft.«

Jason betätigte einen Schalter neben seinem Bett, wodurch sich das Kopfende ein wenig hob. Er setzte sich aufrechter hin und erzählte weiter. »Anfangs wollte ich nichts mit ihnen zu tun haben. Ich zog mir das Kissen über den Kopf, wenn ich sie reden und lachen hörte. Aber so nach und nach dachte ich wieder wie ein Angehöriger der Schule und versuchte, sie zu belauschen.«

»Ich hörte, wie Frankie oder Dennis ihren Boss regelmäßig fragten, wann der *Big Day* endlich anbreche. Aber ihr Boss weigerte sich, dazu etwas zu sagen.

Diesen Boss und die Frau habe ich übrigens nie gesehen. Sie ließen immer ihre Handlanger für mich sorgen.«

Sam unterbrach ihn, »Ich habe den Boss gesehen«, sagte er zu December und Jason, »ich weiß sogar, wie er heißt ...«

»Tommieboy«, unterbrach December seinerseits Sam. »Das habe ich noch über das Mikro hören können, Herr Smith. Sein richtiger Name ist Tom Hops. Unangenehmer Kerl, wurde schon vor seinem achtzehnten Lebensjahr für kleinere Delikte wie Autodiebstahl und Einbruch verurteilt. Seither haben wir ihn bei nichts mehr erwischen können. Aalglatt, der Typ. Wir wissen, dass er ständig mit dunklen Geschäften zugange ist, aber unsere Beweise reichen nie aus.«

»Die Drecksarbeit lässt er vermutlich andere für sich erledigen«, sagte Sam.

»Genau, er sorgt immer dafür, dass er selbst ein perfektes Alibi hat. Er weiß, dass wir ihm nichts anhaben können.«

December seufzte und schaute zu Boden.

»Aber Tommieboy ist nicht der Kopf hinter dieser Entführung«, sagte Sam. »Es gibt noch einen großen Boss, ich habe ihn eindeutig darüber reden hören.«

»Ich auch«, bestätigte Jason. »Frankie fragte Tommieboy oft, wann sie denn nun endlich die Sache für den großen Boss regeln würden. Meistens fing er sich gleich eine ein, wenn er diese Frage stellte.«

Sam grinste.

»Tommieboy spielt in dieser Angelegenheit nur eine Mittlerrolle«, sagte December. »Die Frage ist nur: Für wen?«

Darüber konnten sie vorläufig nur spekulieren. Tommieboy war clever genug gewesen, seinen Handlangern den Namen seines Auftraggebers zu verschweigen. Sie hätten ihn Jason oder Sam mit mindestens so großer Wahrscheinlichkeit erzählt, wie im Herbst die Blätter von den Bäumen fielen.

»Haben Sie irgendeine Idee, wer die Frau sein könnte?«, fragte Sam.

»Ich tippe auf Emma Block«, antwortete December. »Sie ist schon seit Jahren an Tommieboys Seite zu finden und verschafft ihm regelmäßig Alibis. Bislang hatte sie selbst allerdings nicht viel mit seinen Machenschaften zu tun. Aber jetzt brauchte er offenbar jemanden, auf den er sich verlassen konnte.«

Die drei schwiegen eine Weile, während jeder für sich versuchte, die Puzzleteile zusammenzusetzen. So richtig viele Informationen hatten sie nicht, das meiste war ihnen schon vor Jasons Freilassung bekannt gewesen. Durch Jason wussten sie jedoch, dass es den Gaunern um einen bestimmten Tag ging und dass sie die Listen in erster Linie brauchten, um eine bestimmte Aktion durchzuführen.

Sam versuchte, verschiedene Möglichkeiten zu durchdenken. Ein Banküberfall? Ein Autodiebstahl, ein Einbruch, Drogen, ein Mordanschlag, Waffenhandel? Ihm fiel nichts ein, was mit Daten der Schule zu tun haben könnte.

Er stellte sich Tommieboy auf einem Dach liegend vor, ein Gewehr im Anschlag, ein Auge zugekniffen, auf sein Opfer wartend, von dem er ein Foto neben sich liegen hatte.

Moment mal ... ein Foto ... Vielleicht...

»Bin gleich wieder da«, murmelte Sam. Er stand auf und flitzte mit Lichtgeschwindigkeit aus dem Zimmer. Jason und December sahen ihm erstaunt hinterher. Sam rannte zum Aufzug, wartete ungeduldig, bis er im vierten Stock angelangt war, und stürmte in sein Zimmer.

Wie hatte er das nur vergessen können? Über einen Monat hatte er es in seiner Hosentasche gehabt, aber schlichtweg nicht mehr daran gedacht. Vielleicht war es das fehlende Puzzleteil – vielleicht aber auch nicht, er würde es gleich erfahren. Er öffnete seinen Schrank und suchte nach der Hose, die er an dem Tag getragen hatte, als er zur King James Street gegangen war. Sie war unterdessen schon einmal gewaschen worden, aber er hoffte, dass es noch darin wäre.

Er tastete die Tasche ab und nahm das Foto heraus, das er im Haus aufgehoben hatte. Obwohl es beschädigt war, gab es keinen Zweifel, wer darauf abgebildet war. Also vielleicht doch ein Mordanschlag und seine Vorstellung von Tommieboy auf dem Dach war gar nicht so abwegig!

Er eilte aus seinem Zimmer und rannte Daphné vor der Tür fast um.

»Sam, wo warst du denn auf einmal?«, fragte sie.

Sam konnte an ihrem Gesicht ablesen, dass sie sich Sorgen gemacht hatte. Und sie war sauer, denn wenn etwas los war, wollte sie dabei sein.

»Du hast den ersten Teil der Verfolgungsprüfung gewonnen, aber gleich musst du auch noch den zweiten Teil ablegen. Catherine Beech ist schon ganz heiß auf ihre Revanche!«

Sam musste noch kurz verschnaufen. »Mal eben keine Fragen stellen, Daphné. Komm mit, ich erkläre es dir unterwegs. Wir müssen so schnell wie möglich zurück zu December und Jason.«

»December? Jason? Aber ...«

»Unterwegs, Daphné, unterwegs.«

»Tommieboy will also die Königin ermorden!«, rief December aus, als Sam ihm das Foto gegeben und ihm erzählt hatte, wo er es gefunden hatte. »Aber wozu brauchen sie dann die Listen? Und wann werden sie zuschlagen?«

Verzweifelt hob er die Hände. Sie waren in etwas Großes verwickelt worden. Das hier war keine einfache Entführung gewesen, das Leben ihrer Königin stand auf dem Spiel! Aber wo, wann und wie? Eine drückende Stille hing im Raum. Ihre Gehirne arbeiteten auf Hochtouren.

»Ähem«, räusperte sich Daphné. »Ich glaube, ich habe eine Idee.«

In einer Hand hielt sie das Foto, das sie aufmerksam anschaute und mit der anderen drehte sie Locken in ihre schwarzen Haare.

»Wenn ich mich richtig erinnere, hat uns Frau September irgendwann einmal etwas über einen ›Festumzugauftrag‹ für die Schüler der D-Klasse erzählt. Die beiden besten Schüler sollten als Bodyguards für den jährlichen Festzug der Königin engagiert werden.«

Sam wusste, worauf sie hinaus wollte, aber er ließ sie erst aussprechen. Auch December und Jason war ein Licht aufgegangen, wie er sehen konnte.

»Wenn die Gangster wissen, wer alles in der D-Klasse ist, können sie die *Spy School* im Auge behalten und schauen, wer die Rolle der Bodyguards übernehmen wird. Die Frage ist nur, was sie dann mit ihnen machen.«

»Vermutlich entführen und ihren Platz einnehmen«, beantwortete Sam Daphnés Frage. »So kommen die Gangster in den Besitz der notwendigen Ausweise und werden sich unbemerkt zu den anderen Bodyguards gesellen können.«

»Aber die werden doch merken, dass es keine Schüler unserer Schule sind, oder?«, fragte Jason.

»Sie werden keinen Argwohn hegen, weil sie die Schüler unserer Schule nie gesehen haben«, antwortete Sam. »Sie wissen nicht, wen sie erwarten, und wenn dann zwei Leute mit den richtigen Ausweisen auftauchen und sagen, die *Spy School* habe sie geschickt ...«

»... dann werden sie das auch glauben«, ergänzte December. »Und dann ist es für sie ein Kinderspiel, bis zur Königin zu gelangen und sie umzubringen. Meine Dame, meine Herren, die Situation ist sehr ernst, aber das wissen Sie selbst.«

Auf der Suche nach einer Lösung ging December rastlos im Krankensaal auf und ab. Nach einer Minute hielt er inne und wandte sich an Daphné, Sam und Jason.

»Ich glaube, es wird das Beste sein, Herrn Summer einzuweihen. Jason ist wieder sicher in der Schule, das ist das Wichtigste. Es kann mich den Kopf kosten, wenn Summer weiß, was ich getan habe, aber die Sicherheit der Königin geht vor.«

Summer blieb erstaunlich ruhig, als ihm December die Ereignisse der vergangenen Wochen unterbreitete. Sam hatte auch nichts anderes erwartet.

Summer konnte seine Emotionen wie kein anderer unter Kontrolle halten. Selbst wenn die gesamte Schule vor seinen Augen in die Luft flöge, würde er höchstens die Augenbrauen heben und *wie außerordentlich ärgerlich* murmeln.

»Ich muss sagen, mir schwante bereits, dass hier irgendetwas nicht stimmte, aber mir war nicht klar, was. Sams Verhalten war, milde ausgedrückt, höchst befremdlich zu nennen. Wenn Sie nach der Entführung gleich zu mir gekommen wären, hätten wir diese Sache gemeinsam lösen können. Aber nun gut, Geschehenes lässt sich nicht ungeschehen machen.«

December verteidigte sich. »Sie vergessen, dass wir es hier nicht mit Amateuren zu tun haben. Hätte ich Sie eingeweiht, hätte ich Jason vielleicht nie wieder gesehen.«

»Wie ich schon sagte, was geschehen ist, ist geschehen«, sagte Summer mit eisiger Ruhe. Er hatte nicht vor, sich auf eine Diskussion mit seinem Kollegen einzulassen. »Kümmern wir uns zunächst um die vordringlichsten Dinge. Sie meinen also, die Entführer werden den Platz der beiden Schüler unserer Schule einnehmen und einen Anschlag auf die Königin verüben.«

»Stimmt«, brummte December.

»Und diese Parade der Königin, wann ist die noch mal?«

Niemand wusste es. »Auf jeden Fall bald«, sagte Sam. »So stand es doch vor ein paar Wochen in der Zeitung?«

»Ich schaue schnell im Internet nach« sagte Summer. »Dann wissen wir es gleich genau und können einen Plan erstellen, um die Kidnapper in die Falle zu locken.«

Er hatte es kaum eingetippt, als er auch schon erbleichte.

»Oh mein Gott«, murmelte er, »die Parade ist heute ... Unsere Jungs sind schon weg!«

Blitzschnell griff er nach dem Telefon und drückte eine Kurzwahltaste. Sam und die anderen schauten sich an. Die Situation wurde immer komplizierter.

»Guten Tag, hier spricht Summer«, sprach Summer in den Hörer. »Wir haben einen Notfall. Können Sie so schnell wie möglich am Eingang bereitstehen? ... Was? Ja .... Nein, ich erkläre es Ihnen nachher, wir dürfen wirklich keinen Augenblick verlieren ... Gut, bis gleich.«

Summer legte auf, nahm dann erneut den Hörer in die Hand und führte dasselbe Gespräch noch einmal, jetzt mit einer anderen Person. Danach legte er wieder auf und wandte sich an December.

»Gehen Sie schleunigst zum Eingang. Wir brechen sofort auf. Herr Smith und Herr Davids, Sie müssen auch mit, weil Sie die Entführer erkennen können.«

Daphné bohrte Sam den Finger in den Rücken.

»Au!«, rief Sam.

»Ja, Herr Smith, war noch etwas? Es ist Ihnen doch wohl klar, dass Zeit in diesem Augenblick kostbarer ist als alles Gold von Fort Knox?«

Sam hatte Daphnés Hinweis sehr wohl begriffen.

»Äh ... ich möchte gern, dass Daphné auch dabei ist, Herr Summer. Sie ist über alles informiert und kann eine praktische Hilfe sein.«

»Solange Sie dafür sorgen, dass Sie innerhalb von drei Sekunden mein Büro verlassen haben, dürfen Sie meinetwegen den ganzen Londoner Zoo mitnehmen!«, sagte Summer, der sich Mühe geben musste, seine

Stimme nicht zu erheben. »Hier steht ein Leben auf dem Spiel, Herr Smith, und nicht nur irgendeines, also machen Sie, dass sie loskommen! Herr December und ich folgen Ihnen augenblicklich.«

Sam, Daphné und Jason sprinteten aus dem Büro. Auf dem Weg zum Aufzug stoppte Sam vor dem Klassenraum von Herrn January.

»Wartet einen Augenblick«, sagte er zu den beiden anderen und drückte die Klinke herunter. Die Tür war nicht verschlossen. Drinnen ging er zu den Schränken und zog an einer Schranktür. Auch die war unverschlossen. Zum Glück war Herr January so ein zerstreuter Professor, die meisten Lehrer sperrten nach dem Unterricht alles ab.

Sam nahm sich, was er brauchte, schloss die Schränke und verließ die Klasse. Daphné und Jason warteten ungeduldig.

»Was hattest du denn dort zu suchen?«, fragte Jason. »Wir sollten doch so schnell wie möglich zum Eingang, weiß du noch? Unterwegs in Klassenräume einbrechen ist nicht gerade *so schnell wie möglich.*«

»Ich hatte so ein Gefühl, als müsste ich es tun«, antwortete Sam, »und jetzt trödelt nicht so, ihr wisst, dass unsere Lehrer Zuspätkommen hassen!«

Er konnte Daphnés Klaps gerade noch ausweichen.

Am Eingang warteten außer December und Summer auch Spring und Autumn auf sie. Mit ihnen hatte Summer also telefoniert. Portman schaute kurz auf, als er die siebenköpfige Gesellschaft an sich vorbeirennen sah, konzentrierte sich jedoch schnell wieder auf die Sportseiten seiner Zeitung.

Draußen sprangen sie in zwei bereitstehende graue Mercedeslimousinen und preschten davon. Sam, Daphné und Jason saßen auf der Rückbank bei Summer und Spring. December und Autumn fuhren vor ihnen. Sam drückte kurz Daphnés Hand, um seine Spannung ein wenig abzubauen. Daphné erwiderte den Druck. Vorläufig konnten sie nur hoffen, dass Tommieboy und sein Trupp noch nicht zugeschlagen hatten.

20

Bonnie & Clyde

In den Straßen Londons drängte sich eine riesige Menschenmenge. Jung und Alt wollte einen Blick auf die Königin erhaschen, ihr Glückwünsche zum Geburtstag zurufen, winken und hoffen, dass sie zurückwinkte.

Sehr langsam bahnten die Agenten sich einen Weg durch das Menschenmeer. Eine Steinmauer zur Seite zu schieben, wäre leichter gewesen. Die Zuschauer mochten es nicht, abgedrängt zu werden, und beharrten störrisch auf ihrem Platz. Autumn und Summer wechselten einen kurzen Blick. Autumn nickte und beide zogen eine Polizeimarke heraus. Keine echte natürlich, denn sie waren keine normalen Polizisten, aber das würde niemandem auffallen. Für das Labor der Schule war es ein Leichtes, solche Dinge herzustellen.

»Aus dem Weg, Leute!«, rief Autumn. »Polizei! Machen Sie den Weg frei!«

Es war keine Zeit mehr für Höflichkeiten. Autumn und Summer schoben die Leute unsanft zur Seite, damit sie vorankamen. Autumn redete auf sie ein.

»Kommen Sie, mein Herr, treten Sie doch bitte zur Seite! Gut, vielen Dank ... Sie auch, meine Dame! Sie möchten doch nicht, dass ich Sie verhafte, weil Sie so trödeln und im Weg stehen? Nein? Dann bitte ich Sie freundlichst, sofort Platz zu machen.«

Nach viel Durchzwängen, Schubsen und Klettern gelang es der Gruppe, die Straße zu erreichen, durch die der Zug kommen würde. December sprach einen Polizisten an.

»Wo ist der Wagen der Königin?«, fragte er.

Der Polizist sah auf seine Uhr. »Der müsste in etwa zehn Minuten hier sein. Aber darf ich Sie fragen, was Sie hier auf der Straße machen und Sie höflich bitten, sich wieder hinter die Absperrung zu begeben?«

»Nein, das dürfen Sie nicht«, mischte Autumn sich ein.

»Warten Sie hier nur brav auf den Festzug und versuchen Sie, die Zuschauer ein wenig unter Kontrolle zu halten.«

Wie ein perfekter Taschenspieler zauberte er einen neuen Ausweis – diesmal einen der Kriminalpolizei – hervor.

»Sie machen Ihre Arbeit und wir die unsere, einverstanden? Sonst müsste ich Ihren Vorgesetzten darüber informieren, dass Sie unsere Arbeit behindert haben.«

Der Mann ging auf Nummer sicher und ließ sie gewähren. Seinem Gesichtsausdruck zufolge fragte er sich zwar, was zum Himmel drei Kinder bei der Kriminalpolizei machten, doch er schwieg wohlweislich.

Sie rannten dem Festzug entgegen. Nach fünf Minuten hielten sie an und stellten sich an den Straßenrand.

December, Autumn und Jason auf einer Seite, Summer, Spring mit Sam und Daphné auf der anderen Seite. Diesen Plan hatten sie im Auto geschmiedet und er war ebenso schlicht wie wirksam: Wenn der Festzug vorbeikam, würden Sam und Jason ihnen die Ganoven zeigen, sofern sie diese erkannten, woraufhin sich der Rest in Bewegung setzen würde, um sie zu überwältigen.

Sie gingen davon aus, dass Frankie, Dennis oder Tommieboy den Auftrag ausführen würden. Die Frau konnte es nicht sein, denn die beiden Schüler, die ihre Schule vertreten sollten, waren männlich.

Dem Jubel nach zu urteilen, war die Königin nicht mehr weit entfernt. Sams Nerven waren zum Zerreißen gespannt. Er verbarg sich ein wenig hinter Summer, damit die Kidnapper ihn nicht erkannten, vielleicht in Panik gerieten und schneller als geplant zuschlagen würden.

Erst kamen einige Polizisten auf Motorrädern um die Ecke. In ihrem Kielwasser folgten weitere Polizisten zu Fuß und dahinter fuhr das Auto. Es war ein offener Wagen, und die Königin warf der Menge von der Rückbank aus Kusshändchen zu. Neben dem Wagen gingen die Bodyguards. Sie schauten sich ständig spähend um, wie Löwinnen, die ihre Jungen schützen.

Sam erkannte sie sofort. Rechts hinter dem Wagen ging Frankie und links Dennis, die sich beide scheu umsahen und auf eine günstige Gelegenheit zum Zuschlagen warteten. Er warf einen Blick zur anderen Seite hinüber und sah, dass auch Jason seinem Vater und Autumn eifrige Zeichen gab. Er zupfte Spring am Ärmel.

»Dort! Da sind Frankie und Dennis! Rechts und links hinter dem Wagen!«, flüsterte Sam.

Spring stieß Summer an und zeigte zum Wagen hinüber. Summer suchte Autumns Blick. Der nickte ihm zu. Sie brauchten keine Worte, sie wussten, was sie zu tun hatten. Sam sah zu Daphné. Auch sie war ungeheuer angespannt.

Der Zug kam näher, die Motorradfahrer waren nun fast auf gleicher Höhe mit ihnen. Sam war so konzentriert, dass er wirklich alle Geräusche wahrnahm. Das war seiner Vorbereitung für die Sommerspiele zu verdanken. Er konnte eine Maus fiepen hören, während über ihm ein Flugzeug durchstartete. Nicht einmal in einem Augenblick wie diesem konnte er es lassen, die Gespräche der Zuschauer zu belauschen.

»Schau doch nur! Wie schön sie aussieht!«

»Papi, darf ich auch einmal auf deinen Schultern sitzen? Ich sehe nichts!«

»So viele Polizisten, ist das denn wirklich notwendig?«

»Gleich, Liebchen, erst ist dein Bruder an der Reihe.«

»Ich habe dir doch gesagt, dass es funktionieren würde! Und jetzt halt mal die Klappe, wie oft soll ich es dir noch sagen? Ich entscheide, und sonst keiner, kapiert?«

Sam erstarrte zur Salzsäule. Einige Sekunden steckte kein Funken Leben mehr in seinen Gliedmaßen. Diese Stimme! Er würde sie aus Millionen erkennen.

Der Wagen mit der Königin kam vorbei. Autumn und seine Leute setzten sich blitzschnell in Bewegung. Summer und Spring ergriffen Frankie, drehten ihm die Arme auf den Rücken und warfen ihn zu Boden. December und Autumn machten dasselbe mit Dennis. Auch die Bodyguards der Königin ließen nicht lange auf sich warten. Sie dachten noch immer, Frankie und Dennis seien Schüler der Schule und nahmen natürlich an, man wolle einen Anschlag auf sie verüben. Sie zogen ihre Pistolen und richteten sie auf die beiden Gruppen.

Ein böser Blick von Autumn reichte aus, und sie steckten die Waffen weg. Als Bodyguards der Königin hatten sie natürlich einst die *Spy School* besucht und erkannten ihren Präsidenten-Generaldirektor Autumn.

»Was steht ihr hier herum?«, fuhr er die Leibwächter an. »Haben wir euch das vielleicht so beigebracht? Los, nehmt diese Ganoven fest, es sind die Gangster, die den Platz unserer Jungs eingenommen haben.«

Mehr brauchten die Bodyguards nicht, um sich in Bewegung zu setzen. Sie übernahmen Frankie und Dennis und legten ihnen Handschellen an, während sie sich fragten, wie es sein konnte, dass zwei Ganoven so dicht an die Königin herangekommen waren.

Daphné und Jason sahen erleichtert zu. Der Anschlag war vereitelt worden und die Attentäter waren geschnappt. Jetzt konnte allmählich wieder Ruhe einkehren in der Schule.

»Bin ich froh, dass das vorbei ist! Du nicht, Sam?«

Es blieb still hinter ihrem Rücken. Daphné sah, wie Frankie und Dennis abgeführt wurden und wie Summer und December den Bodyguards erklärten, was genau geschehen war. Dass December die Listen an die Kidnapper weitergeleitet hatte, würden sie wohlweislich verschweigen. Das Image der Schule war wichtig und schließlich war ja alles gut gegangen.

»Ich sagte: Ich bin froh, dass das alles vorbei ist, nicht wahr, Sam?«, wiederholte Daphné.

Wieder kam keine Antwort und Daphné drehte sich um. Sie stöhnte. Sam war verschwunden!

Tommieboy und Emma Block entfernten sich gut gelaunt und gelassen plaudernd von der Parade.

»Teil eins unseres Plans ist schon gelungen, jetzt hängt es von uns ab«, sagte Tommieboy.

»Tatsächlich«, sagte Emma, »anfangs hatte ich zugegebenermaßen nicht allzu viel Vertrauen, aber dein Plan ist aufgegangen. Nach der Verhaftung dieser beiden Hohlköpfe werden sie wohl immer noch davon ausgehen, dass wir die Königin ermorden wollten. Sie werden all ihre Aufmerksamkeit darauf richten und wir können ungestört unseren Auftrag erfüllen.«

Tommieboy legte ihr einen Arm um die Schulter und küsste sie auf die Wange. »Genauso ist es. Bin ich genial oder bin ich genial?«

Das Pärchen hielt bei einem kleinen roten Sportwagen.

»Ja, ja, du bist genial. Wer fährt, du oder ich?«

»Fahr du, ich muss meine Arme schonen«, antwortete Tommieboy.

Emma seufzte. »Schon gut, du Schwächling, ich will ja nicht, dass sich mein kleiner Tommieboy überanstrengt!«

Versteckt hinter einer Telefonzelle sah Sam zu, wie die beiden Kidnapper in ihr Auto stiegen. Was meinten sie mit »unseren Auftrag«? War der Anschlag auf die Königin denn nicht ihr Auftrag gewesen? Es gab nur eine einzige Möglichkeit, das herauszufinden: Er würde ihnen folgen müssen. Die anderen warnen konnte er nicht mehr, das Auto setzte sich bereits in Bewegung.

Sam bückte sich und drückte auf die Lasche. Sekunden später nahm er die Verfolgung des Wagens mit dem Multishoe 20 auf, den er aus dem Klassenraum von Herrn January hatte.

January hatte nicht gelogen, als er behauptet hatte, der Multishoe könne sehr hohe Geschwindigkeiten erreichen. Sam schoss wie eine Rakete durch die Straßen. Eine Dame, die ihren Hund ausführte, musste zur Seite springen, um nicht umgemäht zu werden und fiel prompt mitten in den Haufen, den ihr kleiner Kläffer soeben abgelegt hatte.

»Zum Donnerwetter, kannst du nicht aufpassen?«, hörte Sam sie noch zetern, aber er beachtete sie nicht. Er musste das rote Auto im Auge behalten, und das war schon schwierig genug. Emma fuhr ziemlich rasant und Sam hatte den Multishoe zum ersten Mal an den Füßen. Er raste dem Sportwagen im Zickzack zwischen den Fußgängern hinterher.

Plötzlich wurde der Wagen langsamer. Sam aber nicht. Wie hielt man die Dinger eigentlich an? Das hatte Herr January vergessen zu erklären! Emma parkte den Wagen am Straßenrand und Sam schoss daran vorbei.

»Aus dem Weg!«, rief er einem Mann zu, der einen Kinderwagen schob. Gerade noch rechtzeitig. Sam bückte sich und versuchte, erneut auf die Knöpfe an der Schuhlasche zu drücken. Das war alles andere als leicht, denn gleichzeitig musste er auch noch vor sich schauen.

Klick. Uff, er hatte den Schalter gefunden. Die Rollen wurden wieder eingezogen und Sam rutschte jetzt auf den Schuhsohlen weiter. Aber Sohlen sind deutlich ungeeigneter als Rollen, musste Sam feststellen. Wenig später kullerte er über die harten Steine des Trottoirs.

»Alles in Ordnung?«

Zwei elegante Frauen Mitte dreißig beugten sich über ihn. Sie trugen Kostüme und hatten jede Menge Einkaufstüten in der Hand. Mit vereinten Kräften halfen sie Sam auf.

»Oh weh«, sagte die eine, »du blutest. Hast du Schmerzen?«

Sam betrachtete seine Arme und Beine. Seine Hände und Ellbogen hatten Abschürfungen und auf Höhe seiner Knie war ein Loch in der Hose.

»Es geht schon«, sagte Sam zu den besorgten Frauen. »Vielen Dank für die Hilfe, aber nun muss ich weiter.«

Er spähte die Straße hinunter und sah gerade noch, wie Tommieboy ein Gebäude betrat.

»Solltest du das nicht lieber erst behandeln lassen?«, fragte die andere Frau. »Ich kenne einen Arzt ganz in der Nähe.«

Aber Sam gab keine Antwort mehr und sprintete zu dem Gebäude. Vorsichtig drückte er gegen die Tür. Er hatte Glück, sie war offen und er landete in einem dunklen Gang. Weit über sich hörte er den Klang von Schritten auf der Treppe. Tommieboy und Emma schienen aufs Dach zu wollen.

Sam schlich möglichst leise die alte Holztreppe hinauf, die bei jedem Schritt höllisch knarrte. Hoffentlich hörten die beiden da oben nichts! Er verspürte ein Stechen an Händen und Armen. Richtig, die Schürfwunden! Sam verbiss sich die Schmerzen und näherte sich dem obersten Stockwerk. Die Treppen kamen ihm endlos vor, seinem Gefühl nach hatte er schon tausend Stufen erklommen. Endlich sah er über sich einen Lichtstreifen. Jetzt musste er doppelt vorsichtig sein. Er durfte sich nicht erwischen lassen.

Die Tür zum Dach stand einen Spalt offen und Sam spähte hindurch. Draußen stand Tommieboy mit einem Geigenkoffer in der Hand. War das sein Auftrag? Er wollte der Königin doch nicht mit einem Ständchen aufwarten? Hier stimmte etwas nicht. Und es war auch noch so einiges andere nicht in Ordnung. Wo war die Frau? Eine Hand, die sich plötzlich um seine Kehle legte und ihm den Atem nahm, beantwortete seine Frage. Zum zweiten Mal an diesem Tag ließ er sich überrumpeln. Allmählich gewöhnte er sich daran!

»Ich habe doch gesagt, ich habe etwas gehört!«

Emma schubste Sam unsanft auf das Dach hinaus. Tommieboy drehte sich um und machte ein erstauntes Gesicht, als er ihren Besucher erkannte.

»Schau an, das hast du wirklich ausgezeichnet gemacht, mein Täubchen. Du hast mich wohl vermisst, Philip Collins, oder soll ich lieber Sam Smith sagen?« Tommieboy grinste und öffnete den Geigenkoffer. Wie Sam schon erwartete hatte, kam keine Geige zum Vorschein, sondern ein Gewehr. Oder zumindest Teile eines Gewehrs, denn es musste noch zusammengesetzt werden. Sam sah die ordentlich im roten Filz verstauten Einzelteile.

»Ich habe die Akten, die du mir brachtest, gründlich studiert«, fuhr Tommieboy fort. »Und was glaubst du? Kein Philip Collins zu finden! Aber zufällig ein Sam Smith, der die Stirn hat, sich bei mir als Philip Collins auszugeben.«

Tommieboy begann mit ruhigen Bewegungen das Gewehr zusammenzusetzen, während er weiterhin mit Sam redete.

»Aber das mag ich durchaus, so ein bisschen Mut. Ein bisschen, wohlgemerkt! Ich mag es ganz und gar nicht, von einem Jungen bis hierher verfolgt zu werden! Das ist nicht gut für deine Gesundheit, ist dir das klar?«

Sam schwieg und schaute sich um. Er befand sich auf einem geräumigen Flachdach. Tommieboy hockte an der Dachkante und schien sich nicht um den gähnenden Abgrund zu kümmern.

»Jetzt hast du nicht mehr so eine große Klappe, was?«, schnauzte Emma Sam an. »Was machen wir mit ihm?«, fragte sie ihren Freund. »Werfen wir ihn runter oder lassen wir ihn hier liegen?«

»Nur die Ruhe, mein Täubchen«, antwortete Tommieboy gelassen, »erst darf er sich das Feuerwerk ansehen, dass da unten gleich losgeht. Was wir danach mit ihm anfangen, sehen wir später. Wir können uns nicht erlauben, jetzt die Aufmerksamkeit auf uns zu lenken. Mach die Tür zu, er kann schließlich nirgendwo hin.« Er befestigte ein Zielfernrohr auf seinem Gewehr, richtete es auf Sam und schaute mit zugekniffenem Auge hindurch.

»Mhm, sieht gut aus«, murmelte er zufrieden und legte das Gewehr ab.

Sam versuchte nachzudenken. Er musste etwas tun, aber was? Seine Lage war ziemlich brisant und wenn ihm nichts einfiel, würde sich nichts daran ändern. Als Erstes musste er unbedingt Zeit gewinnen. Vielleicht erfuhren Summer & Co. ja doch irgendwie, wo er war, und würden ihm aus der Patsche helfen. Sam nahm sich vor, nie wieder so impulsiv zu handeln, wenn er das hier lebend überstand. Er machte ein paar Schritte nach vorn.

»Der Anschlag auf die Königin war nur eine List, oder?«, sagte er zu Tommieboy. »Ihr hattet gar nicht vor, sie zu ermorden. Frankie und Dennis dienten nur als Ablenkungsmanöver.«

Tommieboy sah auf. »So, so, hast du dir das ganz allein zusammengereimt? Du überraschst mich immer wieder, Sam Smith, ich bedaure jetzt schon, dass ich dich aus dem Weg räumen muss!«

Sam ging weiter. Jetzt hatte er Tommieboys Aufmerksamkeit und die musste er festhalten. Er rieb sich mit der linken Hand über die rechte und drückte dabei auf den Knopf seines linken Ärmels.

»Wussten Frankie und Dennis etwas von eurem Plan? Dass sie nur als Lockvögel dienten und garantiert hinter Gittern landen würden?«

Tommieboy und Emma brachen gleichzeitig in Gelächter aus. Tommieboy musste sich sogar eine Träne aus den Augenwinkeln wischen.

»Dachtest du wirklich, dass wir die beiden Dumpfbacken auch nur über irgendeine Kleinigkeit informieren würden? Lieber erzähle ich einem Eselhintern, was ich vorhabe!«

»Und was, wenn sie die Königin wirklich ermordet hätten?«, fragte Sam.

»Das hätten sie nicht getan, das war auch nicht ihr Auftrag. Ich habe ihnen nur gesagt, sie sollten als

Bodyguard mitgehen und weitere Instruktionen abwarten.«

»Aber statt Anweisungen zu bekommen, wurden sie verhaftet«

»Du hast es erfasst!«, sagte Tommieboy triumphierend.

Es klappte, Tommieboy saß ganz entspannt, als könnte ihm nichts geschehen, und Sam musste zu seinem Bedauern zugeben, dass das im Moment auch leider stimmte. Aber er musste noch den Rest der Geschichte erfahren und es schien, dass Tommieboy sie ihm auch erzählen wollte.

»Aber wie konntet ihr so sicher sein, dass Frankie und Dennis verhaftet werden würden?«, fragte Sam.

Tommieboy lächelte. »Das waren wir nicht. Doch das war auch nicht so wichtig. Schau, ich bin sehr gut über eure Organisation informiert. Ich konnte also absolut nicht das Risiko eingehen, dass ihr mir in die Quere kommen würdet. Und so dachte auch mein Auftraggeber. Darum wollte er zuerst alle Listen haben, damit er in Zukunft nicht so einen Ärger hat wie ich jetzt mit solch kleinen Hosenscheißern wie dir, die einem überall hin folgen. Jetzt kann er jeden, mit dem er in Kontakt kommt, überprüfen. Und wenn darunter ein Geheimagent ist, hat der eben Pech gehabt.«

Tommieboy legte eine kurze Pause ein. »Aber warum erzähle ich dir das eigentlich alles? Ach, was soll's, du wirst es ohnehin nicht mehr ausplaudern können.«

Tommieboy war sichtlich stolz auf seinen Plan und wollte vor Sam damit prahlen, wie ein kleiner Junge.

»Erst als ich diese Listen in der Hand hatte, wurde mir klar, wie gut sie sich dazu eigneten, euch auf die falsche Fährte zu locken. Denn diesen Entführungsfall würdet ihr mit Sicherheit untersuchen.«

Sam unterbrach ihn. »Deswegen hast du also ein Foto der Königin in dem Haus herumliegen lassen. Ich fand es schon verdächtig, dass alles so sorgfältig weggeräumt worden war, aber die wichtigste Information noch da lag.«

»Exakt! Korrekt! Zehn von zehn Punkten! Sie haben mit Auszeichnung bestanden! Aber es wird leider Ihr letztes Mal sein«, rief Tommieboy und klatschte Applaus.

»Aber was wäre gewesen, wenn wir das Foto nicht gefunden hätten?«, fragte Sam, um weiter Zeit zu schinden.

Tommieboy zuckte die Schultern. »No problema, señor! Dann wärt ihr jetzt nicht hier und ich hätte in aller Ruhe meinen Auftrag ausführen können. Jetzt seid ihr hier, aber ihr denkt, den Fall gelöst zu haben, weil Frankie und Dennis einkassiert wurden. Für mich ist dieses Drehbuch sogar besser, denn jetzt sind all diese dummen Geheimagenten zufrieden und satt wie nach acht Tellern Spaghetti. Sie haben jemanden verhaftet und die Königin ist gerettet, ein dreifaches Hurra!«

Es war ein guter Plan gewesen, das konnte Sam nicht leugnen.

»Und jetzt?«, rief Sam. »Was steht nun auf dem Plan?«

»Jetzt«, sagte Tommieboy, der das Gewehr wieder zur Hand nahm, »drücke ich in wenigen Minuten ab und dann kann ich den Rest meiner Tage mit meiner Liebsten auf einer paradiesischen Insel verbringen.«

Also doch ein Anschlag! Sams Vermutung beim Anblick des Gewehrs und vor allem des Zielfernrohrs, bestätigte sich also.

»Und wen will dein großer Boss damit aus dem Weg räumen lassen?«, fragte Sam in der Hoffnung, dass Tommieboys Geschwätzigkeit noch ein Weilchen anhielte.

»Du bist wirklich nicht zu bremsen, was? Nun, lass mich es so ausdrücken, mein Boss kümmert sich um die Verteidigung dieses Landes, aber ihm funkt jemand dazwischen. Und mein Auftraggeber mag es nun einmal gar nicht, wenn man ihm Steine in den Weg legt. Vor allem nicht, wenn viel Geld daran hängt.«

Sams Gehirn fing an zu arbeiten. Die Verteidigung dieses Landes .... das war das Militär! Es hatte etwas mit der Armee zu tun, aber was? Er sah Tommieboy unverwandt an, während er im Schnelldurchgang versuchte, Meldungen der letzten Zeit zu durchforsten. Vielleicht hatte er ja etwas in den Nachrichten gehört.

Plötzlich zuckte ihm ein Bild seines Vaters durch den Kopf. Er saß in einem Sessel und hatte eine Zeitung auf dem Schoß. »Premierminister verweigert Kauf neuer Kampfhubschrauber«, lautete die Schlagzeile. Natürlich! Das war es!

»Du willst den Premierminister ermorden!«, stammelte Sam plötzlich.

Tommieboy reagierte nicht sofort. Er schaute noch einmal durch den Sucher an seinem Gewehr. Sam hörte Lärm in den Straßen, der festliche Umzug kam näher! Der Minister ging hinter dem Wagen der Königin. Er würde eine leichte Beute für Tommieboys Kugeln werden.

»Wirklich, Sam Smith«, begann Tommieboy wieder, »hast du nie an eine Karriere im Gangstermilieu gedacht? Tatsächlich steht dieses Weichei von Premierminister den Plänen meines Bosses gewaltig im Weg. Der Mann aber, der bei seinem Tod sein Nachfolger werden soll, steht auf der Lohnliste meines Auftraggebers.«

»Dein Auftraggeber hat also Interesse am Kauf dieser Kampfhubschrauber«, sagte Sam. Er war jetzt ganz bei der Sache. »Wenn die Regierung diese Hubschrauber kauft, verdient er damit sehr viel Geld. Also: Wer ist dein Auftraggeber?«

Tommieboy lachte. »Glaubst du mir, wenn ich dir sage, dass ich nicht einmal seinen Namen kenne? Und selbst wenn, würde ich ihn dir nicht verklickern. So sind die Regeln, mein Junge, je weniger du weißt, desto besser. Ich bekomme mein Geld und er sagt mir, was ich tun soll, mehr muss ich nicht wissen.«

Tommieboy drehte sich um und schaute über die Dachkante hinunter in die Straße. Sam hörte, dass der Festzug schon sehr nahe war.

»Genug geschwätzt, Sam Smith«, sagte Tommieboy. »Es war sehr angenehm, aber jetzt muss ich leider an die Arbeit.«

Sam versuchte fieberhaft nachzudenken, was er tun sollte. Er konnte doch schlecht machtlos hier herumstehen und zuschauen, wie der Premierminister ermordet wurde? Er machte eine Ausbildung zum Geheimagenten und dies war seine erste große Herausforderung.

»Warte!«, rief er.

Tommieboy sah ihn verärgert an. »Ja, was ist denn nun schon wieder? Hatte ich dir nicht gesagt, du solltest die Klappe halten?«

Sam schaute Tommieboy tief in die Augen. Wenn er diesen Blick kurz festhalten konnte, dann ...

Aber Tommieboy hatte ihn durchschaut. »Dachtest du wirklich, du könntest mich hypnotisieren? Ich kenne die Tricks und Kniffe deiner Schule! Und jetzt will ich dich nicht mehr hören, sehen oder riechen, capito??«

Sam nickte. Misslungen! Was konnte er sonst noch ausprobieren? Der Multishoe 20 enthielt eine Nadel mit einem Betäubungsmittel im rechten Schuh und einem Messer im linken, aber er stand zu weit von Tommieboy entfernt, um sie zu nutzen.

Es gab nur noch eine Möglichkeit.. Er versuchte sich zu erinnern, was Frau March ihnen in der Mathematikstunde über die Flugbahn eines Giftpfeils beigebracht hatte. Er schob sich etwas näher an Tommieboy heran. Der spähte durch den Sucher hinunter zum Festzug.

»Komm schon, zeig dein Gesicht!«, murmelte er.

Sam schaute kurz zu Emma, sah aber, dass auch sie mehr Interesse an der Parade hatte als an ihm. Hoffen wir mal das Beste, dachte er. Sam drückte auf den obersten Hemdknopf und ein Giftpfeil schwirrte aus seinem Kragen.

Er hatte Glück, der Abstand war nicht zu groß: Der kleine Pfeil bohrte sich geräuschlos in Tommieboys Hintern. Der klappte lautlos auf dem Dach zusammen. Sam trat sofort in Aktion: Er ging zu Tommieboy, entwand ihm das Gewehr und warf es hinunter. Mit lautem Krachen knallte die Feuerwaffe etliche Stockwerke tiefer auf den Boden.

Aber auch Emma blieb nicht untätig. Als Sam sich umdrehte, befand er sich Auge in Auge mit ihrer Pistole.

»Verdammt!«, schrie sie. »Was hast du mit ihm gemacht?«

Unterdessen kam unten die Parade vorbei. Der Premierminister ging nichtsahnend hinter dem Wagen der Königin.

Emma Block kochte vor Wut.

»Ist dir eigentlich klar, was du da getan hast, du kleine Ratte? Wir hätten dieses Drecksland verlassen können und uns nie wieder Sorgen machen müssen! Aber du hast das verhindert und dafür wirst du büßen. Du hast die Wahl: Entweder springst du selbst vom Dach oder ich schieße dich nieder!«

Sam schluckte und schaute dann über die Dachkante. Hier endete also sein kurzes Leben, es sei denn …

Was hatte January doch wieder gesagt? Es war noch nicht an Menschen getestet worden, aber in der Theorie müsste es funktionieren ... Also los, viel zu verlieren hatte er nicht. Langsam knöpfte Sam sein Hemd auf. Emma schien nicht begeistert von seinem Strip.

»Was zum Teufel machst du da?«, rief sie, während sie ihrem am Boden liegenden Freund weiterhin kleine Tritte versetzte, um ihn wieder zu Bewusstsein zu bringen. »Ich gebe dir noch fünf Sekunden, wenn du dann nicht springst, knalle ich dich ab!«

»Eins!« Alle Knöpfe waren nun auf und Sam streifte das Hemd ab.

»Zwei!«

Er nahm rechts und links einen Ärmel in die Hand.

»Drei!«

Sam holte tief Luft, es musste einfach klappen!

»Vier! Was machst du da? Willst du das Hemd als Fallschirm benutzen? Na, dann viel Erfolg!«

»Fünf!«

Sam breitete die Arme aus, schloss die Augen und sprang vom Dach.

Sam öffnete die Augen: Er schwebte durch die Luft! Es hatte funktioniert! Aber nicht für lange, so hoch war das Gebäude nun auch wieder nicht. Er sah, wie sich der Boden und die Menschenmenge schnell näherten. Das Hemd bremste seinen freien Fall, aber dennoch stürzte er von einem Dach ...

»Sam!«

Diese Stimme kannte er. Mühsam öffnete er die Augen. Daphné! Sie hatten ihn gefunden. Daphné eilte auf ihn zu. Aus dem Augenwinkel sah er Autumn, Summer, Spring und December, die ins Gebäude stürmten. Tommieboy und Emma konnten nicht mehr entkommen.

Sam lächelte. Jetzt würde alles gut werden, Daphné war bei ihm und Autumn und seine Kollegen würden die Gangster festnehmen. Zufrieden schloss Sam die Augen.

21

Sieg auf der ganzen Linie

Es war eine Woche nach der Parade, ein Sonntag. Die Schüler hatten sich im Innenhof versammelt. Auch die Amerikaner waren noch da. Aufgrund der Ereignisse hatten sie ihre Abreise um einige Tage verschoben. So konnten die Lehrer der CIA ihren britischen Kollegen beistehen. Einer hatte den Unterricht von December übernommen, weil der noch zu sehr mit dem Fall beschäftigt war. December hatte ohnehin beschlossen, seinen Unterricht zumindest vorläufig einzustellen: Er würde sich aus der Schule zurückziehen und wieder Aufträge übernehmen. Er wollte nicht noch einmal das Risiko eingehen, dass man ihn mit der Entführung seines Sohnes wegen irgendetwas erpressen konnte.

Sams rechtes Bein steckte in Gips. Alles in allem hielt sich der Schaden in Grenzen; außer einigen Schürfwunden und einem gebrochenen Bein war er noch gut weggekommen. Daphné hatte ihm berichtet, was passiert war, nachdem er das Bewusstsein verloren hatte. Daphné und Jason waren die ganze Zeit bei Sam geblieben, bis sie ein Krankenwagen der Schule aufnahm. In rasendem Tempo waren sie zurückgefahren, wo Sam ärztlich versorgt wurde, Daphné und Jason hatten abwechselnd an seinem Bett Wache gehalten. Erst am nächsten Mittag war Sam wieder zu Bewusstsein gekommen.

Als Emma Block eingesehen hatte, dass Tommieboy nicht gleich wach werden würde – das Gift sorgte für eine mindestens zweistündige Betäubung –, hatte sie sich ohne allzu viel Gegenwehr ergeben. Beim Verlassen des Gebäudes hatte sie jedoch unablässig ihre Unschuld beteuert; niemand könne etwas beweisen. Aber da täuschte sie sich. Sie konnte nicht wissen, wie clever Sam gewesen war: Er hatte das gesamte Gespräch mit Tommieboy über den Anschlag mit Januarys Hemd aufgezeichnet. Tommieboy und sein Täubchen saßen mittlerweile sicher hinter Schloss und Riegel, genau wie ihre Kumpane Frankie und Dennis. Sam hatte sich das Lachen nicht verkneifen können, als er hörte, dass Tommieboy und seine Dummerchen wieder vereint waren.

Auch die ganze Sache mit den Listen war gut ausgegangen. Spring hatte sie in Tommieboys rotem Sportwagen wiedergefunden. Offensichtlich hatte er sie also noch nicht an seinen großen Boss weitergeleitet, die Geheimagenten und die Schüler der Schule waren sicher.

Den Auftraggeber selbst hatten sie nicht verhaften können. Tommieboy hielt dicht und es gab niemanden, den sie mit ihm in Verbindung bringen konnten. Der große Boss hatte sich gut abgesichert. December hatte geschworen, nicht eher zu ruhen, bis er ihn dingfest gemacht hatte.

Die beiden Schüler der D-Klasse waren in dem Bus der Gangster wiedergefunden worden. Sie hatten einen Tag und eine Nacht gefesselt darin verbracht, waren aber sonst unversehrt.

»Ende gut, alles gut«, sagte Daphné und wandte ihr Gesicht der Sonne zu.

»Hm, nicht ganz«, brummte Sam. »Ich habe die Verfolgungsprüfung nicht abgeschlossen, also verliert die *Spy School* die Sommerspiele.«

»Ist das ein Grund, sich zu beschweren?«, mahnte Daphné. »Sei froh, dass du noch lebst.«

»Vielleicht hast du recht«, sagte Sam.

»Natürlich habe ich recht!«, sagte Daphné sofort und holte tief Luft.

»Ist ja schon gut«, unterbrach Sam sie, bevor sie ihm einen ellenlangen Vortrag hielt. »Warum hat Autumn uns eigentlich antreten lassen?«

»Ich bin mir nicht sicher, aber ich glaube, er will das Ergebnis der Sommerspiele mitteilen«, antwortete Daphné.

»Aber das kennen wir doch schon«, murrte Sam. »Wir stehen 5:5, wodurch der Gesamtsieg an die CIA-School geht. Muss Autumn jetzt noch extra darauf herumreiten?«

Daphné legte einen Finger auf ihren Mund. »Pst, er fängt an.«

Autumn betrat das eiligst aufgebaute Podium. Er zog einen Zettel aus seiner Tasche und suchte nach einem Mikrofon. Als sich herausstellte, dass es keins gab, begann er laut zu sprechen.

»Verehrte Schüler und Lehrer. Aufgrund der unerwarteten Ereignisse am vergangenen Sonntag wurde die Bekanntgabe der offiziellen Ergebnisse der diesjährigen Sommerspiele auf diese Woche verschoben. Ich sage immer: Dabeisein ist wichtig, aber gewinnen noch viel mehr. Oder sage ich das häufig, nicht immer, ich habe noch andere Dinge im Kopf als immer die gleichen Aussagen zu machen. Nun gut, ...«

Ihr Präsident-Generaldirektor war in seinem Element. Seine letzten Ansprachen hatte er kurz halten können, aber jetzt war der Damm wieder gebrochen.

»...ich möchte Ihnen für Ihren großen Einsatz danken, Sie alle haben Ihr Bestes gegeben. Obwohl sich manche vielleicht noch ein bisschen mehr hätten anstrengen können, vor allem die Verlierer ...«

»Meinst du, er würde es merken, wenn wir jetzt alle weggingen, oder würde er einfach nur seinen Zettel abarbeiten?«, fragte Daphné.

»Wenn er so weitermacht, sollten wir es vielleicht ausprobieren«, schlug Sam vor. »Aber warte, ich glaube, er kommt jetzt zu den Ergebnissen. Endlich!«

Und tatsächlich, Autumn hatte einen weiteren Zettel zum Vorschein gebracht, auf dem die Resultate aller Wettkämpfe standen. Er begann mit der D-Klasse: »vier zu sechs!«

Jubel stieg auf bei den Amerikanern. Obwohl alle die Ergebnisse bereits seit einer Woche kannten, war doch ein wenig Spannung unter den Schülern auszumachen. Man konnte ja nie wissen, ob die Jury aus Lehrkräften den Sieg nicht noch nachträglich jemand anderem zuerkannt hatte. Die Wahrscheinlichkeit war jedoch gering. Autumn fuhr fort.

»C-Klasse – CIA: sieben zu drei!«

Die Schüler der Schule applaudierten. Auch ein Teil der Amerikaner klatschte.

»B-Klasse – CIA: vier zu sechs!«

Erneuter Jubel und Applaus, aber das hörte schnell auf, denn das Wichtigste stand noch bevor: Wie hatte die Jury die Ergebnisse der A-Klasse bewertet?

»Wie ihr wisst, ist die letzte Prüfung der Schüler unserer ersten Klasse nicht ganz planmäßig verlaufen«, sagte Autumn, als es still wurde.

»Herr Smith hatte eine Spitzenprüfung als Verfolgter abgelegt, als er abberufen wurde und den zweiten Teil nicht zu Ende bringen konnte. Normalerweise ginge damit der Sieg automatisch an den Gegner, in diesem Fall Frau Beech.«

Ein vorsichtiger Jubel stieg bei der CIA auf. Catherine Beech stieß einen kleinen Schrei aus. Autumn hatte jedoch noch nicht zu Ende gesprochen.

»Aber wenn wir seine Glanzleistung als Verfolgter mit der mehr als vortrefflichen Verfolgung von Herrn Hops und Frau Emma Block kombinieren, müssen wir als Jury beschließen, dass der Punkt niemand anderem zukommt als Sam Smith! Die A-Klasse gewinnt mit sechs zu vier gegen die CIA, was bedeutet, dass die *Spy School* die Sommerspiele dieses Jahres gewonnen hat!«

Der Jubel, der dann ausbrach, verursachte ein Erdbeben, das bis nach China zu spüren gewesen sein musste. Die Schüler der Schule stürmten auf Sam zu und hoben ihn hoch in die Luft. Sam ließ alles geschehen und genoss jeden Moment. Als er in Richtung des Podiums schaute, sah er, wie Summer ihm lächelnd applaudierte. Dies war auch ein Sieg für ihn. Sein Schüler hatte bewiesen, dass er es mehr als wert war, diese Schule zu besuchen.

Sam wurde abgesetzt und er sah auch Daphné wild herumspringen und jubeln.

Den restlichen Abend wurde im Innenhof der Schule gelacht, gegessen und getanzt, denn auch zukünftige Geheimagenten wissen, wie man ein tolles Fest auf die Beine stellt. Aber nicht zu lang natürlich, denn am nächsten Tag war Unterricht und alle Schüler mussten pünktlich anwesend sein. Und wie jeder weiß, ist Pünktlichkeit eine wichtige Eigenschaft eines Geheimagenten.

Foto: © privat

Autor

Jonas Boets war immer schon ein großer Fan der Bücher von Anthony Horowitz. Diese und die James-Bond-Filme sowie »Mission Impossible« haben ihn zu seiner Serie Spy School inspiriert. Jonas Boets hat darüber hinaus etliche erfolgreiche Thriller für Jugendliche veröffentlicht.

Von Jonas Boets sind bei cbt erschienen:
Spy School – Diamantenfieber (Band 2, 22347)
Spy School – Giftige Dosis (Band 3, 22504)
Spy School – Operation schwarzer Regen
(Band 4, E-Book, 14238)

Jonas Boets

Spy School – Diamantenfieber

256 Seiten, ISBN 978-3-570-31592-7
Erscheint im Februar 2024

Im zweiten Jahr seiner Ausbildung zum Geheimagenten steht ein Auslandspraktikum auf dem Plan, das Sam nach Barcelona führt – mitten hinein in sein zweites Abenteuer. Eines Abends liegt ein Diamant vor seiner Zimmertür und die Polizei verdächtigt Sam des Diebstahls. Nun beginnt ein Wettlauf mit der Zeit, denn Sam wird nicht nur von der Polizei gehetzt, sondern auch von den wahren Tätern. Werden die Schüler der Spy School auch diesmal ihrem Ruf als Geheimagenten der Extraklasse gerecht werden können und ihren Freund retten?

30490